The Decameron

十日谈（下）

［意］薄伽丘◎著　麦　芒◎译

天津出版传媒集团
天津人民出版社

第六天

故事一

女王要求菲洛梅娜第一个讲故事，她于是眉飞色舞地讲述起来。

前些日子，我们城里有一位富于教养、善于辩论的贵妇人，像她这样有声望的女人，美名是不该不提的。她是杰里·斯皮纳先生的妻子，人家都叫她奥蕾塔夫人，你们中间有很多人想必绝对认识她，或者听别人提起过她。

有一天，她在家里宴请了许多女士，饭后大家就想在乡间游玩，四处转悠转悠，情况和我们有些相似。不过大家决定步行的那段路程很长，其中有一位绅士对她说：

“奥蕾塔夫人，要是您同意，我想趁我们长途步行的时候，讲一个世界上最动听的故事给您听，这样您会觉得好像骑在马上那样轻松了。”

夫人答道：“先生，那我真是求之不得呢。我十分乐意。”

于是绅士讲起故事来，故事本身确实特别精彩，只是他讲故事的水平，可能不比他的剑术水平强到哪里去，常常把同一句话重复三四遍，有时甚至到达六遍之多。他一会儿说得乱七八糟，一会儿又说："我讲错了。"名称也常常是张冠李戴，听来索然无味，况且讲故事的语气跟人物性格和故事场景完全不搭配。

奥蕾塔听得出了好多次冷汗，心里憋得慌，仿佛刚生了场病，无精打彩。又见那位绅士已仿佛进入了迷宫，再也讲不清楚，最后她忍无可忍，就平心静气地对他说：

"先生，骑你那匹马太辛苦了，请您还是让我下马走一阵吧。"

那位绅士讲故事虽没有多大本事，但颇能领会别人的心意，也懂得夫人话中的弦外之音，就自得其乐地当作是一个笑话，谈起其他事情来；那篇有头无尾的故事，就这样结束了。

故事二

奥蕾塔夫人的故事得到了在座所有人的赞扬，于是女王叫帕姆皮内娅再讲一个故事，她便这样说了起来：

以前教皇博尼法齐奥在位时，对杰里·斯皮纳先生极为重视。有一次，教皇派了几位地位显赫的大使到佛罗伦萨去办理要务，他们就下榻在斯皮纳先生家里，同他一起商量如何解决教皇所委派的事务。由于某种原因，杰里先生和几位大使每天早晨总要徒步在圣玛利亚·乌吉街前经过，而奇斯蒂的面包店就开在那儿，店务由他亲自料理。

后来他变得特别富有，过着十分奢侈的生活，他想一直这样经营下去。他除了拥有一些精美食物外，还经常备有佛罗伦萨和附近一带上好的白酒和红酒。他每天早晨看到杰里先生和教皇的几位大使从店门前经过，恰巧天气又很热，所以他很想把自己最好的白酒献给他们解渴，聊表敬意。不过他想到自己的身份、地位跟杰里先生不同，莽撞地邀他做客好像不很恰当，于是想出一个办法来，要杰里先生不请自来。

他穿上一件异常洁白的短上衣，再系上一条洗得干干净净的围裙，看上去不像一个面包师，倒像一个磨坊主。每天早晨，他算准杰里和大使们即将经过时，便在店门前放上一铅桶清水和一小壶上好的白酒，桶和酒壶都是最新的，酒壶则是波伦亚生产的，另外还放着两只银光闪闪的杯子。当他们走过面包店时，他总坐在那儿，先清一两下嗓子，然后开始聚精会神地饮起酒来。他那副神态，好像能把亡灵招来。

杰里先生一连两天看到他那副神态，到了第三天，他不由问道："你喝的什么呀，奇斯蒂，味道好吗？"

奇斯蒂连忙站起身来，答道："味道很好，先生，只是您不亲自尝尝，就不会明白好到什么程度了。"

不知是因为天气炎热呢，还是因只顾着走路而比平时更加劳累，也许是因为看到奇斯蒂先生喝得这样津津有味吧，杰里先生竟也觉得口渴起来，于是笑容可掬地转身向几位大使说：

"先生们，不妨我们尝一尝这位好心人的酒吧，也许这酒真的不错，不然我们会感到遗憾的。"

说完，他和大使们一起向奇斯蒂的面包店走去。

奇斯蒂当即叫人从店里搬出一条好看的长椅，请他们坐下。他们的随从正想上前去洗杯子。可奇斯蒂把他们拦住了。

“伙计们，别麻烦了，这个差事还是让我做吧。我倒酒的本领不比做面包差，所以你们休息一下吧！”

于是他亲自洗好四只精美的银杯子，拿出一小壶好酒，殷勤地邀请杰里先生和他的朋友们喝。他们觉得好像已多年没有尝到这样的美酒了，都大加称赞。在大使们逗留佛罗伦萨这段时间内，杰里先生几乎每天都陪他们上奇斯蒂那儿去喝酒。

在大使们临行辞别时，杰里先生举行了一次盛大隆重的宴会，邀请了城里的一些有身份、有地位的人物相陪，奇斯蒂也在被邀之列，但他坚决不肯参加宴席。于是杰里先生命令仆人拿一只长颈瓶到奇斯蒂家要一瓶酒来，准备在上第一道菜时给每人各倒半杯。仆人以前跟主人前去时，这样的酒一滴也没有尝到，心里有些不悦，便带了一只大酒瓶去了。

奇斯蒂看到了大酒瓶子，说道：“小伙子，杰里先生派你来不是找我的。”

仆人再三说明他说得没错，但奇斯蒂不再答理他，他便回到杰里先生那里，向他汇报一切情况。杰里先生说：

“你再上他家去，告诉他确实是我命你去的；如果他回答你的还是那句话，你就问：‘先生派我来不找你又找谁呢？’”

仆人回到面包师那里，说：“奇斯蒂，杰里先生确实是派我来找你的，不是找别人。”

奇斯蒂答道："小伙子，他绝不是找我的。"

"那么，"仆人说，"他让我来找谁呢？"

奇斯蒂答道："找阿诺河呗。"

仆人只得把他的话告诉杰里先生。杰里到此时才懂得奇斯蒂的言外之意，对仆人说：

"把你带去的瓶子拿来给我看一下。"

等他看到了瓶子后，就说："奇斯蒂说得好！"他把仆人责难了一顿，叫他换了一只大小得体的瓶子去了。

奇斯蒂见了后说："现在我知道杰里先生确实是派你来找我的了。"他兴高采烈地为仆人斟满了一小桶酒，叫人安全可靠地送到杰里先生家，自己也跟在后面。见到杰里后，对他说：

"请您千万别认为我今天早上被您的大酒瓶吓怕了，只是我想您或许忘记了在过去这些天里，我一直用小壶给您倒酒，换句话说，我期望您记得这不是便宜而低劣的酒。眼下，我不想再把这酒藏起来了，所以全部送给您，您像以前那样尽情地喝吧。"

杰里先生接受了奇斯蒂这份珍贵的礼物后，也同样地回报了他，从此一直十分敬重他，两人成了知己。

故事三

帕姆皮内娅讲完故事后，大家都称颂奇斯蒂对答如流，为人又慷慨大方。女王叫劳蕾塔继续讲故事，她就快快乐乐地讲述起来：

话说佛罗伦萨有一位主教，名叫安托尼奥·多尔索，德高望重，知识渊博。有一次，卡塔罗尼亚有一位贵客来到佛罗伦萨，此人名唤德戈·德拉·拉搭，是鲁贝尔托国王的一员大将。他身材魁梧，相貌英俊，深得女人宠爱。在诸多的佛罗伦萨女人中间，他喜欢上一个美丽的妇人，她是多尔索主教兄弟的外孙女。妇人的丈夫虽然出身名门，身份也很高贵，却爱财如命，品德恶劣。大将了解到这个汉子的习性之后，就跟他商量好，只要他让自己的妻子陪德戈睡一晚，就愿意给他五百个弗罗林。虽然妻子不愿做这件事，可那汉子还是强逼着她跟大将去睡觉，睡过之后，大将却把镀过金的银币给了她丈夫。后来大家都知道了这件事，那个无耻的丈夫不但蒙受损失，而且被人耻笑。而主教虽然是个聪明人，却对此事假装不知道。

主教和大将彼此经常来往。在节日那天，他们一起骑马外出，只见好多女人在大街上跑，那里正在赛马，就在这时主教看见一个年轻女人，她就是诺娜·迪·普尔奇夫，是阿莱索·里奴奇先生的表妹，想必你们绝对都认识她，可惜她在这次瘟疫中不幸逝世了。那时她长得很秀美，不但善于言辞，而且胸怀宽广，不久前才嫁给波尔塔·圣·皮埃罗。主教指着她让大将看，待走近她时，他一只手搭在大将的肩膀上，对她说：“诺娜，你看这位男士如何？你看能把他征服吗？”

诺娜觉得主教在如此的公开场合说出这种轻浮的话来有损自己的清白，并玷污了自己的名声，但她不想浪费口舌为自己辩解，而只想以牙还牙，于是马上说道：“先生，他大概不会攻下我吧，因为我要的是真的金币。”

大将和主教听了这句话，都觉得自己被狠狠地嘲讽了，前者用下流的手段在主教兄弟的外孙女身上占了便宜，后者为了兄弟的外孙女而受到谴责，因此两人不敢对视，惊恐地、悄然无声地各自走了。

故事四

劳雷塔的故事一讲完，大家都啧啧称赞诺娜的口才，女王要求内伊菲莱接着讲故事，她就这样说了起来：

库尔拉多·姜菲利亚齐是我们城里的一位贵人，你们各位可能都看到过他，或者听人家说起过他。他慷慨大方，过着贵族般的生活，经常以养狗捕鸟为乐，对眼前一些较重要的事务反而不闻不问。

一天，他在佩雷托拉附近靠猎鹰捕获了一只白鹤，见这一只小鹤长得特别肥壮，便交给一名好手艺的厨师基基比奥，叮嘱他好好烹调，晚饭时当一道菜肴吃。

基基比奥有点傻里傻气，爱慕虚荣。他把小鹤打点干净，就小心翼翼地用炉火烤炙起来。当鹤肉快熟时，从锅里散发出一股浓重的香味。这时恰好有一个姑娘走到厨房里来，她就住在附近，芳名布路内塔，基基比奥正追求着她。她闻到了香味，又看到了鹤肉，便柔声细语地要基基比奥给她一只鹤腿尝尝味儿。

只听得基基比奥哼起他现编的小曲来，回答她：

“不给你呀不给你，布路内塔小姐呀，不给你呀不给你。”

布路内塔姑娘可生气了，对他说：“天主在上，如果你不给我，那就永远别想从我这儿得到你喜爱的东西！”

没过多久，二人就你一言我一语地争吵起来，基基比奥毕竟不敢得罪他的情人，便切下一只鹤腿给她吃了。

不一会儿，鹤肉就被端到库尔拉多和他的一些客人面前。可是上面缺了一条腿，库尔拉多感到奇怪，就把基基比奥找来，问他另一只鹤腿哪里去了。

那个爱慕虚荣的威尼斯人当即回答道：“先生，天下的鹤，都只有一条腿，一只脚呀。”

库尔拉多听后怒了，喝道：“什么只有一条腿，一只脚，是你在作祟！你以为我从来没有见过鹤吗？”

基基比奥还是坚持着说：“先生，我说的可是真理啊。要是您方便，我可以请您去看看活的鹤是怎么样的。”

库尔拉多因席上有许多客人，不愿再争论下去，只是说：“从来没有看见过，也没有听说过只有一条腿的活鹤！既然你想让我开开眼界，我明天上午就想看到，那时我就心满意足了。可是我凭天主的圣体发誓：如果不是那么一回事，我就要狠狠地惩罚你，让你今后一想起我的名字就心惊肉跳。”

那天晚上此事就这样搁置起来了。第二天清晨，库尔拉多的怒气并未因睡了一觉而消减，起床时依旧怒气冲天，急忙指派下人准备匹马，让基基比奥也坐上一匹驽马，直向河边奔驰而去。因为一大早，人们常常可以在河边看到白鹤。路上，库尔拉多对基基比奥说：

“昨儿晚上撒谎的到底是你还是我，一会儿就见分晓。”

基基比奥眼见主人余怒未消，而自己的谎言又即将揭穿，真是无可奈何，不得不骑着马跟在库尔拉多后面，忧心忡忡，恨不得找个地缝钻进去。可是他知道自己是无路可逃的，因此东张西望，一会儿看看前面，一会儿看看后面，觉得眼前所见到的一切，仿佛都变成两条腿的鹤了。

这时他们已来到河边，他别的倒没有看到，先进入视野的却是河边的十来只白鹤，它们都撑着一只脚站在那儿，因为白鹤在睡觉时，另一只脚总是缩着的。

他马上指给库尔拉多看，说道：

“昨天晚上我说鹤只有一条腿，一只脚。先生，要是您去看看它们的模样，您就会明白我说的话是对的。”

库尔拉多看到了那些鹤，说道：“且慢，我要叫你看看，它们有两只脚呢。”说罢，他走近白鹤，对它们“嗬嗬”地大叫两声。

鹤听到叫声，缩着的腿立刻伸了出来，用两条腿走了几步以后就飞走了。

于是库尔拉多回过头来对基基比奥说：“狗奴才，你现在还有什么好说的？你看鹤不是有两只脚吗？”

基基比奥特别害怕，不知说些什么才好。情不自禁地说：

“先生，您的话也不错。不过您昨天晚上，可没有对白鹤喊过‘嗬，嗬’呀！如果您也这样喊几声，那么它也会像河边这些白鹤那样，把另一条腿和一只脚伸出来的。”

这句回答使库尔拉多听了万分喜悦，他不但怒气全消，反而兴奋地大笑起来，说：“基基比奥，你说得不错，要是我能喊它几

声，那就好了。”

基基比奥急中生智，幽默地回答了主人的责问，从而摆脱了惩罚，从此与主人相处得十分和谐。

故事五

最亲爱的女士们，正如刚才帕姆皮内娅所提到的，命运女神有时把品德高尚、才华出众的优秀人物埋藏在从事着卑贱低下职业的人们之间；同样，造物主也在容貌极为难看的人们身上留有惊人的才华。从我们城里的两位市民身上，可以明朗地看出这话的确不假，现在我想简明扼要地讲一讲两个人的故事。

福雷塞先生和乔托在木吉洛地方都有一座庄园。一年夏天，福雷塞先生趁法庭休庭时，到自己的庄园游览一番，后来骑着一匹租来的驽马回到城里，恰好在路上遇见了乔托，原来乔托也跟他一样，曾到自己的庄园休息了一阵，然后再返回佛罗伦萨。乔托的马儿也好，行李也好，都和福雷塞的差不多。于是二人搭伴而行。

走到半路，突然下起一阵暴雨，这种情形，我们在夏天是司空见惯的。他们 慌里慌张地到附近一个农舍里去躲雨，那家主人正好也是他们二人熟悉的一个农民。可是过了好一阵子，那阵雨似乎不想停下来，因为二人想当天就赶回佛罗伦萨，就向那位农民借了两件旧的呢子外套和两顶帽子，准备上路。两顶帽子已破旧不堪，但找不到更好的了。

过了一会儿，他们已走了一程路，而两匹马一边走，一边把路上的泥浆溅起来，把他们的衣服都打湿了，很难看。不久雨势渐小，天气转晴，二人本来好长时间没说话，现在又交谈起来。乔托口若悬河，娓娓而谈，福雷塞先生骑在马上，侧耳倾听。他抬眼把乔托浑身上下打量了一番，看到他那副有失体统、狼狈不堪的模样，也不知道自己也好不了哪里去，竟放声大笑起来，说：

"乔托呀，要是现在迎面来了一个陌生人，而这个人又从来没有见到过你，看到你这副丑样，你想他还会把你当作世界上最优秀的画家吗？"

乔托立刻反唇相讥："先生，如果他看到你这副模样，认为你总算认得几个单词，我想他会这么看待我的。"

福雷塞先生听了，知道自己说漏了嘴，真可谓自作自受，搬石头砸了自己的脚。

故事六

女士们听了乔托娓娓道来的妙语，都快乐地笑了起来。这时女王吩咐菲亚梅塔接着讲，于是菲亚梅塔说了起来：

前些天，我们城里有一个名叫米凯莱·斯卡尔扎的年轻小伙子，他是这世上最诙谐、最爱说笑的人，脑子里又有不少稀奇古怪的故事，因此佛罗伦萨的年轻人都很喜欢他，每次聚会时总邀请他参加。

有一天，他和几个小伙子在蒙图吉聚会，辩论起这个问题来：在佛罗伦萨，到底是哪一个家族最显赫，最古老。有人说是乌贝尔蒂家，有人说是兰姆贝尔蒂家，大家按照自己的想法，各持一词，莫衷一是。

斯卡尔扎听了他们的话，嘲笑起来，说道：

“全站到一边去吧。你们这嘲蠢驴！连你们自己也不知道在谈些什么呢。别说佛罗伦萨，就是全世界或是靠近海洋的沼泽地里，都要数巴龙奇家族最显赫，最古老了。关于这一点，不但所有的思想家，就是像我那样不太了解这个家族的人们，都公认为真理。为了不引起误解，我强调一句：我指的是圣马利亚地区的巴龙奇家族，住的地方就在你们附近。”

青年们猜测他还有更精彩的话，所以听了后都假装讥笑起他来，说道：

“你以为自己是谁呢，好像只有你才清楚巴龙奇这家人，我们都不知道似的！”

斯卡尔扎说：“我不是开玩笑，我说的是实话！即使你们有谁愿意站出来打赌，我都乐意奉陪，要是谁输了，就得请赢家吃一顿晚饭，还要让对方的六个知己一起来吃。不论谁做裁判，我都不反对。”

这时有一个名叫内里·曼尼尼的小伙子说道：

“我倒很愿意赢上这餐晚饭啊！”

双方都赞同请皮埃洛·迪·菲奥伦蒂诺做中间人，当时他们正在皮埃洛的家里。于是大家都到皮埃洛身旁，想看看斯卡尔扎究竟怎么输，叫他也尝些尴尬的滋味。大家都把事情的来由向皮埃洛做了交代，请他做裁判。

皮埃洛是一个很聪明的小伙子，先听完内里的话，再回头对斯卡尔扎说：“你有办法证明你的话千真万确吗？”

斯卡尔扎说：“证明吗？现在我要拿出来的证明，不但叫你，而且叫反对我的人也承认我说的话句句属实。大家都知道，一个家族的历史越悠久，门第就越显赫，这是贵族们所公认的事实。巴龙奇一家的家世比任何贵族的都要古老，因此他们是最显赫的了。只要我向你们证明他们最最古老，那么我就赢了这场辩论，那是毫无疑问的。

你们应该知道，天主创造出巴龙奇时，还刚开始学习人物造型，而其余的人，却是天主在懂得人物造型艺术后才一一创造出来的。我认为这是绝对属实的，你们只要想想巴龙奇一家和别人的区别就明白了：你们可以看出，别人的脸都生得相当端正，五官的布置有一定的格局，很合适，而巴龙奇一家的人却根本不是这样，有些人的脸又狭又长，有些人则宽阔得要命；有些人的鼻子很长，有些人的鼻子太塌；有些人下巴翘起，腭骨大得像驴子的一样；还有一些人，眼睛不是一只大一只小，就是一只高一只低，活像孩子们刚学画画时涂出来的面孔。因此正如我刚才说过的，看来天主创造出巴龙奇时正在学人物造型呢。这就证明他们的资历比别人都老，因而也最显赫了。”

赌一顿晚餐的内里和做中间人的皮埃洛也好，在场的其他人也好，听了斯卡尔扎这番有趣的辩解，都想起了巴龙奇一家人的模

样，都不由自主地大笑起来。

由此得出，潘菲洛为了形容福雷塞的丑，说巴龙奇族里的人也许不会比他更丑陋，这种说法是很有根据的。

故事七

菲亚梅塔讲完了故事，大家听到斯卡尔扎那番独树一帜的议论，说明巴龙奇家族比其他家族更显赫，都笑了起来。这时女王要求菲洛斯特拉托接着讲一个故事，他就讲了起来：

尊敬的女士们，精于言辞在任何情况下都是一件好事，但是在紧要关头能反应灵敏，侃侃而谈，我认为最为可贵。下面我要向你们讲的一个贵妇人就有这样的本领，她的一席话不但使听众无比高兴，大笑不止，而且帮助了自己，免于死刑。你们且听这个故事。

从前普拉托地方有一条法律，从实际看，它不但严厉，而且应该受到指责，法律规定女人与情夫通奸而被丈夫发觉的，其惩罚和有夫之妇为贪图钱财而委身于别的男人者一样，一律活活烧死，不予区分。

在实施这条法律的过程中，发生了这不予区分一件事。有一个漂亮的贵妇人，名叫菲莉帕夫人，嫁给里纳尔多·迪·普利埃西为妻，但她另有所爱。一天夜里，她正躺在自己的房里和情人搂在一起，却被丈夫发现了。那情人名叫拉扎里诺·迪·瓜扎利奥特里，是当地大家出身的英俊青年，贵妇人爱他好比爱自己的生命，那小伙子也喜欢她。里纳尔多见此情形，火冒三丈，要不是害怕会担当罪名，受惩罚，他盛怒之下真想冲上前去把他们两个活活杀了。

他尽力控制住自己，但想到普拉托有这么一条法律可以使用，自己不亲手杀她依旧可以使她送命，心里充满难以名状的喜悦。因此第二天一大早，他就兴致勃勃地向法庭状告自己的妻子，提供了适当的证据表明妻子偷情，并要求把她传唤到法庭。

一般说来，真心实意地沉浸在爱河里的人们总是胸襟宽大的，这位贵妇人也是如此。她不顾亲友们的劝阻，决心出庭接受审判，宁愿招认事情的真相，及早从容地接受死刑，也不愿可耻地逃往别处，拒不出庭，沦落异乡苟且偷生。因为这种做法，只能表明自己昨夜不配接受情人的拥抱了。她由许多男女亲友陪着，来到法庭上，亲友们一路还是劝她不要认罪。她和颜悦色，用自信的语调问法官为什么要传讯她。

法官认真打量了她一番，见她非常漂亮，落落大方，谈吐之间又显示出她是一个知书达理、有胆有识的女人，便对她生出几分同情；只是他怕她会亲自坦白认罪，那么为了维护法律的公正，就不得不处死她了。

可是对于她丈夫提出的指控。法官不得不审理一番，于是问道：

“夫人，你瞧，现在您的丈夫里纳尔多在这里控告您，说他亲眼看到您和别的汉子偷情。我告诉您，根据本城制订的法律，我要判处您死刑，以示惩罚。不过，如果您觉得没有这么一回事，那就不能执行判决了，所以您回答时要句句属实。现在告诉我，您丈夫的指控有没有事实根据？”

那女人一点儿也不惊慌，用平静的声音回答道：

“法官大人，里纳尔多是我的丈夫，昨天夜里，他真的看到我在拉扎里诺的怀抱里，我一心一意爱着拉扎里诺。而且跟他上床已有很多次了，这点我绝不否认。不过我相信您一定知道，法律对男女应当是一视同仁的，而且它的制订也应当取得遵守法律者的同意。这条法律是带有歧视性的，因为它只是单方面地要求我们这些可怜的女人遵守，而女人却比男人更高明，有时候可以满足多个男人。另外，当初制订这条法律时，并没有征询过我们女人的意见，从来没有人来征求我的意见，因此可以肆无忌惮地给它扣上一顶‘对女人持有歧视态度’的帽子。

“如果您要违背着自己的良心，根据这条法律让我的肉体受到伤害，那就请执行死刑吧。不过在行刑以前，我请您赐给我一个小小的恩典。请您问一问我的丈夫：他每次向我提出要求，我是不是全都答应他，没有一回不满足他，而且从来不曾拒绝过？”

里纳尔多不等法官询问，就马上回答，他每次求欢，他女人没有一回拒绝过。

“那么”，菲莉帕马上接下去说，“法官大人，我要问您：要是他的欲望和需要在我身上已得到了供应，而我还有更多的可提供，那我以前该怎么办？那现在该怎么办？难道扔掉它喂狗吗？与其看它闲置掉或糟蹋掉，还不如奉送给那位爱我爱得比我自己生命更珍贵的男士，这样岂不是更圆满吗？”

因为法庭上审理的是一件从未有过的案子，而且牵扯到一位这样有名望的夫人，因而普拉托全城人都挤进法庭里。他们听了她机智的论辩很正确，讲得好。他们在离开法庭之前，先说服法官，修改了那条冷漠无情的法律，规定只有那些因贪图金钱而背弃丈夫的女人，才应该受这种处分。

里纳尔多就这样无精打采地离开了法庭，而那女人却快活地无罪获释，不必受死刑的折磨，趾高气扬地回家去了。

故事八

等他讲完故事，女王就回头命令埃米莉亚接着讲一个，她恍然大悟似的叹了一口气，开始讲道：

从前有一个男人，名叫弗雷斯科·达·切拉蒂科，他有一个侄女，小名切丝卡，虽然谈不上美若天仙，却也算亮丽。不过她目中无人，妄自尊大，对于别的男人、女人和一切东西，她都看不惯，总是横加指责，冷嘲热讽。她比任何人都高傲、莽撞，动不动就以不顺心而发脾气，别人做的事没有一样能称她的心，而且自以为高不可攀，就算做了法兰西皇家成员，估计也会觉得十分委屈呢。她在街上走时，装出一副十分厌恶的神气。仿佛闻到别人烧破衣服发出的臭气似的；看到或遇见了谁，她总把鼻子掩起来，好像那人身上发出了臭味。现在，我们且把她种种令人不快的奇怪行径撇在一边，直入主题吧。

有一天，她外出后回到家，装模作样地在弗雷斯科身边坐下，什么事都不做，只是一味地唉声叹气，于是叔父问她：

“切丝卡，今天是节庆的日子。你怎么这么早就回家了呢？”

她无精打采、惺惺作态地回答道：

“今天我确实回来得太早了，因为我感到在我们城里，男女老少们从来没有像今天这样叫人讨厌。在街上走的那些人没有一个合我意的，真是时运不济。我想：世界上任何女人都不会像我这样，见到这班丑陋的人就不高兴。为了不碰见他们，我只好这么早就回家了。”

弗雷斯科看到侄女那种对什么都看不上眼的做派，十分讨厌，对她说：

“侄女啊，你说你看到那些面目可恶的人很不舒服，那么如果你想活得愉快，就千万别照镜子了。”

她自以为跟所罗门的才华不相上下，其实不过是河塘边的一根芦苇罢了，一无所知。她懂得的道理不比一只羊儿多，所以根本不理解弗雷斯科的良苦用心，反而说自己还要像别的女人那样经常去照镜子呢。因此她一直没有明白过来，到现在仍是如此。

故事九

女王听完了埃米莉亚讲的故事，看到现在就剩下她自己和迪奥内奥两个没讲了，而迪奥内奥又有特权可以最后一个讲，因此就开口讲了起来：

你们也许知道，我们城里过去有不少优秀的、值得保留的风俗习惯，如今却荡然无存了，其原因主要在于人们由于越来越富有而变得十分贪婪，把这些风俗习惯都抛弃了。

我们就说说其中的一个风俗吧：佛罗伦萨的一些绅士或贵族们，经常在各处聚集在一起，结成一个小集团，不过只准付得起一定费用的人们参加，今天我出钱，明天你出钱，大家轮流做东，日期由东道主自行安排；如果外地的绅士或贵族来城，也一定会招待他们，本城人士就不必说了。在遇上节日的时候，尤其是那些重要的节日，或者赶上有喜讯或捷报传来的时候，他们总要穿上统一的衣服，骑着马在城里转悠，有时还比赛武技。这样的活动，每年至少举行一次。

在这些小集团中，有一个是贝托·布鲁内尔斯凯蒂先生做东道主的，他和他的伙伴们极力想拉拢圭多·卡瓦尔坎蒂先生参加，而这也不是没有缘故的：他不仅是世界上最有声誉的逻辑学家之一，而且还是一位出类拔萃的物理学家——不过对这伙儿人都没有兴趣；而且他风度翩翩，富有教养，善于言辞，凡是绅士所应该具备的素质，他样样精通，而且都超过别人，更何况他非常富有，在招待方面比别人更慷慨大方，有求必应。可是贝托先生始终没能把他请到；贝托和他的朋友们认为，这是因为圭多对人世间的事经常想入非非，而且多少也专心研究过伊壁鸠鲁的学说。在平常百姓之间有一种说法，说他的这种幻想的目的，只是为证明天主并不存在。

话说有一天，圭多从奥托·圣·米凯莱出发，经过科尔索·迪·阿·迪马里一直往圣约翰礼拜堂走去。他平时一直走这条路，那里的坟墓都用大理石筑成，像现在的圣·雷巴拉塔礼拜堂的坟墓那样；但在圣约翰礼拜堂周围，还有用其他材料筑成的一些陵墓。当时圭多正走在紧关着门的圣约翰礼拜堂前和坟茔的花岩石柱之间，正好贝托先生和一伙朋友从圣·雷巴拉塔礼拜堂骑马经过这里，看到圭多在一片坟地之间，就说："让我们去戏弄他一下吧。"

于是他们用马鞭催马快跑，急匆匆地直接向圭多跑过去，圭多还来不及弄清楚怎么回事，他们就来到他眼前，冲他说：

"圭多呀，我们请你加入我们的小集团，你不肯。现在我倒要问你一句话：要是你真的证明天主不存在，那你又怎么办呢？"

圭多眼看被这些人缠住脱不了身，马上答道：

"先生们，你们在自己的老家里，想怎么说我就怎么说我呗。"

说完，他把手支在一座陵墓上，像一个身手极其敏捷的汉子那样纵身一跳跳过陵墓，摆脱了他们的包围，扬长而去。

这些人都面面相觑，接着你一句、我一句地说了起来。他们说他有些痴癫，回答得语无伦次。他们刚才站的地方，跟城里的其他市民又有什么关系呢？圭多跟他们更不相干。但贝托先生却回头对他说：

"如果你们不懂得他的话里隐含的意思，你们真是知识浅薄了。他只消文文雅雅地随口道来，就骂出了天下最恶毒的话。只要你们认真地想一下，就知道这些坟墓就是死人的家，因为死人是葬在这里面，永远躺在里面的，他把死人说成是我们的老家，无非是想说明我们以及其他没有文化教养的人，同他和别的学者比较起来，连死人都赶不上呢。正因为如此，我们在这里就好比在自己的老家。”

大家这才弄清圭多的言外之意，感到十分惭愧，以后再也不敢戏弄他了，同时十分尊敬贝托先生，认为他是一位思维敏捷、知识渊博的绅士。

故事十

其他人都讲过一则故事后，迪奥内奥明白现在轮到自己了，他不等女王一本正经地指派他，在大家赞扬完圭多机智的反击后，就开始讲述起来：

美丽的女士们，虽然我有特权可以让我随便选择讲一个故事，可是今天我不想偏离你们所讲的主题，你们刚才讲得多么诙谐风趣呀。现在我跟在你们后面，想跟你们讲一讲圣安东尼派的一个修士如何随机应变，机智地逃过了两个年轻人的暗算，躲过被人揭穿的危险。各位不要觉得太烦恼了，因为我为了把故事讲得完整些，只好多花一些时间。你们看，太阳还悬在半空中，时间还早呢。

契塔尔多是位于我们城郊瓦尔德尔萨的一个庄园，想必你们已经听说过。虽然它很小，以前却也有一些贵人和富豪住在那儿。话说有一个圣安东尼教派的名叫奇波拉的修士，因为看到那里的油水很足，每年都要花很长时间逗留在那儿，以获取基督信徒们给他和弟兄们的一些施舍。那里的人们也很欢迎他，这与其说他富有为上帝献身的精神，还不如说他的名字起得好，因为“奇波拉”在当时就是洋葱之意，而那块地方正是由于盛产洋葱而闻名于托斯卡纳全境。

修士奇波拉身材矮小，毛发红红的，脸上总挂着笑容，算得上是世界上最好的朋友。另外，他虽然没有什么学问，却巧于言辞，什么话都能脱口而出；如果你不了解他的真实身份，你不但会以为他是一个雄辩家，还会说他是图利乌斯再世，或者就是昆体良呢。那地方，几乎每一个人都成了他的朋友、伙伴或知己。

某年八月里，他按照惯例到契塔尔多去。一个星期天的早晨，附近乡镇的基督教徒们都到教区的教堂里来做弥撒。他抓住机会，走上前去对他们说：

“女士们，先生们，你们知道，每年你们总要送些小麦和五谷给圣安东尼那些可怜的信徒们，有的少些，有的多些，根据你们庄园的收成和意愿而定，希望圣安东尼能保佑你们的牛羊猪驴以及其他牲畜平安无恙。另外，你们各位，尤其是加入到我们这个团体里的人，每年总要一次付出一小笔理应捐赠的钱来。现在，我的领导，也就是院长先生，让我亲自来收这笔钱。所以在九点钟以后，你们在天主的祝福下，一听到铃声就到教堂外面来，我将像平常一样给你们讲道，请你们来吻吻十字架。还有一件事：我知道你们都是圣安东尼圣人最虔诚的子女，所以赐给你们额外的特殊恩宠，让你们看一看我从海外圣地带来的一件极其神圣而又美好的遗物，这件圣物乃是圣加百列的一根羽毛，也就是当天使加百列到拿撒勒向圣母玛利亚报告耶稣即将降世时落下来而留在圣母那里的羽毛。”

说完这些话后，他就默不作声，回头做弥撒了。

当时教堂里做礼拜的人群中有两个年轻人，一个叫焦万尼·德尔布拉戈涅拉，另一个叫比亚季奥·皮齐尼，全是与修士奇波拉性格相像的狐朋狗友，而且两个人生性狡诈。当修士说出上面这席话时，他们听到有什么圣物之类的东西，觉得非常好笑，便商量起来，想借这根羽毛玩弄他一下。

他们打听到那天上午修士奇波拉和一个朋友在庄园里吃饭，于是商定等他们一入座，就急忙到修士下榻的客栈去，由比亚季奥缠住奇波拉的仆人聊天，焦万尼则负责清查他的行李，找到了羽毛便把它拿走，不管它是不是什么圣物，事后看他如何向群众解释。

修士奇波拉有一个仆人，有人把他叫作“鲸鱼古奇奥”，也有人把他叫作“脏鬼古奇奥”，还有人把他叫作“猪猡古奇奥”。他简直是天下最笨的傻瓜，连利波·托波也从来没有画过这样的人物。修士奇波拉曾多次在朋友面前开玩笑说：

“我这仆人有九大特征，只要其中有一个出现在所罗门、亚里士多德和塞涅卡身上，就足以使他们丧失全部理智、德行和神圣。你们可以想一想，他身上有九件东西，而德行、理智和神圣却一点儿也没，那他该是怎么样的人物哪！”

有一次，人家问他这九大特征是什么，他就用押韵的方式列举出来，回答道：

“我来告诉你们吧！他这人一拖拉不爽，二身体肮脏，三爱好撒谎，四粗心懒散，五不听使唤，六满口恶言，七缺乏头脑，八记性不好，九放荡胡闹。他还有许多其他缺点，我就不必一一列举出来了。在他的做派方面，有一点最为好笑：无论他上哪儿，总要娶一个老婆，成一个家。他长着又滑又黑的大胡子，看上去潇洒英俊，自以为许多女人见了他后都会迷恋上他。如要是你不看住他，他就会像只苍蝇似的跟在所有女人后面团团转，直到弄得头破血流为止。不过说真的他倒是我的一个好帮手，人家跟我说什么悄悄话，他总想插进来听，人家向我提出问题，他生怕我答不出来，便根据自己的看法，代我回答'是'或'不是'。"

修士奇波拉让这个仆人留在客栈里，要求他好好看管行李，别让任何人翻动，特别是那个旅行袋，因为里面放着圣物。可是那个"脏鬼古奇奥"却注意起了厨房，痴迷的程度比夜莺留恋绿色的树枝还严重，尤其是当他听到厨房里有女仆的时候。恰巧他在那家客栈里看上一个又矮又胖的厨娘，那女人长得很丑陋，一张脸与巴龙奇家族的人难分上下，一对大乳房像两筐粪便，满脸汗水，一身烟灰和油腻。古奇奥走出了修士奇波拉的房间，门也不关，抛下他的行李不管，直接溜到厨房里，简直像老鹰扑向腐烂的尸体一样。

虽然当时是八月份，他却在炉灶边坐了下来，开始跟那个名叫奴塔的胖厨娘调情。他对她说自己是一个有官位的贵族，手头积累了九百多万弗罗林，施舍给别人的钱还不算在内；还吹嘘自己聪明精干，能说会道，连天主都比不上他。他可没有看到自己的头巾上油渍这么多，就算用来涂抹阿尔托帕斯齐奥的大锅也绰绰有余；也不去想自己的那件紧身衣已经破烂成什么样子，脖子周围和胳肢窝下已经积下层层污垢，衣服上的斑点和补丁，比鞑靼人和印度人的还要多；鞋子开了口，袜子脱了线。他跟厨娘搭讪的口气，活像恰斯蒂利奥内家族的贵族绅士们。他说他要将她重新打扮一下，使她脱离贫困，不再寄人篱下，还说即使不能让她享受荣华富贵，也能使她过上富裕的生活等等。他这些话无论说得多么天花乱坠，到头来还是一场富贵梦。正如他过去向女人们献殷勤时那样，一切都是浪费口舌。

却说两个年轻人看到猪猡古奇奥正和女仆奴塔纠缠不休，心里暗自欢喜，因为这样一来，事情就少了很多麻烦。他们见修士奇波拉的房门开着，便直接走了进去，第一件事就是去搜寻那只放羽毛的旅行袋。他们打开袋子，发现里面有一只小盒子，用一大块薄纱包着。打开小盒一看，里面有一根鹦鹉尾巴上的羽毛，他们确信这就是修士许诺给契塔尔多人看的所谓的圣物。

这种东西，在那个年代的确是容易让人相信的，因为当时东方的货物运到托斯卡纳的数量很少，不像现在那样大量运来，使整个意大利蒙受损失。托斯卡纳境内的某些地方，对这种珍品知道得不多，而这里的居民则从来也没有看到过。他们依然保持着上代人粗野质朴的生活传统，不但没有看到过鹦鹉，而且连听也没有听过。

两个年轻人找到了这根羽毛，特别高兴，就立刻把它拿走了。为了不使盒子里空无一物，留下把柄，他们看到屋角里有些木炭，就顺手放在里面，然后关上盒子，使一切恢复原样，才神不知鬼不觉地带着羽毛趾高气扬地走了，只等着看修士奇波拉将来看到羽毛变成了木炭时怎么去解释。

刚才在教堂做礼拜时的头脑十分单纯的善男信女们，听说九点钟以后可以看到加百列天使的羽毛，做完弥撒就回家了。男的也好，女的也好，大家都到处转告，一吃完饭，许多人就争先恐后地涌入庄园，挤得几乎连站脚的地方都没有。

教士奇波拉吃完午饭，休息一会儿，刚过九点钟就起身了。他听说有许多平民百姓都赶来看羽毛，便命令脏鬼古奇奥带着铃和他的旅行袋到那边去。古奇奥只得恋恋不舍地离开奴塔，带着主人嘱咐他带的东西没精打采地走了。

由于他喝了许多水，走到那里时已经是上气不接下气，身子十分疲惫，只得勉强执行修士奇波拉的命令，在教堂门口使劲儿地摇起铃来。待众人集合完了以后，修士奇波拉就开始讲道，并没有发现自己的圣物已被暗中换掉。他漫无边际地赞扬了自己的功德，然后感到应该把加百列天使的羽毛拿出给大家看了，于是先郑重地做了一遍忏悔式的祈祷，再点起两只大蜡烛，撩开头巾后，小心翼翼地打开薄纱，把那只小盒子拿了出来。他先说了一些引言，热情讴歌天使加百利和他的遗物，然后打开盒子，往里一看，里面没有羽毛，只有木炭！他既不怀疑鲸鱼古奇奥会做出这样的坏事来——因为古奇奥是不会有这种脑筋的，也没有想到仆人处事马虎，让别人暗中做手脚。他只是暗暗责怪自己，既然他知道古奇奥这人马虎懒散，不听使唤，记性不好，没有头脑，为什么又这么依赖他，让他来保管这么珍贵的东西呢？然而即使如此，他还是毫不惊慌，仰望天空，高扬起双手，抬高嗓门说道：

“哦，天主啊，祝愿您的神力永远得到赞美！”

接着他盖上了盒子，转身对众人说：

“女士们，先生们，你们应该知道，当我年纪还很小的时候，领导就派我到太阳出来的那些东方地区，而且明确地命令无论如何也要找到波尔切拉纳的地域，这对他们并没有坏处，而对我们却大有裨益。

“为了完成这件神圣的使命，我从威尼斯出发，经过希腊，后来骑马通过加尔博王国和巴尔达卡，来到了帕里奥内，忍受着饥饿，忍着口渴，过了不久又到达萨达尔迪尼亚。不过我又何必要把经过的地方全说出来呢？我通过圣乔治峡，来到‘嘲笑国’和‘诈骗国’，这两个国家人口很多；以后又到了‘谎言国’，遇到了我们的许多兄弟信徒和其他教派的不少修士。他们凭着天主的名义，不想干天主给他们的苦差事，对别人的劳苦不闻不问，一心一意只想着塞满自己的钱包，在那些地方使用的，只是没有铸成的钱币。以后又经过阿布鲁齐国，那里的男人和女人穿着木屐在山上来来往往，还把猪肉藏在肠子里面。再往前走了会儿，又见到一些人用棍子夹面包，用袋子装酒。后来又离开那里到了巴斯基山，那里的水都是倒着流的。

“简而言之，我走得很远，甚至一直到达印席帕蒂纳卡。我对着身上的那件圣袍向你们发誓：我看到修剪树枝的工具会飞，如果不是亲眼看到，谁都不会相信。不过我可以请住在那儿的一个名叫马索·德尔·萨季奥的大商人作证，我说的都是绝对属实的，当时他正在剥胡挑，准备把胡桃壳零卖出去。

“可是我要找的东西却无法找到，因为再下去就要走水路，于是往回走到了那些圣地；那里，每年夏天冷面包价值四元银币，而热面包却一文不值。在那里我有幸看到了农米布拉斯梅特·塞沃伊皮亚切神父大人，他是耶路撒冷最高贵的教长。由于他喜欢我经常穿在身上的那件圣安东尼圣人的圣袍，他愿将身边所藏的各种神圣物让我随意挑选。圣物真是数不胜数，如果我要把它们全部数出来，也许需要走好几里路的时间才讲得完呢。不过为了避免你们失望，我就说一些给你们听听吧。

“教长先给我看一只圣灵的手指，它仍旧非常完整，丝毫没有变质的迹象；后来又给我看了曾在圣方济各面前出现的六翼天使的一缕额发，还有几位天使中的第二位天使的一块手指甲，‘韦尔布姆卡罗靠近窗边’的一根肋骨，再有天主教神圣信仰派的几件衣服，三王在东方看到过的一些星光，圣米迦勒和魔鬼拼斗时流下的一瓶汗水，圣拉扎鲁死神的额骨，以及一些别的东西。

“我从容自在地替他抄了蒙泰·莫雷洛用俗语写的一些作品，还有卡普雷齐奥作品中的一些章节，这些正是他长期以来梦寐以求的东西。他就回馈我一些圣物，给了我圣十字架齿轮的一颗齿牙，还有一个小瓶子，里面装着所罗门寺庙里的一些钟声，以及我刚才同你们提到的加百列天使的羽毛，再有圣·盖拉尔多·达·维拉马尼亚的一只木屐，不过前不久我到佛罗伦萨去，已把这只鞋子给了盖拉尔多·迪·本西，因为他对圣徒维拉马尼亚极其敬仰。另外，他还送给我最有恩惠的殉教者圣劳伦斯当年被烤死时用过的一些木炭。这些东西我都怀着虔诚的心情拿到手后，一直藏着，完好无缺。

“本来，依照程序，我的领导一定要等他鉴定完这些东西的真伪后才答应我拿出来给大家看，可是现在这些圣物既然已创造出一些轰动效应，而他又收到了教长的好几封信，证明它们的确是真的，所以允许我取出来给大家观赏。不过我一直不放心交给别人保管，因此经常带在身边。

“说实话，我把加百列天使的羽毛藏在一只小盒子里，只怕把它损坏了，烤圣劳伦斯用的木炭却放在另一只盒子里。这两只盒子的外观很像，以前我常常搞错，今天又犯了这个毛病。我本想把那只装有羽毛的盒子带来，想不到竟拿了那只装有木炭的来。我觉得这并不是什么错误，而的的确确是天主的意旨，是天主亲自把这只放木炭的小盒子放到我手里来的。我刚刚想起来，两天前正好是圣劳伦斯的节日呢。

“由此看来，原来是天主指示我拿烤圣人用的木炭给你们看，以重新唤起你们心里对他应有的一片忠诚，然而我拿起的东西不是我所要的羽毛，而是拿了被圣体液浸灭了的神圣的木炭。所以，有福的信徒们，摘下你们的帽子，真心实意地走过来瞻仰一下吧。

同时我先要告诉你们，无论你们是谁，只要用这种木炭在身上画一个十字，在这一年内绝对不会被火伤到，就算火烧在身上也不会有什么感觉。”

说完这些话，修士一面高唱赞美诗来颂扬圣劳伦斯，一面打开小盒子，拿出木炭来给大家看了一会儿后，人们就一齐拥到奇波拉修士身边，施舍的东西比以前还多，而且请求他用木炭为他们祝福。

于是，修士奇波拉就拿起这些木炭，在男人们洁白的衬衫和短上衣上面和女人们的面纱上面画起很大的十字来，并且明确告诉他们，这些木炭在画过十字后当然会有不少耗损，但放进盒子里以后又会恢复原样。不久前他试验过好多次，每次都这样。

就这样他为所有的契塔尔多人画了十字，从中获取了一大笔收入。偷羽毛的两个小伙子本来想嘲弄他一番，如今他随机应变，两人反而自讨没趣。他们也在听他讲道，还认真地听他用新的花招来掩饰自己，用拐弯抹角的方式胡言乱语地说了一通，结果笑得连嘴都合不上。待众人散了以后，他们就走到他面前，完完全全地把他们的所作所为告诉了他，还把羽毛还给他，让他明年像那天用木炭玩把戏那样，有题材再耍新的花样。

大伙儿听完这个故事，都觉得津津有味，情绪被激起来了，大家都因修士奇波拉的荒诞的行为大笑不已，特别笑他所说的旅行中的所见所闻且又取去这么多圣物的故事。

女王听完了这个故事，她的任期也满了，便站起来，取下王冠，满面笑容地把它戴在迪奥内奥头上，说道：

“迪奥内奥，让你来体味一下管理女人和领导女人的滋味吧。现在你来当国王吧，好好地管理国家，等你任期满了之后，大家都会来称赞你的。”

迪奥内奥戴着王冠，笑嘻嘻地答道：

“比我高贵的国王，想必你们见过很多次了，我指的是棋中之王。说真的，要是你们真把我当作国王来服侍，我一定要让你们享受到一种乐趣，没有这种乐趣，任何快乐的场面都会黯然失色。这些话暂且放一边吧，我一定尽我的能力，管理好这个国家。”

于是他按照常例把总管叫来，告诉总管在他的任期之内应该如何有条不紊地做好所有事情，然后说：

“尊贵的女士们，我们刚才已从各方面讨论了人的睿智和各种机会问题，要不是那位莉奇斯卡女士刚才到这里来，告诉了我明天要讲的故事材料，恐怕我即使冥思苦想很久，也想不出该谈的主题来。你们刚才也听她说了，她的左邻右舍中，没有一个女人结婚前是处女，又说妻子捉弄丈夫的种种行为，她没有一件不知道。不过前面那段话暂且不管，因为全是孩子气的。我认为后面那段话，倒可以作为讲故事的有趣题材。既然莉奇斯卡女士给了我们启迪，我想明天讲故事的主题就不妨设定为：‘女人为了爱情或为了实现自己的情欲，捉弄了自己的丈夫，有的丈夫没有发现，有的模棱两可。’”

有几位女郎认为这样的故事主题不是很妥当，要求换一个主题，于是国王说：

“女士们，我命令你们讲这类故事，知道你们肯定不情愿。但我不能因你们不愿讲而更换题目，因为我认为在目前情况下，既然男男女女都做出伤风败俗的事来，什么话都是许可谈的。你们知道不知道，因为现在的这场劫难，法官都离开了法庭，人类的法律和教会的戒律，都已不能发挥正常的作用，每个人为了保全生命，都可以毫无约束吗？如果你们所讲故事的内容有点儿出轨，但只要不做出不正经的事，也就无伤大雅。你们讲故事只是为别人和自己消遣一下。我看将来谁也找不到什么令人信服的理由来抨击你们。再说，我们这些人从开始一直到现在，都是很规矩的。不管我们说些什么话，我觉得大家在举止方面，谁也没有越轨，以后也不会有任何污点，凭天主之恩，又有谁知道你们的贞洁呢？我看不用说讲几个让人惬意的故事，就算是以死来威胁，也不可能改变你们的主意。

“我还要向你们说句真心话：要是人家知道你们拒绝讲这种故

事，也可能怀疑你们因为心里有鬼，所以不愿讲。你们所说的我一向都很尊敬，如今你们选我做你们的国王，又授权让我制订规则，如果不按我提出的要求讲故事，就谈不上尊重我的权利了。所以我看你们还是别担忧了，只有心术不正的人才顾虑重重，你们可不是这样的人啊。你们还是每人动脑筋讲一个好听的故事吧。”

女士们听了这番话，都说讲到她们的心里去了。于是国王让她们随意去游玩，到吃晚饭时再集合。

因为刚才讲的故事都很短，这时太阳仍高高悬在空中，迪奥内奥和别的男子去玩“台面游戏”了，埃丽莎把别的女士们叫到一边，说道：

“自从到这儿以后，我一直想带你们到附近的一个地方去，这个地方叫‘女郎谷’，我想你们谁也没去过。以前我没有时间带你们去，今天太阳还高高地挂在天空，这倒是一个绝好的机会呢。如果你们愿意去，我相信到了那里后，一定会对那里感到特别满意。”

女郎们都说乐意去，于是不向三个小伙子透露半点风声，只带上一个女仆直接出发了。

她们走了不到一里路，就来到“女郎谷”。山谷外有一条小路，小路一侧有一条清澈见底的小溪潺潺流过。她们由小路进入山谷，看到这里的风光确实很迷人，令人心驰神往，尤其在这盛夏的季节，更使人沉醉在遐想之中。后来她们中间的一位告诉我，山谷里的平原虽然看上去不失为鬼斧神工，没有一点人工的痕迹，但四边却是浑圆的，仿佛用圆规画出来的一样。周围约有半里多长，四面是六座不太高的小山，每座山的山顶上都能看到一座别墅，形状像一个古代的城堡。这些小山的山坡逐渐朝平原方向倾斜下来，仿佛我们在露天剧场里看到的一排比一排低的座位，从山顶往下望，这一圈圈的石级逐次扩大。山坡朝南的地方，长满了葡萄、橄榄、扁桃、樱桃、无花果和其他各种果树，没有一块空地。朝着大熊星方向的余坡上，有一丛丛小橡树、榛树和其他翠绿而挺拔的树木茂盛地生长着。除了女士们刚进来的那个入口外，旁边的这片平原就没有别的入口了，那里长满了杉树、柏树、桂树和一些松树，排列得整整齐齐，纵横交错，好像是技艺精湛的园艺师培育出来的。太阳高照时，树丛中的地面上只有淡淡的阳光，甚至一丝也透不进来。地上绿草如茵，开满了红花和其他各色的花卉。

除此之外，那条小溪也同样令她们愉快。它从夹在两座小山中间的峡谷中流出，顺着光秃秃的悬岩泻了下来，发出非常悦耳动听的声音；溅落的时候，从远处望去宛如一块水银做成的白练，在某种神秘力量的作用下，又变成了细小的水花。溪水流到小小的平原上后，迅速地注入一条小沟，最后流到平原中央，聚成一个小湖，有点像市民们有时在许可的条件下在自己的花园里所开筑的那种鱼池。

这个小湖并不深，湖面只到人的胸口。湖水清澈见底，没有任何悬浮物，连极小的卵石也历历在目；倘若你想知道水里究竟有多少卵石，那完全可以办到。往水下望去，你不但可以看到湖底，还能见到许多鱼儿来回游动，令你既高兴，又惊奇。溪水的另一边是一片草地，草地在溪水的哺育下，使周围景色更加绮丽。溢出小湖的水流入另一条小沟，再从那里流出小谷，注入低地。

姑娘们来到这里，对周围的景物观赏了一番，而且大加颂扬。因为天气很热，又发现前面的小湖湖水清澈，别人也不会发现，她们决定在湖里洗个澡。她们命令女仆在刚才入口的那条路上守望，如果有人过来，就赶紧通知她们。于是七个女郎便脱去衣服，下水去了。湖水映出了她们雪白的肌肤，好像薄薄的玻璃里面镶嵌着一朵朵鲜红的玫瑰花。她们在水里，随意地游来游去，一点也没有把水弄浑浊。她们想亲手把鱼儿逮住，搞得鱼儿四处逃窜，不知往何处藏身才好。女郎们在湖里尽情玩了一会儿，捉到几条鱼，休息片刻后，便上岸穿好衣服，对这块地方无比喜爱。眼看该回家了，便慢悠悠地踏上归程，对那里的秀美风光赞不绝口。

她们回到庄园里，时间还早，只见小伙子们还在那里玩牌。帕姆皮内娅就笑盈盈地对他们说：

“今天，我们总算把你们骗了一回。”

“什么？”迪奥内奥说，“你们还没有开始讲故事，却做出了捉弄男人的事来？”

帕姆皮内娅说：“是呀，我们的国君。”接着她原原本本地告诉他，她们刚才上哪儿去，那里的景色多么秀美，离这儿有多么远，她们都做了些什么。

国王听说那地方竟如此美丽，很想亲自去看一看，当即命令开饭。大家兴致勃勃地吃过晚饭后，三个小伙子就带着几名仆人和那些女郎分手，到“女郎谷”去。他们谁也从来没去过那儿，观赏一番后，都称赞它是天下奇景之一。他们洗完，穿好了衣服，天色已很晚了，便起身回家，只见女郎们正在跳圆圈舞，菲亚梅塔伴唱。

跳好了舞后，三个小伙子就和她们谈论起“女郎谷”说了好些赞美的话。

为此国王召见总管，命令他明天早晨在那边把一切安排就绪，并要他带床去，午后供人们睡眠或休息。接着他叫人点好了灯，并指示他们把酒和甜食端来，让大家提提神，随后又把每个人都叫来跳舞。潘菲洛跳了一场舞后，国王转过身去，面色和蔼地对埃丽莎说：“美丽的姑娘，今天承蒙你的情，给我戴上了王冠，今晚我得回敬你，请你唱一支歌。你想唱哪首，就唱哪首吧。”

埃丽莎满面笑容地回答他，她很乐意，于是用动听的声音唱了一首歌：

爱神呀，倘我能挣脱你的桎梏，

我想，别的任何锁……

埃丽莎唱完歌以后，发出一声哀怨感人的叹息。大家听到这样的歌词虽然感到奇怪，但谁也不知道她到底为什么这样歌唱。

不过国王的情绪很高昂，他把廷达罗叫来，要求他拿出他的风笛来。风笛一响，大家都翩翩起舞，跳了很长时间。直到深夜时分，国王才命令大家去睡。

第七天

茫茫夜空中的星星已基本消失，只有一颗被大家称为“鲁齐费里”的星星依旧在白蒙蒙的曙光中闪烁。那时总管已经起身了，带着一大批行李来到“女郎谷”，而且已按照他主人的要求，在那里把一切安排就绪。打点行李和马儿的喧哗声也将国王吵醒了，不久他也起床了，而且又把女郎和小伙子们一一叫醒。当他们上路时，太阳刚刚升起，光线还很微弱，只能听到夜莺和其他的鸟儿在啼鸣，声音似乎从来没有像今天早晨那样甜润优美。鸟儿的叫声一直伴随着他们进入“女郎谷”，一到“女郎谷”里，又有更多的鸟儿发出一片啁啾声，好像在欢迎他们的到来。

他们对那里的景物又认真地观赏一番，觉得清晨的风光异常秀丽，比昨日更加富有魅力。后来他们吃了些美酒糖食之类的食品作为早餐，随即一起唱起歌来，不愿落在鸟儿之后。悠扬的歌声在山谷里飘荡，鸟儿似乎也不甘落后，又唱出了许多婉转动听的新曲。

午饭时分，按照国王的吩咐，餐席安置在湖边繁盛的桂树和其他秀美的树木下面。他们坐在那里，可以一面吃东西，一面观赏湖里成群结队的鱼儿，这样既饱了眼福，又能增添一些谈资。吃完午餐拆去桌面以后，他们比以前更加喜悦地唱起歌来，接着有的吹奏，有的跳舞。随后，小山谷的许多地方都搭起了床，谨慎的总管又支起了法国绸做的帐子，只要国王同意，想睡觉的可以去睡；不愿睡的，就可以尽情玩乐。不久之后，大家该起身了，也该集合起来讲故事了，在国王的旨意下，人们就在离吃饭处不远的草地上铺好几条毯子。大家在小湖边坐好以后，国王命令埃米莉亚开始讲故事，于是她满面笑容地讲了起来。

故事一

大王，今天我们要讲的题材相当有趣，如果大王开恩，让其他人来给这个好题材开个头，我真是求之不得；如今您要我开这个头，给其他几位姐妹们壮壮胆子，我当然也很愿意。亲爱的女郎们，我现在要讲的故事，对你们的将来可能有好处，因为你们都和我一样，胆子都太小，尤其是怕鬼。天主在上，我不知道鬼究竟是什么样的东西，直到现在我也没有看到哪个女人见过鬼，可是大家依旧同样地怕它，假如果真有什么鬼来到你们身边，只要细心听听我的故事，念起一篇顶呱呱叫的咒文来，就可以把鬼赶走，并且能从中学到不少有益的东西。

话说在佛罗伦萨的圣·布兰卡齐奥地区，有个做羊毛生意的人，名叫季安尼·洛泰林吉。此人虽然卖羊毛发了财，但对别的事却糊里糊涂。因为他傻里傻气，别人就常常让他做圣马利亚·诺维拉唱诗班的领队，而且必须管理这个唱诗班的日常事务。他曾做过几次这类小差使，原因是他家境殷实，常常送礼给教士们。他今天送这个教士一双袜子，明天送那个教士一件长袍，后天送另一个教士一件无袖法衣；教士们为了感谢他，就教他念一些时尚的祷文，送给他通俗易懂的经文，还教他唱圣阿勤克西之歌、圣白尔那多挽歌、马蒂他夫人颂歌等不伦不类的曲调，他却把这些东西当作宝贝一般，用心记住，满以为这样就可以挽救自己的灵魂。

季安尼讨了一个漂亮容貌，姿色出众的妻子，她芳名泰莎，是库里亚地方曼奴奇奥的女儿，十分机灵乖巧。她见丈夫傻里傻气，就爱上了一个英俊潇洒的青年，此人名叫费德里戈·迪·奈利·佩戈洛蒂，而这个小伙子也同样爱她。她和自己的女仆想出一个办法，让费德里戈到卡梅拉塔她丈夫的一所豪华的住宅里和她幽会，她整个夏天都在那里待着，而丈夫季安尼只偶尔去几次，吃上一顿晚饭，睡上一夜，第二天早晨就回到店铺里，有时会到教堂去唱诗。

费德里戈很想见她，可惜没有机会，现在终于有机会了。在约定的那一天，黄昏时分他就提前到了女人的家，那天晚上季安尼没回来，他就同她高高兴兴地共进晚餐，夜里便睡在一起了。女人在他的怀抱里，当夜还教给他五六篇她丈夫念的赞美诗。不过她不愿让这第一次幽会变成最后一次，以后再也没有这种机会了。费德里戈也这样认为。因为每一次都叫女仆去找他总有些不便，于是两人便商讨出一个办法：费德里戈离这里不很远，以后每逢他外出或回家路过这里，先看看她屋子旁边的那个葡萄园，她会在园子里攀藤的杆子上放个驴子脑壳，要是驴嘴面向佛罗伦萨，他就可以轻敲三下，她就会来开。要是看到驴子的嘴朝向菲埃索莱，那就别去，因为季安尼在家。他们这样约好之后，又不知欢聚了多少次。

有一次，季安尼本说好不在家，于是费德里戈按约定准备前来和泰莎共进晚餐，泰莎还煮了两只肥肥的阉鸡，不料季安尼在很晚时却回来了，这使做妻子的异常生气。她拿出另外烧的一些咸肉和丈夫一起吃晚饭，并吩咐女仆把两只熟鸡，还有许多新鲜鸡蛋和一瓶美酒用一条白餐巾包好，送到小花园里，并叫她放在草地边的一株桃树下面。小花园本是泰莎和费德里戈幽会时经常吃晚饭的地方，到那里去可以不经过住宅。可是由于太过慌乱和恼火，竟忘记吩咐女仆在小花园里一直等费德里戈前来，并要她转告他今晚季安尼已经回家，他只能把园子里的东西拿去吃了。

女人和季安尼一上床，女仆就睡了。不一会儿，费德里戈到她家来了，先轻轻敲一下门。由于这扇门离卧室很近，季安尼一下子就听清了，他妻子也一样，不过她怕季安尼猜疑，假装睡着了。

过了一会儿，费德里戈第二次敲门了。季安尼感到很奇怪，便轻轻推了推妻子说：

“泰莎，我听到一些声音，你呢？好像有人在敲门。”

其实那女人比丈夫听得还清晰，但她装作刚醒过来的样子，说道：

“你说什么，嗯？”

“我说，”季安尼说，“似乎有人在敲咱家的门呢。”

女人说：“敲门吗？哎哟，我的好人呀，你不知道这是什么吗？这是鬼呀！这几天夜里，我真是吓得要命，一听到这声音，就把头缩进被子里，到天大亮时才敢伸出头来呢。”

于是季安尼说：“嗯，夫人，即使鬼来了也不必害怕，我们上床之前，我已经念过‘泰·鲁齐斯’‘英特梅拉塔’和别的经文了，而且以圣父、圣子和圣灵的名义，在床的每一边都画过十字，所以我们不必担忧有什么妖魔鬼怪来伤害我们。”

那女人怕费德里戈会怀疑她另有新欢，心里七上八下，忐忑不安，便决心孤注一掷，起了床，设法让他的情人知道季安尼已回家了。只听她对丈夫说：

“好得很，你已经念过经文了，可我呢，要是我们不念咒语把鬼赶走，我是绝对不会安全的。你既然在这里，就念吧。”

“可是怎么念呢？”季安尼问。

他女人说：“我倒会念。有一回，我到菲埃索莱去忏悔，一位修女见我胆子如此小，曾教我念一篇特别灵验的咒语。我的季安尼呀，她这个人真是太神奇了！她对我说，在没有做修女之前，这篇咒语她已念了好多次，屡念不爽。天主在上，我从来不敢独自去念，如今你在家里，我们就一块儿念吧。”

季安尼说他乐意相陪，于是两人一起起床，轻轻走到门口。当时费德里戈正在门外等得有些烦躁不安，心里有些疑惑，这时听得女人又对季安尼说：

“等会儿我叫你吐口水，你就吐。”

季安尼说：“好！”

于是那女人念起咒语来：“鬼呀鬼呀夜里来，翘起尾巴到我家来，尾巴竖竖快滚开，滚到花园桃树下看看，那里找得到油腻腻的东西来，还有母鸡的一堆粪便，喝了酒后快滚蛋，莫把我和我的季安尼来害。”接着她对丈夫说：“吐呀，季安尼！”于是季安尼吐了口水。

费德里戈在门外听到这一切，他的满腔妒火顿时消失；尽管心里还有些醋意，但还是忍不住想笑出来。当季安尼吐口水时，他不由地轻声自语道：“当心你的牙齿！”

女人就这样把那驱鬼的咒语念了三遍，便和丈夫一起上床睡觉去了。费德里戈本来想等她一起吃晚餐，因为他还没有吃晚饭呢。如今听到这篇咒语，对其中的意思自然知晓，就转身溜到园子里，在大桃树脚下找到了两只阉鸡以及酒和鸡蛋，把它们带到家里，快快乐乐地吃了一顿晚餐。后来他同那个女人私会时，三番五次地拿这篇咒语来逗乐。

还有一种传闻，说那天女人原来是把驴子脑壳转向菲埃索莱，但是有个农夫路过葡萄园，用棍子一敲驴脑壳，脑壳就打转，结果驴脸就朝向佛罗伦萨了。费德里戈看到以后，以为那天情妇让他去，他就去了，而那女人的咒语却是这样：

“小鬼小鬼快跟天主走，转驴子脑袋的是别人不是我，干这等事的天主会惩罚他的，现在季安尼呀在家亲着我。”

据说他听到以后就走了，那夜既没在那边住宿，也没有吃晚饭。不过我隔壁的一位老太太对我说，根据她小时候听到的传闻，这两种说法都是真实的，只是按照后面那种说法，那丈夫不叫季安尼·洛泰林吉，而是叫季安尼·迪·奈洛，他住在圣·皮耶洛门，那股傻里傻气的劲儿跟季安尼·洛泰林吉一模一样。

心爱的女郎们，对于这两种咒语，你们可以选自己喜欢的一种，也可以两篇都要。你们听了这篇故事后，要明白这种咒语在那种场合下是大有裨益的，你们要好好记住，也许将来会有用的。

故事二

大家听了埃米莉亚的故事，都不禁放声大笑，称赞这样的咒语着实令人叫绝。故事讲完后，国王就吩咐菲洛斯特拉托接着讲，于是他这样开始了：

我亲爱的女郎们，男人，特别是做了丈夫的男人，戏弄起女人来可以什么手段都用。所以，当哪个女人也用这样的手段来对付男人时，你们知道了或听到了不但会特别高兴，会为发生这种事情喝彩，而且特别会亲自跑去讲给别人听，让男人们知道不仅只有做汉子的懂得这一套，女人们也一样干得出来，甚至更好。这样做对你们一定有好处，因为一旦一个人知道对方和他一样精明，他就不敢轻易戏弄别人了。因此，又有谁会怀疑今天我们围绕着这个题目讲的故事呢？如果男人们知道女人们也会和他们一样玩手腕，他们就不至于这么无所顾忌地捉弄她们了。现在我就想给你们讲一个年轻女人的故事，虽然她家境贫寒，却能伺机戏弄她的丈夫，从而保全了自己。

不久前，那不勒斯有一个穷人，娶了个名叫佩罗内拉的姑娘为妻，那女人生得特别娇艳。男人是个泥瓦匠，女的靠纺纱度日，收入不多，只能量入为出，勉强渡日子。

有一天，城里一个风度翩翩的小伙子看到了佩罗内拉，对她一见钟情，就迷上了她，于是挖空心思去献殷勤，终于获得了她的好感。于是他们二人约定：她丈夫每天早上起身出去干活，或者在外找活儿时，让小伙子在屋子旁边守着，一见他出去，就溜进屋里，反正他们住的阿沃利奥地区十分僻静。就这样，他们幽会了很多次。

一天早晨，丈夫出去了，那个名叫季安内洛·斯克里尼亚里奥的小伙子就溜到屋里，和佩罗内拉幽会。不一会儿，平时白天从不回家的丈夫突然回来了，见大门紧紧闭着，就敲起门来，一边敲，一边暗自忖度："哦，老天爷，你是永远值得颂扬的！你让我命中注定是一条穷汉，却赐给我一个既贤惠又守规矩的妻子，给我安慰。你看，我出去后，她就把门紧紧锁上了，这样别人就不会找她麻烦了。"

佩罗内拉听到那一阵敲门声，就知道丈夫回来了，于是说：

"哎哟，我的季安内洛。我完啦！我的男人回来了，真是老天爷跟我作对。他从来不在这个时候回家的，不知为什么又回来了。可能是你刚才进来时，被他发现了。可是不管怎样，看在天主的份上，请你快躲到那边的果汁桶里去吧，我去开门，看看今天上午他到底为什么这么早回家。"

季安内洛马上躲到桶里去了，佩罗内拉就去开门，丈夫一进来，她就绷起脸来说：

"你今天上午这么早回家干啥呀！看样子，你今天不想干活了吧，我看你还拿着工具回来呢！如此下去，我们怎样生活呢！把我的那条裙子和我的一些衣服当了，你想我心里啥滋味呢？我日日夜夜都在纺纱，手指都磨扁了，赚来的钱至少可以点点油灯吧？丈夫呀丈夫，左邻右舍见我这样又苦又累，都很好奇，没有一个不嘲笑我。现在你应该在外面干活儿，你却空着手回家来啦。”

说完，她大哭起来，又继续说：

“哎呀，我的命真苦，真可怜，是出生的时辰不对呀！来到世界真是倒霉！本来我可以嫁给有钱人家的少爷，想不到却下嫁给一个不管家的汉子！别的女人日子都很好过，哪一个女人没有三两个情人，吃喝玩乐，把丈夫攥在手心里，明明是月亮，却硬要叫他说是太阳！我呢，我好可怜呀！我心肠好，不想玩这些鬼把戏，可就是运气不好，大触霉头！我干吗不像别的女人那样去偷汉子呢？好好听着，我的丈夫，要是我存心做坏事，随便找哪个男人都能找得到，爱上我的俊俏小伙子多得是，他们巴结我，要送给我好多的钱，只要我一开口，还能送给我衣服和珠宝。不过我不是那种贱女人养的贱姑娘呀。想不到你该干活的时候不去干活，却回家来了！”

丈夫听后说：“嘿，女人，看在天主的份上，别伤心。我深知你是怎样的女人，这点你不用怀疑，今天上午，我更坚信我的看法没错。我出去本来真是想干活的。可你和我都忘了今天是圣加利文节，没有工作，所以我就在这个时候回家了。不过我还是想出了一个办法，足够供咱们吃一个多月的面包呢。你看我叫来一个人，想把咱们家那只果汁桶卖给他，反正放在家里也碍事。他愿意出五个季利亚托呢。”

佩罗内拉说：“听了这话，我就更伤心了。你是一个男子汉，在外面到处跑，应当知道市价呀，一只果汁桶哪里会只卖五个季利亚托呢？我这个大门不出的女人家，看到那只桶放在家里碍事，就卖给一个老实人，价钱是七个季利亚托。你回来时，他刚跳进桶里，说看看里面有没有毛病。”她丈夫听了这话，笑容满面，就对来买桶的那个人说：

“老兄，这笔生意做不成了。你听，我老婆已将它卖给别人啦，卖了七个季利亚托，而你只出五个。”

那老实人说：“那就算了！”说完他就走了。

于是佩罗内拉对丈夫说：“过来，既然你在家，你就和他来谈这笔生意吧。”

季安内洛在桶里竖起耳朵听他们谈话，担心自己即将大祸临头，以便设法对抗。待他听清佩罗内拉的话，赶忙从桶里爬出来，装作不知道她丈夫已回家了，喊道：

“你在哪里，夫人？”

她丈夫马上迎了上来，说道：“我在这儿，你看这只桶如何？”

季安内洛说：“你是谁？我要跟那位夫人谈谈这桶的价格呀。”

蒙在鼓里的丈夫说：“那就跟我好好谈一下吧，我是她的男人。”

季安内洛说；“看来那只桶没有什么大问题，不过我觉得里面积了一层厚渣，和不知是什么的硬邦邦的东西粘在一块儿，我用指甲刮却怎么也刮不掉。如果不先把这只桶洗刷干净，我是不会要它的。”

这时佩罗内拉插话了：“好端端的一笔交易，别因为这个吹了。我丈夫会把桶洗得干干净净的。”

做丈夫的接着说：“好吧，就这么办吧。”说罢他就放下工具，

脱掉衣服，叫妻子点一盏灯并给他一把刮刀，跳进桶去刮了起来。

佩罗内拉假装想看看丈夫刮桶的模样，便将头伸到桶里，再把一条胳膊和整个肩膀也塞进去，因为桶口并不是很大，她堵住了桶口。她一会儿说："这里刮一刮，哎，这儿刮一刮，那里再刮一刮。"一会儿又说，"看，那儿还有一点儿没刮干净。"。

当女人对丈夫指手画脚的时候，季安内洛却动起了脑子。那天早上因为她丈夫赶回来了，他还没尽兴，此刻见那男人正在桶里埋头刮桶，便向女人走近，反正这时桶口已被紧紧堵住了。他像脱缰的野马一样，向帕尔蒂亚欲火正浓的妻子进攻起来，青春的欲念终于得到了满足。好像就在这个时候，丈夫刮好了桶，于是他放开她，佩洛内拉也把脑袋伸出桶外，于是丈夫从桶里爬了出来。

这时佩罗内拉对季安内洛说："大叔，拿盏灯去，看看刮得干不干净。"

季安内洛朝桶里看看就说可以了，他很满意，就给她丈夫七个季利亚托，叫人把桶搬到自己家去。

故事三

讲到帕尔蒂亚的雌马那一段，菲洛斯特拉托并没有怎么遮遮掩掩，几位女郎的头脑都很敏捷，自然都会心地笑了起来，不过她们假装只是笑别的事。国王见故事已经讲完，就要求埃丽莎接着讲，于是她欣然从命，开始讲起来：

可爱的女郎们，刚才埃米莉亚讲到用咒语驱鬼，使我想起了另一个念咒语祛邪的故事。虽然我的故事没有她那个引人入胜，可是我一时想不出其他更贴近我们主题的故事了，所以只好讲这个来充数。

想必你们听说过，在锡耶那从前有一个潇洒俊美的世家子弟，名叫里纳尔多。他不可救药地迷恋上邻近的一个女人，那女人长得异常漂亮，是一位有钱人的夫人。那小伙子只要跟她谈几句话，就心满意足，但苦于一直没有机会。不久，那位夫人怀了孕，他就开始动起脑筋来，心想做孩子的教父不就能创造一些机会了吗？于是便同她的丈夫做起朋友来，后来找一个合适的机会向他说出自己的意愿，这位做丈夫的也没多想。

既然里纳尔多和这位阿涅莎夫人沾上了亲，便找种种冠冕堂皇的理由跟她套近乎，有一次终于鼓起勇气向她倾吐自己的衷肠，而那位夫人呢，却早从他的眼神中看出了他心怀不轨，现在那女人听了他的表白并没有什么不快，只是没有一下子就接受。

这事过后不久，里纳尔多不知为什么做了修士，他不管做修士能不能会带来好处，只是一意地做下去。里纳尔多当了修士以后，有一个时期曾努力忘却对那位太太的恋情并拒绝其他的一些俗念，但时间一长，他又故态复萌。尽管道袍仍旧披在身上，他却仍然热衷于出风头，穿着华丽的衣服，把自己打扮得像一个花花公子。此外他还编写一些小调，写十四行诗和歌谣，还干了许许多多与此相似的事。

对于这位“多才多艺”的修士里纳尔多，我没什么好说的。天下的修士，不都是一丘之貉吗？唉，世道真坏，有些人也真够无耻的，他们肥头大耳，满面红光，衣冠楚楚，对一切都挑剔讲究，走起路来挺胸凸肚，不像温顺平和的鸽子，却像鸡冠高竖、趾高气扬的公鸡，可他们并不以此为耻。他们的地窖里摆满了整坛整坛的香脂油膏，一盒一盒的糖果点心，大罐小瓶的香水香油，还有大瓶大瓶的各种珍奇的陈年佳酿，这简直不像是修士的地窖，而像是杂货店和香料铺了。这些暂且撇开不谈，更糟的是：人家知道他们患有痛风症，他们却并不因此而害羞，好像别人不懂得适当节食、粗茶淡饭和有节制的生活能使人清瘦似的。对一个正经的修士来说，即便生病，也患不上痛风症，因为清心寡欲通常是治病良药。他们自以为别人不知道，除了清苦的生活外，长时间熬夜、祈祷和遵守戒律，都会使人苍白憔悴。其他的人，圣多明尼古也好，圣方济各也好，都没有什么法袍之类，更谈不上锦衣玉帛了。他们穿的只是粗羊毛衣，甚至还没有染过色。穿这种衣服是为了御寒，而不是为了炫耀。但愿天主俯察这些事，叫那些供给修士们吃穿的头脑简单的人们清醒一些。

让我们再回过头来谈谈修士里纳尔多以前的那份欲念吧。他又经常去看那位沾亲带故的夫人，胆子也越来越大，比以前更加卖力地向她献殷勤，以便使她心甘情愿地满足自己的欲望。那位夫人见修士里纳尔多苦苦相求，又看见他仿佛比以前更加帅气，终于有一天她被缠得没有办法，便像一个被诘问而不得不透露实情的人那样说道："什么！里纳尔多修士！难道修士们也这样做吗？"

修士里纳尔多立刻说："夫人，我身上这件法袍，脱起来多么容易啊！如果我脱掉它，我在您面前就跟别的男人一样，而不再是修士了。”

那位夫人努起嘴笑了笑，说道：“哎，这可不好！您是我孩子的教父，我们怎能做出这种事来？这件事可不能做啊。我经常听人家说，这是很大的罪孽呀；说心里话，要不是那样，我也许真会答应您的要求呢。”

修士里纳尔多说：“要是您在为这个问题担忧，那真是太傻了。我并没说这不是罪孽，可是即使一个人犯了大罪，只要向天主忏悔，就会被宽恕。请您告诉我，在我和您丈夫两个人当中，谁和您的孩子更亲近呢？我只是给您的孩子洗礼，而您的丈夫却生育了他。”

夫人答道：“当然我的丈夫和孩子更亲了。”

“您说得对，”修士接着说，“您的丈夫是不是和您睡在一起呢？”

“那肯定是呀。”夫人回答。

“那么，”修士说，“对您的孩子来说，我和他的关系比您的丈夫自然远得多，您的丈夫可以跟您睡，我又有何不可？”

那女人不懂事理，稍微被纠缠一下就糊涂了，竟然觉得修士的话有道理，或者是故意装出很认同的样子对他说：

“您说得这么深奥，我哪里反驳得了啊！”

然后，也不管他是不是孩子的教父，那女人就委身于他，让他尽情取乐。他们干这事当然不止这一次；但有这层干亲关系作为幌子，一般也不会被人怀疑。就这样，也不知两人在一起过了多少的销魂时光。

有一次，修士里纳尔多又去找那位美人寻欢，见屋子里除了一个美丽可爱的侍女外没有别的人，便叫跟随他的一名同伴陪侍女上阁楼，教她诵经，自己则同那位抱着孩子的夫人一起进房，锁上了门，在那里的一张榻上尽情地作乐。正当他们玩得热火朝天时，丈夫突然回家了。他悄然无声地走到卧室门口，敲门叫他妻子。

阿涅莎这女人听到丈夫的声音，慌里慌张地对修士说：

“我可没命啦，我丈夫怎么这时候回来了？他肯定会问孤男寡女关起门来干什么。”

这时里纳尔多已把道袍法衣统统脱去，只穿着一件便服，听女人这么说也乱了阵脚，着急道：

“是啊，如果我衣服穿得整整齐齐，还可以敷衍一下，如果您开门时他看到我这副模样，那就怎么也说不过去了。”那女人忽然灵机一动计上心来，说：

“现在您赶快穿衣服，一穿好，就把孩子抱在您手里。听我跟丈夫怎么说，一会儿您说话也顺着我的意思，别的就都由我来办。”

那个不知情的丈夫还在不停地敲门，那位夫人急急忙忙喊道：“来了，来了。”

她站起来走到卧室门口，笑盈盈地开了门，对丈夫说：

“亲爱的，今天幸亏天主把孩子的教父派到我们家里来了，要不是他，我们的孩子今天就没命啦。”

一听这话，那位虔诚而愚蠢的丈夫立马吓呆了，忙问：“这是怎么一回事啊？”

“我的丈夫啊，”阿涅莎说，“这孩子突然昏过去了，我都以为他的小命肯定没了，我吓得不知所措，正好他教父里纳尔多修士来了，他把孩子抱起来，说：‘他体内有虫子，现在都快爬到心脏边了，要是让虫子缠住了心脏，准会把命丢了，不过您不要怕，我可以念一念咒语，把虫子全部咒死。等孩子状况好些时，我再走。’他还要你和我们一起念祈祷文，可是那个侍女实在找不到你，孩子的教父就叫他的同伴陪她一起到顶楼去祈祷，他和我便走进这个房间里来。为了防止别人打扰，我们只好把门锁上，因为除了孩子的父母以外，其他人都不能插手这件事。现在他还抱着孩子，我想他是在等同伴把祈祷文念完吧。我们看看他们是否念完祈祷文了，孩子也该醒过来了吧。”

这个头脑简单的人以为这些话句句属实，由于爱子心切，竟相信了他妻子的鬼话，他只是缓了一口气说：“我要去看看他。”

女人说：“别去，现在去只怕会前功尽弃。等一下，我先去看看，你能进去时我再叫你。”

修士里纳尔多把什么都听得清清楚楚，他平静地穿好了衣服，把孩子抱在怀里，应答的话也想好了，便大声说道：

“亲家母，我听到您似乎在跟亲家公说话，他回来啦？”

那位傻里傻气的人说：“正是我呀，修士。”

“那请过来吧。”里纳尔多修士说，“把您的宝贝抱去吧，仗天主的福，他总算平安无恙，刚才我以为晚上您就看不到他了。您应该叫人做一个和孩子一般大的蜡像，放在圣阿姆布鲁季奥的神像前面，感谢天主；幸亏圣阿姆布鲁季奥保佑，您才能获得天主的恩赐。”

那小孩子见父亲回来了，兴高采烈地急忙跑去亲他，凡是小孩子都是这个样子，父亲抱起孩子，热泪纵横，好像孩子是从阎王手里夺过来似的。他激动地亲吻着孩子，对孩子的教父千恩万谢。

再说里纳尔多的同伙，他已教那个侍女诵读了四篇以上的经文，又把修女送给他的一个白麻线袋送给了那位侍女，使她皈依教门。他听到那个傻丈夫在卧室门口叫妻子开门，就默默走过去，躲在一个能眼观六路耳听八方的地方。如今他看到这件事已经圆满结束，就走进卧室里说："里纳尔多修士，您嘱咐的四篇祈祷文，我已经都念过了。"

修士里纳尔多说："兄弟，你念完了，表现还行嘛。孩子的父亲回来时，我才只念了两篇呀。可是天主赐恩，你我没白费力气，孩子的病治好了。"

于是那个傻呵呵的丈夫叫人拿美酒和糖果来，好好款待儿子的救命恩人，这正中里纳尔多下怀。吃过饭，他把客人送到大门口，分别时还嘱咐他们多多珍重，并且毫不犹豫地叫人去做蜡像，和别的一起挂在圣阿姆布鲁季奥的神像而不是米兰的那个神像前。

故事四

埃丽莎讲完故事，国王就转身对着劳蕾塔，要她接着讲，劳雷塔不假思索地说了起来：

哦，伟大的爱神啊，你是这样奇妙！你拥有那么多智慧和谋略！谁追随着你，你就能让谁的头脑马上灵活起来，使他们能随机应变，不论是过去还是将来又有哪个哲学家和艺术家，能有这样的神力呢？从以上所讲的这些故事中，可以清楚地总结出这样一个真理：谁的教导和你的相比，都难免相形见绌。漂亮的女郎们，我再讲一个故事，讲的是爱神使一个心地纯洁的女人开窍，在万般无奈时竟使出一条妙计，我看要不是爱神，谁也不能使她化险为夷。

话说从前有一个名叫托法诺的富人，他家在阿雷佐。他的妻子温柔貌美，名叫吉塔。不知怎的，他对娇妻总是不放心，生怕她给自己戴绿帽子。妻子见他对自己如此不信任，十分难过，几次三番地责问他为什么要这样，他却吞吞吐吐不知如何回答。于是妻子一气之下想到：既然他无故自寻烦恼，我就让他尝尝真正的痛苦。

不久，那女人遇上了一个小伙子，那人特别迷恋她，因她神不守舍，而她对他也怀有好感，于是两个人一拍即合。他们偷偷摸摸地来往着，关系迅速发展。。现在她在想方设法寻找机会成就好事。她知道丈夫有许多恶习，其中很严重的一点是嗜酒如命。如今她不再劝阻他，反而故意怂恿他常去喝，通过使这一招，差不多每一回她的丈夫都喝得烂醉如泥。妻子等他醉了，就扶他去睡，乘此机会自己就和情人幽会。有了第一次，便有第二次、第三次，但每回都平安无事，只要丈夫一醉，她就非常放心地把情人带到自己屋里，或者到他家去睡上大半夜，因为情夫的家距她的家不远。这个女人和他的情夫就一直你来我往地寻欢作乐。过了很久，那倒霉的丈夫注意到这样一个事实：妻子一直劝自己喝酒，她却从来不喝酒。做丈夫的既然猜疑起来，便行动起来。有一天白昼他没喝一点酒，晚上到家来却故意装得酩酊大醉，语无伦次。他的女人信以为

真，就立刻扶他上床。等他睡着后，就按以往的老习惯溜出家门，到她情夫家里，一直待到深更半夜才回来。

托法诺见妻子真的出去了，就马上起床锁上门。他坐在窗口，眼巴巴地等着女人回来，好当面揭穿她的鬼把戏。等女人回家时，发觉门已被锁上，惊慌不已，便想使劲儿把门撞开。托法诺让她着了一会儿急之后，才对她说："臭婆娘，你不要白费力气了，你别想进屋啦。你从哪儿来，就滚回到哪儿去吧。等我把你娘家人和四邻八舍都惊动起来，让大家看看你做的好事，让你脸上添些应得的光彩，那时你再回来吧！"

妻子吓得魂飞魄散，只是恳请他看在天主面上发发好心饶过她这一回，说她并没有去过他所想象的那种地方，只是因为夜里时间太长，一个人睡不着觉，就到隔壁跟一个女人闲扯了半宿。无论妻子如何苦苦哀求，丈夫都不为所动，好像这个铁石心肠的人存心让阿雷佐全城人都知道他家的这件丑闻似的。

女人见软言恳求无效，便来硬的：

"要是你再不开门，我要叫你吃不了兜着走。"

托法诺回嘴了："你能拿我怎么样？"

爱神令那女人急中生智，她当即答道：

"你冤枉我，说我做坏事，你要叫我丢人，我不会受这种欺侮。这里附近有口井，我就去投井，别人看到我死了，谁都以为是你喝醉了酒，把我推下井去的。到那时，你还会背上谋杀妻子的罪名。自古以来杀人都要偿命，你会被砍了脑袋的。我一跳井，你准会这样的。"

托法诺这回真是铁了心了，任凭女人说什么都动不了他的心。于是女人又说：

“好啊，你竟然要我好看，这简直叫我无法忍受。愿天主饶恕你！我把纺纱杆留在这儿，由你收好吧。”

浓浓的夜幕下，到处都一片漆黑，路上行人迎面走来彼此都看不清楚。女人说完这些话，就走向井边，顺手在井边抱起一块大石头，大喊道：“天主饶恕我吧！”同时，她把石头扔到井里。石头落井时发出一声巨响，托法诺听见后深信妻子投了井，于是抓起水桶和绳子，立刻冲出大厅想去救落井的妻子。谁知女人当时躲在门口附近，一见丈夫向那口井跑去，就乘虚而入，锁上门并走到窗口说：

“喝酒得兑些水才好，现在想喝点水吗？”

托法诺听了这些话才明白自己受骗上当了，他转身回家，可是怎么也进不去，就嚷着要妻子开门。

这时候，她可不像刚才那样低声下气，而是大嚷大叫起来：“你这个可恶的醉鬼，愿天主惩罚你！今夜你别想进屋来！我再也无法忍受了。我要让大伙儿看看，你究竟是怎么样一个人，你到多晚才回家来！”

托法诺气得怒气冲天，也开始叫嚷，左邻右舍听到一片喧哗声，大家纷纷起床，男男女女都赶到窗口，看究竟发生了什么事。

女人哭哭啼啼地说：“这个浑账男人天天晚上喝得醉醺醺的深更半夜才回来，有时还在酒店里睡大觉，到现在才回来。我忍了这么久，总是婉言相劝，可他一点都不思悔改，我不能再忍下去了，所以

我把他关在大门外，叫他出出洋相，看他以后改不改。”

托法诺这个傻瓜气急败坏地把事情的真相一五一十地向大家说了，并且气势汹汹地胁迫着她。

于是女人向邻居们说道：

“现在你们倒瞧一瞧，他究竟是怎么一号人！要是现在我在大门外，他却在屋子里，你们会怎么说呢？老天爷，恐怕你们会想他的话句句属实吧。凭这一点来看，你们就知道他是什么样的人了吧。他颠倒黑白，自己做了坏事，反而冤枉我，说我做了坏事。他把不知什么东西扔到井里，想来吓唬我。愿天主发发慈悲，让他真的跳下井去让水泡泡，这样，他可能会醒醒酒吧！”

邻居们都齐声数落托法诺的不是，骂他不该同自己的女人作对。后来一传十，十传百，这消息传到那女人的娘家去了。

娘家人闻讯赶来后，从街坊四邻那儿把情况打探清楚，便抓住托法诺，狠狠地揍了他一顿，揍得他遍体鳞伤。然后这些人走进屋子，收拾好女人的杂物，带她一起回娘家去了，还威胁托法诺，让他等着看好戏。

托法诺狼狈不堪，明白这都是自己的妒忌心太重引起的，但他又爱着自己的妻子，便请几个朋友从中调解，再三求情，要她回家来重归于好，并答应她今后不再吃醋了。此外，他还允许她可以随心所欲地爱干什么就干什么，不过不能明目张胆，让他太难堪或下不了台。就这样，开始凶得要命，吃了苦头后只好求太平。真是爱情万岁！但愿天下的男人别再像托法诺那样了。

故事五

劳蕾塔把故事讲完后，大家一致称赞那女人干得漂亮，那个丈夫真是自作自受。国王抓紧时间，转过身面对着菲亚梅塔，和蔼可亲地吩咐她接着讲一个，于是她开始说起来了：

尊贵的女郎们，听了上面这个故事，我也不禁想讲关于一个吃醋的丈夫的故事。我认为丈夫吃醋，尤其是无根据地吃醋的时候，妻子无论怎样对待他们都是不过分的。如果立法者能对此加以思考，我认为他们就不该惩罚那些女人了。她们只是为了自卫，并没有什么违法行为，而嫉妒成性的丈夫却使年轻女人的日子不好过，简直是在摧残她们的生命。

可怜的女人整个星期都被关在家里操办各种家务，她们自然像别人一样盼望节假日能够喘上一口气，休息一下，娱乐一番。其实每个人都这样期盼着，不管他是田野上的庄稼汉，是城市里的工匠，还是衙门里的官吏。天主也未尝不是这样，他操劳了六天，第七天也休息了。教规和世俗的法律为了尊重天主，体恤民众，都有工作日和休息日之分，可是爱吃醋的丈夫们丝毫也不考虑这些，在别人兴高采烈的那些休息日里，他们依旧把妻子关在家里，管得更严，因而她们的日子更加凄惨。只有亲身经历过的人才知道女人的这种不幸。因此我得出这样的结论：如果做丈夫荒谬无理地无端吃醋，那么妻子不论怎样对待丈夫，也不应该受到谴责，而应受到赞扬。

言归正传。从前里米尼地方有一个富商，拥有万贯家财，讨了一个如花似玉的女人为妻。他的妒忌心特别强，而这种妒忌却没有什么缘由，只是因为她非常漂亮，又总是尽力讨他的欢心，所以他怕别的男人也会爱上她，觉得她美不可言， 并且她也会像对丈夫那样去对别人，费尽心机讨他们欢心，这个男人真没有头脑，心地又不正，竟以此作为吃醋的根据。他的妒忌心这样强烈，因而把妻子管得很紧，狱吏对判处死刑的囚犯也不过如此。他不让妻子参加别人的婚礼和欢庆活动，不让她上教堂，甚至无论什么缘故都不能跨出家门一步。她甚至不敢朝窗外或屋子外面张望。因此，她觉得生活真是太无聊了，越是想到自己清白无辜，就越是觉得这样的折磨无法忍受。她眼见丈夫对她这样不公平，实在咽不下这口气，就打起一个主意来：不如想法子找一个男友，一方面聊以解闷，再者用以报复丈夫对她的不善。可是连窗口也不许她站一下，附近过路人哪儿有机会注意到她，向她求爱？她又上哪儿找机会表白自己乐于接受对方的一片情意呢？正好，她家隔壁住着一个英俊洒脱的小伙子。她想，她家同他家只隔一堵墙，如果墙上有一条缝，就可以经常透过那条缝瞅几眼，将来总有机会看到那小伙子，跟他谈话，表白自己的爱慕之心。如果真能搭上话，再找机会见个面，那她的蠢丈夫就有地看了。

于是当丈夫外出时，她就一会儿走到这儿，一会儿走到那儿，在屋子的墙壁上搜寻缝隙。功夫不负有心人，一天她终于在一个隐蔽的角落上看到一条裂缝，从缝里望过去，原来墙那边是一个房间，尽管不好看清楚。她暗想："如果那就是隔壁那个小伙子菲利波的房间，我的目的已经达到一半了。"

于是她把她的心腹女仆叫来，指派她暗中细细打探，结果查明那的确是小伙子的卧室，而且只有他一人睡在那儿。于是她透过墙缝向里窥视，一看到小伙子在房间里，就塞进去一些小石子或小枝条。小伙子听到动静后，就走过来，想看个究竟。她轻声呼唤着他的名字，抓紧时机向他简单地倾诉自己的衷情。小伙子听了喜出望外，便把自己那边的墙缝挖得大了些。不过洞口非常隐蔽和巧妙，不露痕迹。以后这两个人经常通过那条缝隙在一起谈谈天，碰碰手，但是由于那个嫉妒的丈夫管得太严，她无法更进一步。

圣诞节就要到了，有一天那女人对丈夫说，如果他同意，她想在圣诞节早晨像别的基督教徒一样到教堂去忏悔，领圣餐。那忌妒心很重的丈夫马上警觉地说：

“你有什么罪孽，竟然还要去忏悔？”

那女人说：“这是什么话！难道你以为把我关在家里管得严严的，我就会变成圣女了？你要知道，我像世界上的其他人一样，也有罪过，只是我不能把这个说给你呀，你又不是神父。”

小气的丈夫听了这几句话疑心更重了，殷切地盼望能知道她犯的究竟是什么罪，于是想出了一条即将实施的计策。他告诉她，他同意她上教堂，不过不能去别的教堂，只能上本堂。还说明天一早就可以去，可是只能向本堂神父忏悔，或者向本堂神父指定的一名教士忏悔，不能向别的神父忏悔，完事后立刻回家。那女人似乎已猜中了他的用心，便满口答应，别的什么也没说。

圣诞节那天，那女人一早就起身，梳洗装扮一番后，就来到丈夫指定的教堂。那个小气的丈夫赶在她前面到了那个教堂，他把自己想做的事同神父串通好后，就马上穿好一件道袍，戴起教士们常戴的大风帽，只露出一部分脸，站在唱诗班的人们中间。妻子到教堂后，就去找神父，说要忏悔。神父已得到她丈夫授意，便说没空，不能亲自听，不过可以另请一位教士来。于是马上打发那个小气的丈夫来做替身，让他触触霉头。做丈夫地带着十分庄重的神色煞有介事地走过来了，尽管天色还很阴暗，他的大风帽也戴得很低，几乎遮住了眼睛，可是他的乔装本领还是不强，妻子一下子就认出了他。妻子见此情景，暗自思忖："赞美天主，这个妒忌的家伙竟变成神父了！姑且依着她吧，我要他自食其果。"

于是她佯装不认识他，在他面前坐下。那位吃醋先生在嘴里放了几块小石子，使自己的口音有所改变，以便妻子听不出来是他在装模作样，他认为自己伪装得天衣无缝，妻子怎么也认不出他。忏悔开始后女人向他说了许多话，说自己虽已结了婚，却和一个神父相爱，神父每天夜里来和她一起睡觉。

妒忌的汉子听了这话，心如刀割，要不是他急于想知道其中的详情，他早就停止忏悔拂袖而去了。但他还是沉住了气，问那个女人："什么？您的丈夫跟您睡在一块儿吗？"

女人答道："当然睡在一块儿，神父。"

"那么，"吃醋的丈夫说，"神父又怎能跟您睡在一块儿呢？"

"神父啊，"女人说，"我也不知道那神父究竟施了什么法术，只要他一敲，我家的门便自动打开。他还对我说，到我的房间来时，他没开门，先念几句咒语，我的丈夫就马上睡着了。等丈夫睡熟后，他就打开房门，进来和我睡觉，每次他都能如愿以偿。"

那小气的丈夫说：“夫人，这事根本不该做，无论如何不能再这样下去了。”

女人说：“神父，只怕这个绝对办不到，因为我太爱他了。”

“那么，我也无能为力了，”妒忌的丈夫说，“我不能赦免您的罪。”

于是那女人说：“那真叫我失望。但我到这里来不是为了向您说假话。如果我认为这件事办得到，我一定会向您如实说的。”

吃醋的丈夫接着说：“说实话，夫人，我为您感到痛心、惋惜。因为我觉得您这样做，就等于毁了自己的灵魂。不过我仍愿为您效劳，向天主念几篇特别的经文，可能对您有好处。有时我还可以派一个徒弟上您那儿，看看诵读这些经文是否管用，如果您觉得有效，我们就接着念下去。”

女人说：“您既然想这么做，我也就放心了。”忏悔结束以后，她站了起来，去做弥撒。

那小气的丈夫知道自己交上了厄运，气鼓鼓地跑去脱下了神父的道袍，回到家里，一心想办法要把那神父和妻子在通奸的时刻双双抓住，让他们当场出丑。

妻子从教堂回来时，看到丈夫的神色，就知道他心里非常恼火，尽管他装得像什么事都没有似的。

丈夫决定当晚站在大门口，等待那个神父到来，嘴里却对妻子说：

“今天晚上我要到外边吃晚饭，不回来睡了，所以你要把大门、楼梯口的门和卧室的门都锁起来，你什么时候困了就自己睡吧。”

女人答道：“好。”

到了恰当的时机，她就走到墙壁的裂缝旁边，打了个常用的暗号。菲利波闻声而至。女人把早上发生的事和丈夫饭后对她说的话都告诉了他，然后说：

“我想那时他绝不会离开这间屋子，而且还会在大门口把守着，所以今天夜里，你要想办法从屋顶上爬下来，这样我们就能在一起了。”

“夫人，我一定照办。”小伙子兴奋地说。

等夜幕降临，那个爱吃醋的家伙带上武器，悄悄躲到楼下的一个房间里。到了合适的时候，女人就把所有的门一一锁上，这样丈夫就上不去了。于是那小伙子小心翼翼地从屋顶上爬下来，两人快活了一夜，天亮时，小伙子才像来时那样回到家去。

那个小气的丈夫带了武器，几乎整夜守在门边，眼睁睁地等着那神父来屋；他连晚饭都没有吃，挨冻受饿，心里好不难过。黎明时分，他再也熬不住了，就到楼下一个房间去睡觉。快到日课经第三时的时候，他才起床。那时大门已开，他装作刚从别的人家回来的样子，随即吃了饭。不久，他又派了一个小厮，让他扮成教堂里听妻子忏悔的那个神父的徒弟，去问妻子她那个相好后来有没有上过门。

女人一眼就认出丈夫派来的使者是谁，就回答说那人昨夜没有来，并说要是他再不来，她就会把他忘了，尽管她很不愿把他从心头上抹去。

现在我还有什么好说的呢？那个小气的丈夫一心想把那个神父当场捉住，于是一连好几夜都站在大门的入口处等着，而女人却继续不断地跟那情夫寻欢作乐。最后，那个小气的丈夫再也受不了了，就绷起了脸怒气冲冲地诘问妻子，那天早晨她向神父忏悔时究竟说了些什么。女人说她不愿告诉他，因为这样透露忏悔的内容不合教规。

那吃醋的汉子接着说："你这个贱货！你以为你不说，我就什么都不知道了吗，你放老实点，你一心一意迷上的、靠魔法天天夜里跟你睡觉的那个神父到底是谁？你不说，我就把你砍成两段。"

女人说，她从来没有迷上什么神父，这完全是无稽之谈。

"什么？"那个小气的男人说，"你忏悔的时候，不是向神父清清楚楚地说过了吗？"'

女人说："别说是他一五一十告诉了你，就是你当时在场，也不会知道得这么清楚。不过我确确实实向他说了那些话。"

"那么，"妒忌的丈夫说，"你得马上告诉我那个神父是谁。"

女人开始笑嘻嘻地说："你这么聪明的男人居然被一个普普通通的女人牵着鼻子走，就像一头公羊被人拉住羊角拖到肉铺子里去一样，我真感到不可思议。自从你让妒忌的恶魔莫名其妙地钻到你的胸口里后，你就不是一个有智慧的人了。你越蠢笨，我就越心里就越难过。夫君呀，你自己不开窍，难道以为我也瞎了眼睛？我确实不是那种糊涂人。那天我一眼就看出了让我忏悔的神父是你。但是我心里打定主意，姑且让你自己去讨些苦头吃吧，后来你也真的这样做了。如果你当时头脑清醒一些，就不会用那种办法来打探你那忠贞的妻子的隐私了；如果你不是让疑心蒙蔽了心灵，就会听出她向你忏悔的话句句属实，而她是没有一点罪过的。

当时我对你说了，我爱上了一个神父，其实我指的就是你呀。那时，你不是装扮成一个神父了吗？我又对你说，当他想跟我一起睡觉时，我家里哪一扇门都锁不住。请问，你想上我这儿来时，屋子里哪一扇门能拦住你呢？我还对你说，神父每天夜里跟我睡在一起。请问，你哪夜不跟我睡在一块儿？后来，你又三番五次地派你的徒弟来看动静，那些夜里你不是在外面吗？我就大方地叫他告诉你，那个神父不在我这儿。

除了像你那样因为妒忌而瞎了眼的人以外，再昏庸的人也能明白我的话。你明明待在家里在大门口把守着，却叫我相信你到别处吃晚饭，在外面过夜！今后你还是洗心革面，像过去一样好好做人吧，别让人家知道你的所作所为，把你当笑柄了。别再像以前那样，严严实实地管着我吧。我向天发誓：如果我真想背叛你，别说你有两只眼睛，就是长了一百只眼睛，我也照样能随心所欲地寻欢作乐，你根本就发现不了。”

这个倒霉的丈夫本以为自己特别精明，知道了妻子的隐私，听了这些话，才明白自己受了嘲弄。他不再辩解，这才把妻子看成既贤惠，又聪明的女人。在他应当吃醋的时候，他不明就里，而在他没必要妒忌的时候，他却妒火中烧。以后那聪明的女人就等于得到了丈夫批准，可以随心所欲了。因为丈夫已完全相信她，对她消除了戒心，于是她不再叫情夫像猫一样从屋顶上下来，而是小心地从大门进去。以后，她多次同他共度良宵，过着快活的日子。

故事六

菲亚梅塔讲完了故事，大家都异常兴奋，一致称赞那个女人干得好极了，对付那种是非不分的男人，最好用这种办法。既然前一个故事结束了，国王就要求帕姆皮内娅接着讲，于是她开始说：

有许多流传已久的话其实并非真理，譬如说爱情会使人丧失理智，人们一旦堕入情网，就会变得晕头转向。我觉得这些都是经不起推敲的。上面说的这些故事，都证明我的见解是对的，现在我想再讲一个来证实。

在我们这个物产丰裕的城市里，有一位出身高贵，并有着花容月貌的少女，后来嫁给一位家境富裕、门第显赫的绅士。经常吃一种菜，即使味道再美也会感到腻烦，这本是人之常情。我们这位夫人也一样，日久天长，便对自己的丈夫不满意，爱上了另外一个名叫莱奥内托的小伙子。那人亲切随和，很有修养，只是出身寒微，他也爱上了这个女人。各位都知道，这种事只要两厢情愿，就很少有失败的，没过多久，他们的爱情就开花结果了。

由于那位夫人生得楚楚动人，骑士拉姆贝尔图乔也深深地爱上了她，只是她觉得这位先生面目可憎，干涩乏味，对他怎么也不动心。那人三番五次地捎信向她求爱，都没有结果；但那位骑士有权有势，就差人前去威胁她，说如果她再不依从，就要毁坏她的名誉了。那女人十分害怕，她深知那个骑士说得出便做得到。只好听从

他的摆弄。

有一回，那位名叫伊莎贝拉的夫人按照我们夏天的习俗，到乡间一个风景秀美的庄园里小住。一天早晨她的丈夫正好骑马外出，要很长久才能回来。借这大好时光，伊沙贝拉便捎信给莱奥内托，叫他前来就伴，莱奥内托闻讯，立即欣喜若狂地赶来了。

再说那位拉姆贝尔图乔先生得知女人的丈夫不在妻子身边，就独身快马加鞭地来到她的住处，敲起门来。

两个有情人在一起待在卧室里。侍女听到敲门声，就急忙前去通知主人，对她说："夫人，拉姆贝尔图乔先生自个儿来了，正在敲门呢。"夫人一听到这个消息，顿觉自己是世界上最倒霉的女人，不过她又不敢得罪这位有钱有势的人，只得求莱奥内托别放在心上，请他在床帷后面暂避一下。等拉姆贝尔图乔先生走后再作道理。莱奥内托同这位夫人一样非常惧怕那个骑士，就找个隐藏的地方躲了起来。这时夫人才吩咐侍女前去开门，请拉姆贝尔图乔先生进来。

侍女开了门，骑士就在院子里下马，把马儿在一只钩子上拴好，然后进屋。女人和颜悦色地在楼梯口迎候他，竭力装出一副快快乐乐的神态来招呼他、接待他，又问他来干什么。骑士把她搂在怀里，吻着她，然后说：

"我的心肝儿。我听说你丈夫不在家，所以赶来了，想跟你亲热亲热哟。"

两人边说边走进了卧室，锁住房门，拉姆贝尔图乔先生就开始取乐。

就在二人如胶似漆地亲热之时，女人的丈夫居然出乎意料地回来了。侍女见主人直往楼房走来，连忙三步并两步赶到夫人的卧室，对她说：

“夫人，先生回来了，我想他已到下面的院子里啦！”

那女人听了这话，想想屋子里有两个男人，院子里还有骑士的那匹马，这该怎么向丈夫解释，真是急煞人也。可是她急中生智，当机立断，跳下床来，对拉姆贝尔图乔说道：

“先生，如果您对我还有一点儿情意，希望我平安无事，就请按照我说的去做吧。您快拔出宝剑，拿在手里，绷起脸怒气冲冲地走下楼去，一面走，一面说：‘我向天起誓，不管他逃到哪里，我也要抓住他！’如果我丈夫拦住您，或者盘问您，您只管说我刚才教您的话，别的什么也别说，下去骑马就走，千万别待在这里。”

拉姆贝尔图乔先生虽听得稀里糊涂，也只能照办。他拔出剑来，脸涨得通红，一方面固然是由于刚才辛劳了一阵子，一方面则是因为她先生回来了，夫人又吩咐他这么做，难免怒气冲冲。这时女人的丈夫已在院子里下马，瞥见院子里居然已有一匹坐骑，十分奇怪，正想进屋问个究竟，忽见拉姆贝尔图乔先生从楼上跑下来，满面怒容，骂骂咧咧，便问：

“先生，到底发生什么事了？”

拉姆贝尔图乔先生一脚踏在马镫上，并不作答，只是自言自语：“向天发誓，不管他逃到哪儿，我也要抓到他！”说罢他扬长而去。

那个具有绅士风度的丈夫进屋以后，看见妻子站在楼梯口，惊

惶失措，恐惧不已，就问她：

“怎么啦？拉姆贝尔图乔先生刚才这么气吁吁的，是谁招惹了他呀？”

那女人把他带往卧室，好让莱奥内托听清她的话。只听她对丈夫说道：

“夫君呀，我可从来没有受过这样的惊吓，简直快丧命了。刚才有一个陌生的小伙子逃到这里来，拉姆贝尔图乔先生拿着宝剑过来了，小伙子见我卧室的门开着，就慌里慌张地说：‘夫人，看在天主的份上救救我吧，别让我死在您的面前！’我跳了起来，正想问他究竟遇到什么麻烦，这时拉姆贝尔图乔先生赶了进来，骂道：‘你藏在哪儿，浑蛋？’我走到卧室门口，他想进来，我拦住了。他见我不肯让他进房，也没有难为我，就像您刚才看到的那样，说了许多不像样子的话走了。”

于是她丈夫便夸道：“夫人，你是对的。要是有人在我们家里被杀，我们会受到谴责的。拉姆贝尔图乔先生做事也太绝了，居然去追杀一个逃进屋里来的人。”接着，他又问小伙子在哪里。

那女人答道：“夫君，我也不知道他藏哪儿了。”

于是这位先生喊道：“你在哪儿呀？快出来吧，现在没事啦。”

莱奥内托把一切都听得明明白白，便从藏身的地方走出来，假装十分惊慌，仿佛刚才真的被人提剑追杀过来似的。

那位绅士问：“你跟拉姆贝尔图乔先生有什么矛盾呀？”

小伙子答道：“先生，我跟他一点儿瓜葛都没有，我想这人一定有精神病，或者是他认错人了。他在离这座楼房不远的一条街上看到了我，不由分说，就拔出剑，对我嚷道：‘浑蛋，要你的狗命！’我只得拼命逃跑，后来逃到这里。感谢天主和这位善良勇敢的夫人，我总算死里逃生了。”

于是绅士说：“现在那个疯子已经走了，你无须再害怕了。我要先把你平平安安送回家去，然后再从长计议。”

他们一家盛情款待小伙子。晚饭后，他让那个“落难者”骑上一匹马，把他一直送到佛罗伦萨的家里。小伙子听从那女人的指示，当晚默默地去找拉姆贝尔图乔先生把事情的来龙去脉讲了个清楚。虽然人们对这件事议论纷纷，但那位绅士却始终被蒙在鼓里。

故事七

听完帕姆皮内娅讲的这个故事，大伙儿都佩服伊莎贝拉夫人的机智和镇定。这时菲洛梅娜遵从国王之命，开始讲下面的故事：

可爱的女郎们，我立刻就给你们讲一个故事。要是我想得不差，那么这个故事也特别动人，或许比刚才那个还精彩呢。

想必你们知道，从前巴黎有一位佛罗伦萨的绅士，开始只是由于贫穷而去经商，结果生意兴隆，再后来居然成为富豪。他的独生子名叫洛多维可，他对父亲的贵族门第念念不忘，对做生意却毫无兴趣，所以他的父亲没有让他涉足商界，而叫他同那些绅士结交，和他们一起为法兰西国王服务。他在国王的宫廷里学会了诸多礼节，以及其他高雅文明的举止。

在法国的宫廷里，有一回洛多维可正和其他年轻人议论法国、英国和世界各地的美女，正好有几个绅士从耶路撒冷朝拜耶稣圣墓回来，就和他们凑在一起闲聊。其中有一位绅士说，他游览过那么多地方，也不知见过多少女人，但没有比贝亚特丽齐更美丽的，她是埃加诺的妻子。和他一同在博洛尼亚看到过那个美女的同伴们，都齐声附和着。

洛多维可以前从未谈过恋爱，现在听他们这么说，便萌发去见一见那个美貌女人的想法，他决意上博洛尼亚去一睹她的芳容，如果看得中她，就在那里住一段时间。他在父亲面前诡称要去朝拜圣墓，父亲才勉强答应。

他化名阿尼基诺，来到博洛尼亚。他运气真好，第二天就在一个宴会上看到了那个女人，发现她比自己猜想的还要美丽。他一下子就不顾一切地爱上了她，发誓如果不赢得她的爱，自己就一辈子不离开博洛尼亚。他思索着应当用什么办法接近她才好，结果从众多的方案中选出了一个最好的。他想去给她那个对女人管束很严的丈夫做侍从，这样也许有机会了却他的心愿。因此他卖了马，再把仆役安顿停当后便开始积极地行动起来，因为他跟屋主情谊深厚，就托他设法代找一个差使，并说他很想到富贵人家去做一名侍从。店主人听后说：

“本城有一位绅士，名叫埃加诺，手下有许多侍从，都是仪表堂堂的英俊男子，像你这样一表人才，他一定会欢喜的，我倒可以去替你说说。”店主说到做到，果然到埃加诺家举荐他，埃加诺当即应允。店主前脚出门，阿尼基诺后脚就当了埃加诺的侍从。阿尼基诺能在埃加诺家里干活，自然满心欢喜。他住在埃加诺家，有机会经常看到他的妻子。他服侍埃加诺特别周到，因此埃加诺十分宠幸他，后来凡事都离不了他。埃加诺不但把自己的事交给他管，就连家中大大小小的事都托付给他。

有一天，埃加诺出去捕鸟，要求阿尼基诺待在家里，同他的夫人贝亚特丽齐一起下棋。贝亚特丽齐虽还没觉察他的一片痴情，但见他仪表堂堂，气度不凡，心里也很喜欢他，好多次暗暗赞许他。阿尼基诺为了博取她的欢心，下棋时费了一番心机，故意输给了那个女人，这使夫人简直喜不自胜。后来观棋的侍女们都走了，只剩下他们二人，阿尼基诺长叹一声。

夫人看着他的脸说："你怎么啦，阿尼基诺？难道我赢了你，你就这样无精打采吗？"

"夫人，"阿尼基诺答道，"我并不是为这个叹气，而是因为其他的心事呀。"

于是夫人说："唉！如果你对我有情意，你就说吧。"

当阿尼基诺听到他最心爱的女人居然用恳求的语气说出"如果你对我有一份情意"那样的话，他又更加沉重地长叹一声。夫人又要求他，让他说说唉声叹气究竟是为了什么。

于是阿尼基诺说："夫人，我不是要瞒您，只怕告诉听后，您心里会难受，还怕您会讲给别人听。"

夫人说："我绝不会难过的，而且请你放心，不论你对我说什么，我绝不会说给别人听，除非你愿意让我说。"

阿尼基诺说："既然你答应我不说出去，我就向您倾吐一下我

的心声吧！”

于是他含着热泪，向她述说了自己的真实身份，又说当时如何听到她的传闻，后来又如何来到这里，又从何时起如何深深地爱上了她，为何做了她丈夫的侍从，最后，他又情真意切地恳求夫人发发慈悲，满足他心底里偷偷埋藏着的一片痴情，要是她不愿意，那他就仍旧做其丈夫的侍从，让他就这样默默地爱着她。

啊，博洛尼亚的女人，她们是那么温柔而多情！对于眼泪和叹息，她们绝不会无动于衷；面对别人的苦苦哀求和刻骨相思，她们就会被感动。我真想用恰当的赞词来颂扬她们一番，我的心情真是难以名状啊！

阿尼基诺说这番话时，这位贵妇人一直瞧着他。她认为他的话句句属实，而他的恳求又深深地打动了她的心，所以她也不由地叹息起来，叹息了几声后向他说道：“你放心吧，亲爱的阿尼基诺。过去和现在，一直有不少人向我求爱，其中不乏达官显贵，我却看不上他们，他们有的以利相诱，有的许以重诺，但我从来不为所动；可是如今听了你短短的几句话，我觉得那颗心一下子已不再属于自己，而是你的了。我想你已经完完全全地赢得了我的爱情，因此我委身于你，保证你在今夜就能得到幸福。

为了实现我们的愿望，我要你半夜到我的房里来，那时我把门开着。你是知道我睡在床的哪一边的，要是你看到我睡熟了，就把我叫醒，我要安慰你，来打消你对我好长时间朝思暮想的渴念。为了叫你相信我的一片心，我想吻你一下，作为保证。”说罢，她张开玉臂搂住他的脖子，热情地吻起他来，阿尼基诺也吻了她。

多日的苦苦相思终于有了回报，阿尼基诺依依不舍地离开了夫人，去干自己的一些活儿，并怀着欣喜若狂的心情眼睁睁地等待着夜幕的降临。

埃加诺放鹰猎鸟回来，身子非常疲倦，一吃完晚饭就去睡觉。夫人也跟着上床，并按照诺言，让卧室的房门开着。到了约定的时刻，阿尼基诺果真来了，他悄悄地走进卧室，从里面把门锁上。他走到夫人睡觉的那一侧，把一只手搭在她的胸口上，发觉她并没有入睡。夫人知道阿尼基诺来了，就伸出自己的双手把他的手握住，并且紧紧攥住不放，接着又故意在床上翻了个身，把睡熟的埃加诺吵醒，并对他说：

“夫君啊，本来今晚我有一些很重要的话要告诉你，可是见你这么累，就没说出口。埃加诺，天主在上，你要如实告诉我：在家里的这么多侍从仆役中，到底哪一个最好、最忠诚、对你最关心？”

埃加诺不假思索地答道：“夫人，你怎么想起问这个，难道你不知道吗？无论过去和现在我最信赖和喜欢的，当然就是阿尼基诺，别人谁也比不上他，不过你为什么问这个？”

阿尼基诺听到埃加诺醒来了，又听到他们二人在谈论他自己，以为是这对夫妻俩合伙捉弄他，好几次想缩回手去逃之夭夭，可是那位夫人却紧紧抓住他的手不放，他怎么也摆脱不了。

就在这骑虎难下之时夫人回话了，对埃加诺说：

“我来跟你说说吧。我本来也和你一样，以为他对你比谁都忠实。想不到今天你出去放鹰时，他却待在家里。趁机恬不知耻地向我求爱，要我应允他，我这才看透了他。我呢，为了给你看看真凭实据，又为了让你亲眼目睹他的嘴脸，就假装满心欢喜，约定在今天半夜里，我到咱们花园里的一棵松树下面等他。我现在当然不会到那边去。不过，要是你想知道你的侍从是何等人，这是非常容易的，只要你身穿我的一件外衣，头罩一块面纱，到那边去等，看他会不会去，我确定他一定会去的。”

埃加诺一听怒气冲天，当即说：“我当然非去见他不可！”于是在黑暗中胡乱地穿上女人的外衣，戴上面纱，走到小花园的一棵松树下面等待阿尼基诺。

那女人听到他起身走出卧室，马上起床把门锁住。当时阿尼基诺已经吓得魂飞魄散，好多次想竭力挣脱女人的手，心中千百次地暗暗诅咒这个阴险女人的虚情假意和自己的贸然轻信，如今明白了她的用心，马上觉得自己成了世界上最快乐的人。夫人回到床上，径自宽衣解带，和他一起玩乐了好一阵子。后来，她觉得阿尼基诺不能再待下去了，就叫他起床重新穿好衣服，并对他说：

“我的心肝宝贝，你拿一条能用的棍子，到花园里去，假装你白天向我求爱，只是试试我的心罢了。你就把埃加诺当作是我，尽情辱骂，然后拿棍子狠狠地揍他，这样我们才真的开心呢。”

于是阿尼基诺按她说的起了身，走到花园里，手里拿着一根杨木棍子，走到松树跟前。埃加诺看到了他，就装出一副万分欣喜的样子前去迎候他，只听阿尼基诺说：

“嗨，你这不要脸的女人，你竟然真的到这里来了！你要知道无论什么时候我都不会做出这种对不起主人的事的！你这个女人真该死！”他一面说，一面举起棍子，向她打来。

埃加诺听了此话，又见棍子打来，一声不响地撒腿就跑，但阿尼基诺一面紧追不舍，一面说："你往哪儿跑，你这贱婆娘，让天主处罚你吧！"

埃加诺挨了几下打，慌里慌张地逃回卧室，女人问他阿尼基诺有没有到花园里去过，埃加诺哭丧着脸说："他不去还好呢！他把我当成你了，拿起棍子来，没头没脸地打过来，还破口大骂，把对付坏女人的最恶毒的话都骂了出来。我本来就很奇怪，他怎么会向你说那些不正经的话，做那样对不起我的事，肯定是因为看到你对谁都这么温婉随和、热情周到，他才想来试试你的心。"

于是女人说道："感谢天主，他用言语来试探我，却用行动来对付你！我想，他可能以为他对你的行动比他对我的言语更难容忍吧。既然他对你这样忠心，就应该看重他，多多抬举他才是。"

埃加诺说："你的话的确一点也没错。"

经过上面这件事，埃加诺自以为有一个最忠实的妻子和最可靠的侍从。世上的任何绅士都没有他幸运。后来，他和妻子不知拿这件事和阿尼基诺开过多少次玩笑，而阿尼基诺和那女人寻欢作乐自然也很便捷，要是没有上面说的那件趣事，他们可就没有那么容易了。以后阿尼基诺就高高兴兴地住在埃加诺家，乐不思蜀了。

故事八

贝亚特丽齐夫人巧妙地嘲弄她丈夫的办法，大家都感到非常高明。大家都说当阿尼基诺被那女人攥住了手，被迫听她向丈夫诉说他如何向她求爱时，他肯定吓得毛骨悚然。国王见菲洛梅娜已经住口，便转身对内伊菲莱说：“您讲吧。”内伊菲莱微微一笑，然后开口说了起来：

亮丽的女郎们，刚才你们听的都是些特别动人的故事，大家觉得特别有趣，如果也要我讲这样娓娓动听的故事，这的确是个难题。但有天主相助，我希望我能好好地完成这个任务。

你们应该知道，从前本城有一个商人家缠万贯，名叫阿里古乔·贝尔林吉耶里。他脑子里有一个顽固的念头，那就是一心想讨一个贵族出身的女郎为妻，借以抬高自己的身份；如今许多商人仍在做这样的蠢事。最后他终于如愿以偿地娶了一个和他很不般配的贵族少女，名叫西丝蒙达。他像一般商人似的，经常忙于赚钱，很少在家陪伴妻子，于是孤独的西丝蒙达便和一个追求了她很长时间的名叫鲁贝尔托的小伙子好上了。

鲁贝尔托跟这位夫人正打得火热，不过行动方面可能不够谨慎，不知是有所察觉呢还是别有原因，阿里古乔醋意越来越浓。他不让妻子走出家门，自己也把其他事都搁置到一旁，只是一门心思看守妻子，不亲眼看着她上床，他自己决不睡觉。那女人为此非常苦恼，因为这样就没法同她的鲁贝尔托待在一起了。

她一直在筹划着如何想出一个两全其美的办法，既能满足苦苦等待的鲁贝尔托，又不会被那个小气的丈夫发现，最后她终于想出了一个办法。原来她住的卧室是沿街的，同时根据她的多次观察，阿里古乔上床后虽然不会很快入睡，但一入睡就很难醒过来，所以她决定叫鲁贝尔托在半夜里到她家门口来。如果她丈夫睡熟了，她就前去开门让他进来，趁机和他亲热一阵。为了让自己觉察到他什么时候来，来时又不被别人发现，她便想出一个办法：她在卧室的窗口放上一条线，一头直通到外边大街的地面上，另一头由地板一直绕到自己的床上，藏在衣服下面，等她上床时，再系到自己的大脚趾上。后来她叮嘱鲁贝尔托，他来时可以先拉拉那条线，若是丈夫睡着了，她就解开线头让他拉走；如果丈夫没睡着，她就抓紧线头，把线收回，这样他就别再傻等了。鲁贝尔托很赞同这个办法，用这个办法有时能和她相会，有时却见不上面。

靠这个计谋两个人一直在暗中来往，谁知后来发生了一件事。有一天夜里，女人睡着了，阿里古乔在床上伸了伸脚，触到了那一条线，伸手一摸，发现它原来系在女人的脚趾上，不由暗自忖度："这里面一定有什么鬼把戏。"再看看那条线一直通到窗外，心里的疑团就更重了。于是他轻轻扯断了这线，从女人的脚趾上拉出，捆在自己的脚趾上，注意看看这里究竟有些什么名堂。

不一会儿，鲁贝尔托果然来了，毫无顾忌地照常拉线。阿里古乔马上警觉起来，由于他没有把线捆牢，而鲁贝尔托拉时又用力太猛，线被扯断了，径直被拉到了外面，鲁贝尔托因此以为今夜又可以与情人相会。

阿里古乔马上起了床，拿起武器，跑到门口，想看看究竟是谁，而且准备给那个胆大妄为的色鬼一些颜色看看。阿里古乔虽然是个商人，却身强体壮，力大无穷。到了门口把门打开，开门时并没有像女的那样轻手轻脚，等在外面的鲁贝尔托顿觉情势不妙，猜到开门的必是她的丈夫阿里古乔，拔腿就跑，而阿里古乔却在后面追赶起来。鲁贝尔托逃了好一阵子，阿里古乔在后面紧随不舍。鲁贝尔托身边也有武器，眼看实在跑不掉了，于是拔出剑来，回头和对方搏斗。一个拼命想伤及对方，以解心头之恨，另一个则只是奋起自卫，一时斗得难见分晓。

当阿里古乔开卧室的房门时，那巨大的声响把女人吵醒了，女人一骨碌翻身坐起，发觉自己脚趾上的线已被扯断，立刻知道丈夫已看透了自己的把戏。她知道此时阿里古乔已去追赶鲁贝尔托，料想如今二人必有一番较量，便把一个知情的心腹侍女叫到身边，恳求她睡到她床上去，做她的替身，不管阿里古乔如何揍她，她都要忍耐着，一定不能让阿里古乔知道。如果她肯这样做，事成之后一定重赏，包管她得到的报酬称心如意，二人合谋好之后就熄灭了卧室里的灯。夫人走出卧室，躲在屋内的另一个地方，静观其变。

左邻右舍听到阿里古乔和鲁贝尔托深更半夜相互搏斗吵得人无法入睡，都起来责备他们。阿里古乔怕被人认出，只好无可奈何地放走了那个家伙，他非常不情愿，一心想泄心头之气，一进卧室，就怒不可遏地冲屋里喊；

“你藏在哪儿？贱婆娘？你以为熄了灯，我就找不到你了吗？你做梦吧！”

他走到床前，把那侍女当作自己的妻子，狠狠抓住，使出全身力气拳打脚踢，一直打得她面目全非。最后他剪了女人的头发，把骂坏女人的最恶毒的话都骂出了口。那侍女号啕大哭，哭得痛彻心扉，还不断地喊着：“哎哟，上帝发发慈悲吧！求你别再打了！”。侍女本来已开始怪声号叫，而阿里古乔又气昏了，所以并没发现是另一个女人的声音，还认为是自己的妻子呢。他把她痛打一顿，又剪了她的头发后，并警告她说：

“贱婆娘，我不想再碰你了！现在我要去找你的兄弟们，把你做的好事说给他们听听。他们如果要自己的脸面的话就把你这伤风败俗的贱货领回去好好教训一顿。老实说，你别想在这屋子里再待下去了。”

他说完这些话走出卧室，反锁了房门，直接告状去了。

那女人西丝蒙达把一切都听得明明白白。等丈夫一走，她就打开卧室的门，点亮了灯，只见那侍女已体无完肤，痛哭失声。她尽力安慰了侍女一番，把她扶到她的房里，暗地里派人侍候她，照料她，又把阿里古乔的许多钱赏给她作为补偿，让她满心欢喜。西丝蒙达把侍女在房里安顿好后，马上回去收拾好残局：把床铺好，把房间重新布置得井井有条，仿佛那夜根本没发生过什么事似的；然后再点起了灯，把衣服穿得整整齐齐，好像还未曾上床睡过。随后她拿起一些衣服，在楼梯口点上一盏灯，装作要挑灯熬夜，静待事态的发展。

阿里古乔走出屋子后，就急忙赶到妻舅家里，敲了半天门，人家才听见他的声音，于是开门让他进去。女人的三个兄弟和她们的母亲听到阿里古乔来了，赶忙起床点灯前去迎接，并问到底出了什么事，让他深更半夜到这里来，他把详情一五一十地向他们说了，从他发现西丝蒙达脚趾上捆的线说起，一直说到他最后所发现的和所做的事情为止。为了证明他的话句句是实，他又把自以为从妻子头上剪下来的那一撮头发放在手里给他们看，还说请他们上他家去看看她，让她的兄弟们想想怎样处理才能顾全彼此的面子。

女人的兄弟们听了阿里古乔的话，都深信不疑，对她十分不满，于是点起火把，同阿里古乔一起上路到他家去，准备惩罚这个败坏家门的孽子。他们的母亲哭哭啼啼地跟在后面，一会儿求这个儿子，一会儿求那个儿子，让他们在没有弄清事情真相以前别如此轻易地相信这些话，因为她丈夫也许为了别的事同她过不去，自己对不起她，反而倒打一耙，企图为自己开脱。她还说，对于女婿所讲的那些事，她觉得非常十分不可思议，因为女儿从小就是她亲手养大的，对女儿的人品十分清楚，此外又说了不少为她女儿开脱的话。

他们来到阿里古乔的家，进入门内，开始上楼。西丝蒙达听到动静，就问："谁呀？"

她的一个兄弟答道："来者是谁，你马上会明白的，贱婆娘！"

于是西丝蒙达说："天主保佑，你怎么毫无根据地说这种话呀！"随即又站起身来说："哥哥，我欢迎你们来，但是你们半夜里三个人一起赶来有什么急事啊？"

兄弟们看到她若无其事地坐在那儿做针线活，脸上并无半点伤痕，不禁满腹疑团，因为照阿里古乔说的，她已被揍得遍体鳞伤了。他们暂且压住心头的怒火，问她阿里古乔所告的状究竟是怎么一回事，又狠狠地威胁她，要是她不如实招来，就剥了她的皮。

那女人委屈地说："我不知道应该怎么向你们说才好，我也不知道阿里古乔在你们面前捏造了些什么坏话。"

阿里古乔见她竟毫发无损，不由得惊奇地瞅起了她，他记得刚才在她脸上少说也打了千百下，也狠狠地拧过她，什么苦头都叫她吃遍了，可她现在依旧好端端的，好像根本没有发生过这回事！一会儿的工夫，兄弟们把阿里古乔告诉他们的事向她说了一遍，把发现一条线和打女人等种种情节都讲了。

女人转身对阿里古乔说："哎哟，夫君，你在胡说些什么啊？我绝对不是那种下贱的女人，你居然这样陷害我，难道你不怕丢脸吗？你也并不是那么狠心的坏丈夫，干吗把自己说得这般残忍？今天夜里，你什么时候回来过？更别说同我睡在一起了。你什么时候揍过我？我怎么会不知道呢？"

阿里古乔急忙喊道："你说什么，贱婆娘？夜里我们不是一起上床睡觉的吗？我去追你的奸夫以后，不是回来过吗？我难道没有把你揍得哭叫连天并把你的头发剪掉吗？"

女人驳斥道："今天夜里你根本没有在家里睡过觉。这暂且不说，因为口说无凭，还不能确定这是不是事实。让我们先看看你说的几件事吧：你说打了我，还剪了我的头发。可是在场的各位，大家的眼光是铮亮的，大家可以仔细看看我整个身上有没有半点挨过打的痕迹。老实对你说，要是你胆大妄为，敢动我身上一根毫毛，我向天主起誓，一定要把你的脸抓个稀巴烂。我的头发也没有被你剪过，不过可能你是趁我不知道的时候剪的，那就让我们看看究竟有没有剪过。"

于是她揭开头上的面纱，原来头发真的没被剪过，依然完好无损。

她的兄弟们和母亲把一切都看在眼里，听在耳里，把火憋在心里，一齐转过身去怒视阿里古乔。

“这是怎么回事，阿里古乔？这件事，跟你刚才到我家说的可根本不一样啊。我们不知道，我们凭什么相信你的话。”

阿里古乔恍恍惚惚地站在那里，想说些什么话，可是看到情况跟先前迥然不同，自己无法证明妻子有罪，竟一句话也不敢说了。

这时妻子转身对兄弟们说：“各位哥哥，我本来不想把他干的那些卑鄙无耻的勾当告诉你们，可是他刚才的所作所为叫我非讲不可，我也只得说了。我深信他对你们说的事已经发生过，他也的确做过那些事，只是有罪的真的不是我。现在且听我说说究竟是怎么一回事吧。

“我真倒霉，你们居然把我嫁给这样一个人。他是一个自以为有地位的人，并自称为商人，照理会重视信誉，而且生活上应当比一个修士更有涵养，行为上比一个处女更加规矩。可是晚上他总是夜不归宿，喝得酩酊大醉，一会儿跟这个坏女人勾搭，一会儿又同另一个姘居，我总要一直等到半夜三更，有时甚至等到天亮都不见他回家。你们刚才已经看到了，这次他准是又喝醉了酒，跟哪个臭娘儿们去睡觉，醒来发现她脚上有一条线，就跟别人胡闹起来，回去后又去揍那个婊子，剪了她的头发。那时他醉得糊里糊涂，还以为挨整的就是我，我敢说，现在他还没清醒过来呢。要是你们认真看看他的那副尊容，就知道他现在还是半梦半醒呢。可是不管他怎么说我，他毕竟是我的丈夫，我只希望你们当他喝醉了酒说胡话，既然我能原谅他，望你们也宽恕他吧。”

她母亲听了这番话，立即歇斯底里地叫起来：

“我苦命的女儿呀，天主在上，这种人千万不能饶恕！这种狼心狗肺的东西，宰了他们最好！他真不配娶你这样的妻子。你想一想：即使人家是当你是从垃圾堆里捡起来的，这样待你也太过分了！算你倒霉，居然被这个猪狗都不如的商人泼了这许多污水！这种人本来就是个乡巴佬，流氓出身，穿着粗布衣，脚上是下边宽大的袜子，长裤后面还有羽毛。一旦有了两个臭钱，他们就想讨大户人家的闺女和正正经经的小姐做老婆。他们戴上了贵族的盾徽，说什么‘我是贵族出身’，还说什么‘我家本来干过什么什么’的。我的儿子们当时要听我的话，用一点儿嫁妆把你体体面面地嫁给圭蒂伯爵家族的一位贵族公子就好了。而他们偏偏要把你嫁给这个下贱胚子。你是佛罗伦萨最最出色、最最规矩的女孩，他却身在福中不知福，半夜三更来对我们说你是一个荡妇，好像我们不了解你的品德似的。上天要是有灵就惩罚这个坏家伙吧。”

随后她又转过身去，对儿子们说：

“我的儿呀，我早对你们说过，这门亲事要不得！你们现在看到了吧，你们这位好妹夫是怎样对待你们那可怜的妹妹的，这个可恶的小商人！我要是你们，看到他这样欺负自己的妹妹，非把他宰了不可，可惜我是女人呀，要是我是男子汉，我恨不得亲自拿刀把他砍了，天哪，真倒霉，我女儿居然会碰上这个该死的醉鬼，这个不要脸有东西！”

三个年轻人目睹此情，又听了这些煽风点火的话，都转身数落起阿里占乔来，骂得他狗血喷头，最后他们说：

“这回你喝醉了酒，我们就饶了你吧，不过要是你还要自己这条狗命，那就得注意，以后别再让我们听到这种事了。如果再有什么风声传到我们耳朵里，我们就两笔账一起算！”说完后他们扬长而去。

阿里古乔像一个木头人似的站在那里，不清楚刚才这一幕是真的呢，还是做了一场梦。他再也不敢吭声，同妻子相安无事。他妻子靠着自己的机智灵活，不但在危难时救了自己，还为今后的寻欢作乐开了方便之门，那蠢丈夫以后更抓不到什么把柄了。

故事九

女郎们听了内伊菲莱所讲的妻子运用智慧使其丈夫吃尽苦头的故事，都不禁放声大笑，而且议论纷纷。国王三番五次地命令她们安静下来，她们才总算不出声了，接下来潘菲洛开口说：

可爱的女郎们，我认为无论谁深深地爱上了一个人，他都会不畏艰难险阻，为自己所爱的人做任何事。虽然上面有几则故事都证实了这一点，但是我还想再给你们讲一个，补证一下。这是一个女人的恋爱故事，她并不是一个非常聪慧的人，只是因为运气较好才使一切都那么顺利；我并不是劝导你们去学她，我想告诉你们，这样做是要冒风险的，因为一个人不可能老是碰上好运，而世界上的男人也并非个个都容易上当受骗。

话说希腊有一座十分古老的城市，名叫阿尔龙，它之所以久负盛名，并非因为城市壮丽宏伟，而是因为帝王辈出。从前那座城里有一名贵族，名叫尼科斯特拉多。快到晚年时，他春风得意，娶了一个大户人家的年轻女郎为妻，她名叫莉迪亚，既美丽动人，又热情奔放，作为一名富甲一方的贵族，尼科斯特拉多手下仆役众多，鹰犬成群，他终日沉溺于游猎中。他的仆从中有一个名叫皮罗的小伙子，长得英俊秀美，一表人才，而且心灵手巧，无论做什么，都能得心应手，所以尼科斯特拉多对他的宠爱和信任，胜过其他任何仆人。恰巧莉迪亚深深地爱上了这个小伙子，日日夜夜苦苦思恋，弄得自己茶饭不思，干什么都提不起兴致；而皮罗呢，不知是看不出对方的那片情意，还是不愿和她勾勾搭搭，总是无动于衷，因此夫人心里痛苦得坐卧难安。

她下决心要让皮罗明白自己的那片痴情，于是把她的心腹侍女卢丝卡唤到身边，对她说：

“我平时待你不薄，今日有事托付你，你应该不辜负我的苦心，忠心实意去办，你要留心，除了我要叫你传话的那个人外，千万不能把这事走漏出去。

“卢丝卡，你很清楚，我年纪轻轻，正是青春勃发的时候，女人所需要的东西，我真是应有尽有。总而言之，我什么都称心，没有什么可抱怨的。只有一件事一直让我耿耿于怀，那就是我丈夫的年纪比我大得多，年轻女人喜欢的那件事，我总没法做。我同别的女人一样，有这方面的欲望，所以好长时间以来我一直琢磨：命运女神既然跟我过不去，让我嫁给了这么一个糟老头儿，我可不能同自己作对，让自己苦熬下去，不能寻欢作乐。这方面也和别的事情一样，要想如愿以偿必须认真地去物色对象，看看谁最合我的意。我觉得咱们的皮罗倒是挺好的，如果我们的好事能成真，那就太好了。我太爱他了，如果我看不到他，不思念他，心里就难过。要是我不能马上和他相会，我想我一定会死掉的。所以你若是珍惜我这条命，一定要想出一个最好的办法，把我的这片心意告诉他，并且代我恳求他，以后我叫你去找他时，他一定要甘心情愿地来我这儿。”

那个侍女欣然从命。不久，她选了一个合适的机会，把皮罗拉到一旁，十分巧妙地完成了女主人交付给她的使命。皮罗听了侍女的话，十分惊讶，因为他从来看不出女主人对他存着这份心，只怕她差侍女前来只是为了试探他。于是当即粗鲁地答道：

“卢丝卡，夫人根本不会说这些话，这简直不可思议，因此你说话要留意些。即使是她派你来的，我也不信这是她的真心话；即使是真心话，老爷对我恩重如山，就是要我的命，我也不能做这种对不起他的事！所以你得留心，以后别再跟我说这种事情了。”

卢丝卡并没有被他那番一本正经的话吓住，接着对他说：

“皮罗，以后无论夫人为什么事差我来，我还是要跟你说话的。她要我来多少次，我就来多少次，不管你是愿意不愿意。可你真是傻瓜呀！”

侍女听了皮罗的话很是气愤，回去原原本本地禀报给夫人，夫人听后沮丧得要命。熬了几天，她对这个侍女说：

“卢丝卡，你知道，一棵橡树，只砍一下是不会倒的。那人为了讨好主人，不惜使我伤心，我看你还是挑一个合适的时机再去找他一下，把我这片痴情全说给他听吧。你要想尽办法，把这件事办成，因为再这样拖延下去，我会痛苦死的。他可能以为我在考验他，我在向他求爱，结果反而生恨了。”

侍女安抚了夫人一番，又去找皮罗，见皮罗这一回眉飞色舞，情绪很好，便对他说：

“皮罗呀，前几天我对你说过，我们的女主人是多么爱你，为了你，她忍受了多少情感折磨呀！现在我重新跟你认认真真说一遍，要是你还是像上次那样硬着心肠，坚决不答应，那她准活不长了。所以我恳请你还是去抚慰她一番，免得她再承受相思之苦了。我本来以为你特别聪明，谁知你竟这么顽固不化，我可要把你看成是一个大傻瓜啦。有一位这么美丽、这么温柔、这么富有的贵夫人爱你，把你视若珍宝，对你来说，有什么比这更光彩呢？事成之后，你得好好感谢命运女神才对，她给你提供了这个机会，使你的青春欲念得到满足，同时物质方面也可以得到非常优厚的享受！只要你动脑筋想一想，你的伙伴中间还有谁能比你更幸福呢？如果你愿意给她爱情，那么锦衣玉食的日子离你还远吗？

“所以，你得记住，命运女神对一个人笑脸相迎，一般只有一回，没有再多的了。如果那人当时不抓住这个机会，后来不论多么失意，那也只能怪自己，怨不得命运女神了。另外，仆人和主人之间，用不着像亲朋好友那样讲忠诚。主人怎样对待仆人，仆人也可以怎样对付主人。如果你有一个美丽的老婆，或者哪怕是你的亲娘、女儿或姨妹，只要被尼科斯特拉多看上了，他难道会想到什么忠诚不忠诚，像你对他妻子那样吗？要是你认为他会和你一样，那你真傻透了。不管你心里怎么想，事实上他准会讨好她们，恳求，如果没达到目的，还会使用暴力。他们既然能这样对待我们，我们又为什么不可以这样回敬他们呢？利用命运女神赐给你的恩惠吧，别将她赶跑了，而是应当满心欢喜地迎接她。说真的，如果你不肯这么做，别说夫人一定会魂归西天，就是你呀，也会被悔恨扰得活不长久呢。”

皮罗对卢丝卡上次说的话早已考虑过一遍，后来横下一条心：“如果她以后再来，我一定要换一种态度，要是认定夫人并非是在试探我，我就顺从她的意思。”

于是他回答说：“嗯，卢丝卡，我相信你说的都是真话。可是同时，我也知道老爷为人十分精明，虽然他把所有事都交给我去办，但我十分担忧的是夫人莉迪亚莫不是根据他的主意，来试探我对他是不是忠心耿耿。因此，我提出三件事，如果她愿意做到，那我就信任她。到时不论她要求我做什么，我都立刻答应。我要她做的三件事是：第一，当着尼科斯特拉多的面，把他那只珍贵的雀鹰杀掉；第二，拔下尼科斯特拉多的一撮胡子送给我；第三，弄到她丈夫最好的一颗牙齿。”

卢丝卡觉得这些事办起来都很棘手，夫人更觉得无从下手。然而爱神既能给人们以安慰和鼓舞，也能启迪人们想出种种妙计来，于是夫人决心试一试，她又召来了那个侍女，叫她转告皮罗，他提出的三点要求很快就能得到满足。另外她还说，虽然他认为尼科斯特拉多为人精明，但她一定能当着丈夫的面和皮罗取乐，而让尼科斯特拉多蒙在鼓里。

于是皮罗静待这位贵夫人，看她到底怎么满足这些要求。

过了几天，尼科斯特拉多大摆筵席，宴请了好几位绅士，他举行这样的宴会是家常便饭，宴毕正在拾掇餐桌时，只见身穿一件绿色的天鹅绒衣，满身珠光宝气的夫人从房里走出来，走到宾客们刚才就餐的客厅里。她当着皮罗和其他人的面，走到尼科斯特拉多视如珍宝的那只雀鹰所栖息的木架前面，把它脚上的锁链解开，好像要让它栖息在自己的手上似的，然后提着雀鹰脚爪上的皮革带，猛地将它向墙上一摔，鹰马上就一命呜呼了。

尼科斯特拉多急得大喝一声："哎，夫人，你这是干什么？"

她没有理他，只是转身对在座的各位绅士说道：

"各位先生，如果一头雀鹰欺侮了我，我都不敢报复，那么一个国王凌辱了我，我更敢怎么样呢？我要告诉各位，那只鸟不知剥夺了我多少时间，使我顾影自怜。本来这许多时间里，男人应该陪自己的女人一起度过。可每天天一亮，尼科斯科拉多就起床了，手里提着那头雀鹰骑马到广阔的平原上去，看它飞向天空，留下我一个人睡在床上，独守空房。因此我好几次想把它像刚才那样弄死，之所以一直未付诸行动，不过是想当着各位绅士的面来干掉它，让先生们为我的痛苦做出公正的判断来。我相信各位一定会说一些公道话。"

绅士们听了此话，都以为她对尼科斯特拉多情深意笃，哪知她有弦外之音，便都笑嘻嘻地跟怒气冲冲的尼科斯特拉多打趣道："嘿！夫人受了委屈，干掉她的情敌出了口怨气，这事做得好呀！"等夫人走了以后，客人们又围绕这个题目说了不少俏皮话，使尼科斯特拉多转怒为喜。

皮罗把一切都看在眼里，心中暗想："夫人这样表白对我的一

片痴情，真是太妙了，但愿她一步一步地做下去！”

莉迪亚把那只雀鹰摔死后不久，有一天她在卧室里同尼科斯特拉多亲热调情。丈夫不住地把玩夫人的头发，莉迪亚趁此机会完成了皮罗要她做的第二件事：她一边笑，一边立刻抓住他一小撮鬈曲的小胡子，使劲儿一揪，就把它从下巴上揪下来了。尼科斯特拉多喊痛，她就说道：

“你居然会痛得如此龇牙咧嘴的？我只不过揪了你的几根胡子，你就觉得痛，那么刚才你揪我的头发，我难道不感到痛吗？”

他们就这样你一言我一语地调笑着，女人把拉下来的那一绺胡子小心地保存起来，当天就把它送给了自己朝思暮想的情人。

至于第三件事，莉迪亚着实花了一番心思。不过她一向机敏非凡，而爱神使她变得更加足智多谋，不久她就想出一个绝妙的办法。尼科斯特拉多家里有两名侍童，都是富家子弟，他们的父亲为了让儿子学习绅士家的礼节，才送他们到尼科斯特拉多家里来。尼科斯特拉多吃饭时，一个替他夹菜，另一个给他斟酒。夫人叫来他们二人，告诉他们要他们小心，因为他们嘴里有股臭气，所以侍候尼科斯特拉多时，脑袋应当尽量向后仰，又叫他们不要将此事宣扬出去。两个侍童对此坚信不疑，就依照夫人的嘱咐去做了。

此后，莉迪亚找了一个机会，她对尼科斯特拉多说：

“你有没有注意到，那两个小家伙伺候你吃饭时有些怪模怪样的？”

尼科斯特拉多说：“我留意到了，我正想问你他们干吗要这样呢？”

女人说："不必问了，让我来告诉你吧。以前我一直没有说这件事，不过现在我感到，你既然已看出来，我就应该跟你实话实说吧。他们两个这副模样儿，只是因为你口臭得厉害。我也不知这到底是怎么回事，以前你一直没有口臭的毛病。这倒是一个很失面子的缺点。因为你得跟一些贵人们来往，应该想办法治好它才是。"

尼科斯特拉多说："因为什么呢？难道我嘴里有哪颗牙齿被虫子蛀坏了？"

莉迪亚顺水推舟地说："可能是这样。"于是她把丈夫拉到窗前，叫他张开嘴巴，东瞧瞧西望望，然后说：

"哦，尼科斯特拉多，这么长时间你怎么过来的？你看你这边这颗牙齿不只是有病，而且全部烂了，要是你还不把它们拔掉，旁边的一些牙齿一定也都会烂掉。所以我劝你还是早些拔掉，不然就越来越糟了。"

尼科斯特拉多说："既然已经成了这样，你马上请一位大夫来，给我拔掉吧。"

于是他女人说："这么一点小事就请大夫来，恐怕天主会不高兴的。我看还是不必请什么大夫了，由我亲自动手来拔就可以了。再说，大夫干起这种事来心狠手辣，我怎么也不忍心眼睁睁地看着你任他们随意宰割，所以还是我来替你拔吧。要是你痛得厉害，我可以马上住手，这点大夫可是办不到的。"

于是她指派家人将拔牙用的一切工具取来，又叫所有的人离开房间，只剩下她自己。接着她锁上房门，叫尼科斯特拉多四仰八叉地躺在一张桌子上，并把钳子塞在他的嘴里，夹住了他的一颗牙齿，一面叫那侍女用力按住他的身子，一面使劲儿地把那颗牙齿狠狠拔出，不管尼科斯特拉多痛得大呼小叫死去活来。莉迪亚把那颗牙齿保管好，然后把事先拿在手里的一颗破烂不堪的牙齿伸出来，拿给那几乎痛得有气无力的男人看，同时对他说：

“瞧你嘴里，居然有烂成这样的一个东西！”

虽然那丈夫因吃了这么大的苦而满腹牢骚，但对她的话却坚信不疑，认为牙齿既然已拔出，毛病就治好了。女人东拉西扯地安抚他一番，他觉得痛苦减轻了不少，就走出了房间。

女人立刻把这颗牙齿送给了她的情人。这时皮罗才相信她对自己是真心实意的，从此便顺着她的意思行事。

那位夫人现在真是度日如年，恨不得马上就能和皮罗长相厮守，急于使对方相信自己的一片诚心。

有一天她佯装生病，那天用膳之后，尼科斯特拉多前来看她，她看见只有皮罗一人与他同来，便说自己在屋里实在憋得发慌，要求扶她到小花园里去散散心。尼科斯特拉多和皮罗左右搀扶，把她扶进小花园里，让她坐在一棵梨树下的草地上休息。坐了一会儿，夫人便依照事前跟皮罗约定的计策，对皮罗说：

“我很想吃些梨子，皮罗，你爬上去给我摘几个来吧。”

皮罗连忙爬上了树，摘了几个梨子扔下来，一面扔，一面说：

“天哪，老爷，您在干什么呀？你们在光天化日之下，当着我的面做这种事，难道不害羞吗？难道你们当我是机器人吗？还有夫人刚才还病得很重，怎么这样快就好了，两个人居然干起这样的事来？如果你们想干，有的是漂亮的卧室。为什么你们不到房间里去干那种事儿呢？难道当着我的面干这个，更能给你们增光添彩吗？”

夫人转过身去，对丈夫说：“皮罗究竟在胡说八道些什么？他真的疯了？”

这时皮罗说：“我可是很清醒的，夫人。我刚才看到的，难道你不承认吗？”

尼科斯特拉多非常奇怪，说道：“皮罗，我看你准是在做梦。”

于是皮罗答道：“老爷呀，我根本没做梦，你们也没有做梦。我明明看见你们刚才摇晃得那么厉害，要是这棵梨树也那么摇晃，恐怕树上的梨子就要掉光了。”

女人说：“这到底怎么啦？难道他真如他所说看到了那件事吗？天主保佑，要是我的身体像以前那么健康，我真想爬上树去，看看到底有没有那种怪事。”

这时皮罗还在梨树上说些疯疯癫癫的话，尼科斯特拉多只得要求他：“你下来吧！”于是他下来了。尼科斯特拉多问他：“你刚才到底看到了什么？”皮罗说：“我想，你也许以为我神志不清，胡诌乱造，不过我刚才确实看到你压在夫人身上不得不说给你听。后来我下了树，看到你们站了起来，坐在原来的那块地方。”

“绝对是你糊涂了，”尼科斯特拉多说，“你爬上梨树后，我们一直坐在这儿，什么都没有干啊！”

于是皮罗说：“这有什么可争论的呢？不过我的确看见了。如果您相信我的话，那么您真是压在夫人的身上呀。”

尼科斯特拉多觉得很奇怪，终于说：

“我倒要看看这株梨树有什么魔法，难道无论谁爬上去都会看到这等怪事吗？”

于是他爬上了树。他一上树，皮罗就把夫人压在身下，尼科斯特拉多见此情景，不禁大喝一声：

“嗨，你这臭婆娘，你这是干什么！你，皮罗，我这样信任你，你居然在我眼皮底下干这种事！”

边喊边从树上下来。

夫人和皮罗齐声说：“您说什么呢？我们在这里坐着哪！”二人见他果真下来了，便回到原来的地方坐下。尼科斯特拉多的脚一着地，看到他们在原处坐着，便开始破口大骂。

皮罗说：“尼科斯特拉多，现在我终于明白，您刚才说的话没有错，我在梨树上看到的情景都不是真实的。我之所以这么说，是因为我清楚地知道，您所见到的一切也都是错觉。您只要想一想，夫人是特别恪守妇道的女人，而且是最聪慧的女人，假如她真的想做什么对不起您的事，也绝不会当着您的面做。至于我，那更不必说了，别说在您面前干这种事，就是心里想一想，您也会把我碎尸万段的。因此，毛病肯定出在那棵梨树身上，它的魔法使大家都产生了错觉。我知道自己绝对没有做过这种事，就连想也没有想过，而却好像亲眼看见过一般；要不是我听您这番话，我也绝对不会相信您刚才跟夫人在原地一动不动呢。”

那女人随即也装出一副生气的神态，站起来说：

“你这浑账老头儿，竟把我想得这般糊涂下贱，会在你眼睛面前做出这种见不得人的事情来，还居然敢说亲眼看到的呢。你要明白，如果我想做这件事，也不会到这儿来做，我会到我们的一间卧室里去做的，让你一辈子都不知道。”

尼科斯特拉多觉得两个人的话都很有道理，他们确实不可能在他面前做出这种事来，于是不再呵斥两位年轻男女了，而是开始谈这件事是多么离奇，为什么谁爬上了这株树，谁的视觉就改变了，真是不可思议啊。

可是夫人对丈夫刚才的话仍不满意，认为尼科斯特拉多错怪了她，依旧装作怒气冲冲的样子，对他说：

“我再也不容许这棵梨树来败坏我们女人的名声了。所以，皮罗呀，你快去拿一把斧头来，把那株树砍掉，以解我的心头之恨。其实最好还是把尼科斯特拉多的脑袋也一起砍掉，他脑袋太糊涂了，竟这么容易上当受骗，即使你头脑里出现了你说的那种事，只要你用心想一想，判断一下，你就不会来诬陷我了。”

皮罗马上跑去拿斧头，把梨树砍下。夫人见梨树倒了，就对尼科斯特拉多说：

“既然我看到毁我名誉的敌人倒下了，也算出了口气。”

尼科斯特拉多又向她求情，她才发了慈悲，饶恕了他，叫他以后千万不能这样胡说八道了，并说连她的生命都没有丈夫重要呢。

这个可怜的、受到捉弄的丈夫，就这样随着妻子和她的情夫一起回到屋子里。以后皮罗和莉迪亚多次幽会，寻欢作乐时更无所顾忌了。

故事十

现在没讲故事的只有国王一个人了。女郎们对那棵梨树无辜被砍深表同情，一时议论纷纷。国王等她们安静下来，才开始讲道：

凡是公正无私的国王，应当率先遵守自己所订的法律才对，这是理所当然的事；如果他不能以身作则，就不配做国王，而是应该作为奴隶受惩罚。我是你们的国王，现在要违反规则，理应受到责备。确实，今天我们所讲的故事的题材，是我昨天亲自规定的，当时我并不想使用特权，而是打算同你们一样遵守规定，讲一个同大家所讲的内容一样的故事。可是现在，不但我原来想讲的故事已让你们先讲了，而且你们还说了好多更有趣的故事，因而我不管如何冥思苦想，就同一题材来讲实在讲不出一个情节能与你们讲的相媲美的故事了。

由此看来，我只好违背我亲自订下的法律，不论你们怎么处分我，我都愿意接受。现在我就来行使特权了。

最亲爱的女郎们，埃丽莎讲的那个教父和受洗孩子的母亲愚弄锡耶那人的故事，很有吸引力，使我不由得想给你们讲述另一个锡耶那人的故事来。虽然这个故事的内容并不一定真实可靠，但有些地方还是非常动听的。只是我们讲故事的范围原是“聪明的妻子戏弄愚蠢的丈夫”，我这个故事不得不离题了。

却说从前锡耶那有两个平民出身的年轻人，一个叫廷戈乔·迪·米尼，另一个叫梅乌乔·迪·图拉。他们两个人都住在波尔塔·萨拉亚，相互之间来往甚密，却很少与别人来往，看来二人十分默契。两个人也和常人那样，常去教堂听神父讲道，因此经常听到一些论调，说人们善有善报，恶有恶报，好人死后顺利升天，坏人死后到地狱受苦。他们很想知道是不是确有其事，可又想不出办法来，于是彼此约定：二人不论谁先去世，都要尽可能地回阳间来，把他们所渴望知道的事说给活着的伙伴听听，说罢他们还发下毒誓，以示郑重。

二人就这样说定了，彼此仍旧亲密来往。却说那个叫廷戈乔的，不久做了卡姆波雷季地区阿姆布鲁奥焦·安塞尔米尼家孩子的教父。阿姆布鲁奥焦的妻子名叫米塔，仪表出众，光彩照人。廷戈乔有时带着梅乌乔去看那个教子的母亲，后来竟顾不上宗教的清规戒律，爱上了米塔。梅乌乔同样很喜欢她，听到廷戈乔常常赞美她，不觉也爱上她了。双方都爱慕之情埋在心底，不过隐瞒对方的理由有所不同。廷戈乔瞒住梅乌乔，是因为觉得爱上教子的母亲有失体统，让别人知道是件很丢脸的事，而梅乌乔守口如瓶，是因为他看出了廷戈乔也喜欢这位夫人。他不禁暗自忖度："如果我把心事说给他听，他一定会嫉妒我的。他是夫人家的教父，所以接近夫人的机会绝对多一些，可随意在她面前说我的坏话，叫她讨厌我，那我以后就休想得到她的欢心了。"

这两个年轻人就这样各怀鬼胎，表面上却相安无事。后来因廷戈乔比较容易与夫人接近，得以向她吐露自己的相思之情，而且用了种种手段，终于把她弄到了手。梅乌乔对此看得十分清楚，虽然有点灰心丧气，但仍旧没有死心，希望有朝一日能如愿以偿。他对此事佯装不知，免得廷戈乔暗地里坏事。

这两个青年就这样和睦相处，只是比另一个更加幸福而已。廷戈乔找到了教子的母亲那块肥沃的土壤，不辞劳苦地精耕细作，以致染病，不几天病情加重，随后撒手人寰。

三天以后，廷戈乔的亡灵按照生前的誓约来了，也许不能更早一些来。那天夜里梅乌乔睡得正香，廷戈乔才来到他卧室里，喊了他一声。

梅乌乔被叫醒，问道："你是谁？"

对方回答："我是廷戈乔，按照我生前的约定，回到你这里向你说说阴间的情况。"

梅乌乔见到已死去的他有些担忧，但还是壮起胆来对他说："欢迎你，兄弟！"后来又问他到底是去了地狱还是天堂，有没有受到严刑拷打。

廷戈乔答道："那倒没有，不过我生前造了许多孽，因此吃了很多的苦，受了许多煎熬。"

于是梅乌乔把人们在世时所犯的种种罪孽提出来并问廷戈乔，问他生前犯了什么罪，死后会受哪些惩罚。廷戈乔一一说给他听。然后梅乌乔问自己还能为亡友做些什么以弥补罪过，廷戈乔要求梅乌乔为他做做弥撒，多念祷文，救济穷人，因为做这些事对阴间里的鬼魂有很大的好处。梅乌乔说，十分乐意为他效劳。

廷戈乔临走时，梅乌乔想到了他那教子的母亲，便微微抬起头来问道：

"哦，廷戈乔，现在我想起了一件事，你生前和你教子的母亲睡过觉，死后受到了什么处罚？"

廷戈乔答道："兄弟呀，我一到阴间，就遇上一个人，他似乎对我生前的种种罪孽都调查得明明白白。他让我在重刑之下净化自己的灵魂，赎自己的罪，那里还有许多人和我一样接受惩罚。当时我置身于熊熊烈火中。想起我和教子母亲的情事吓得直发抖，因为那些惩罚已使我无法忍受，而那件乱伦之事可能会招致更重的惩处。我身边有个人注意到我这样，就对我说：'你究竟为什么这么心虚，居然站在火里发抖？'我就说：'噢，朋友，我犯过一条大罪，只怕要受到审判。'于是他问我犯的是什么罪，我说：'我和我教子的母亲睡过觉，纵欲过度，精疲力竭而死。'

"于是他嘲讽我，还对我说：'得了，傻瓜，别害怕，阴间里不管什么教父教母的事！'听了这话，我才安心。"

说完这话，天已快要亮了，于是廷戈乔说：

"梅乌乔，愿天主保佑，我不能再陪你啦。"

他转瞬间就消失了。

梅乌乔听到阴间不管教父教母之事，不觉自我解嘲，觉得自己真傻，竟放过了好几个本来可以到手的攀上宗教亲的女人。于是他在那件事情上不再那么谨小慎微，以后变得肆无忌惮。

国王讲完了故事，这一轮就算结束了。这时夕阳西下，西风拂面。国王摘下王冠，把它戴在劳蕾塔头上，说道：

"小姐，我把花冠戴在您的头上，您现在是我们这群人的女王了。现在您认为怎样可以使大家快快活活，就请以女王的身份下命令吧。"说罢他重新坐下。

劳蕾塔做了女王后，就把总管叫来，要求早些在风光秀丽的山谷里开晚饭，让大家吃完饭可以从容地回屋里去，接着她又吩咐总管在她的任期内该干些什么，然后她转过身去，对大家说：

“昨天，迪奥内奥要我们今天讲一些妻子捉弄丈夫的故事，若不是我不想让大家认为我是一个急于报复的小气鬼，我一定要让大家明天讲些男人捉弄妻子的故事。不过暂且不谈。现在我要你们每人想出一个故事，要围绕‘女人捉弄男人，或者男人捉弄女人，或者男人之间互相捉弄’这个主题。我相信，这个题目谈起来会和今天一样饶有兴致。”说罢她就站起来，叫大家随意活动，到吃饭时再集合。

于是男男女女纷纷起身，有的光着脚在清澈的水里走动，有的在高大挺拔的树林中散步，尽情玩乐。迪奥内奥和菲亚梅塔分别唱了一支关于阿尔齐塔和帕莱莫内的歌。就这样，大家自由玩耍，非常轻松地打发着时光。晚饭时分，大家来到湖畔的桌子边坐下，舒舒服服地吃晚饭，周围百鸟齐鸣。微风不断从四面的小山中习习吹来，凉爽宜人，又无蚊虫打扰。

散席时，太阳还没有下山，大家又在赏心悦目的山谷周围闲游了一会儿，然后顺从女王的意旨，悠然踏上归程。他们一路谈笑风生，有时彼此调笑一番，有时拿白天里所讲的故事逗趣，到幽雅的别墅时天快黑了。他们在那里喝了些清凉的酒，吃了些甜食，以消除步行那一小段路的疲劳。接着便在清澈的泉水周围跳起圆圈舞来，由廷达罗的风笛和其他乐器伴奏。最后女王命令菲洛梅娜唱一支小曲，她舒展歌喉唱了一首动听的歌曲：

唉，生活对我多么不公平！

今后我能不能再次拥有……

大伙儿从歌中听出菲洛梅娜一定有了新的甜蜜的爱情，并已进入新的境界，大家都很羡慕她，认为她会比以前更加幸福。待她唱完了小曲儿，女王想起了明天就是星期五，于是心平气和地对大家说道：

“尊贵的女郎们和先生们，你们知道，明天是我主受难的纪念日。你们应该都记得，在内伊菲莱做女王时，我们曾虔诚地纪念过这个日子，我们没有讲故事消遣，第二天星期六也是这样，因此，我也想学内伊菲莱的好榜样，认为明天和后天最好像过去一样，别讲我们那些尽情游玩的故事了，还是好好想一想如何拯救我们的灵魂吧。”

女王这番虔诚的话语，大家听了都心服口服，眼见夜色已浓，她就叫大家去休息。

第八天

星期天早晨，初升的太阳爬上了山顶，抹去了黑色的阴影，万物又清晰可辨。此时女王和同伴们一同起床，他们在露珠晶莹的草地上散了一会儿步，然后来到附近的一个小礼拜堂听日课，回家以后，大家快快乐乐地一起用餐，饭后放声高歌，翩翩起舞。后来女王叫大家去休息一下。等太阳过了子午线，众人听从女王的吩咐，在绚丽的喷泉边坐下，按惯例开始讲故事。内伊菲莱遵从女王的意旨，先开始讲。

故事一

天主今天既然安排我第一个讲故事，我很荣幸。亲爱的女郎们，我们已讲了很多女人戏弄男人的故事，现在我很想讲一个男人戏弄女人的故事。不过我的用心并非借此督促男人，或者为女人打抱不平；正好相反，我倒觉得那个男人的做法值得肯定，而那个女人应受谴责。同时我也让大家明白，女人既能戏弄那些信任她的男人，男人也同样能捉弄信任他的女人。确切地说，我不该说这是捉弄，而应该说是报应。

每个女人都应当规规矩矩，视贞操为生命，不能以任何理由玷污自己的名声，这是天经地义之事。可是要做到这点谈何容易，因为我们女人的意志薄弱。我认为，女人为了因贪图金钱而与人通奸，理应处以火刑；但假若她因为爱情的伟大力量，而做出不规矩的事，那么一个不太认真的法官判决起来，是可以给予照顾的。几天之前，菲洛斯特拉托给我们讲的关于普拉多地方菲莉帕夫人的那个案件，就说明了这一点。

话说从前米兰有一个名叫古尔法尔多的德国雇佣兵，长得一表人才，对雇主又十分忠诚，这样的人在德国人中并不多见。他向别人借钱时非常讲究信用，总是如期奉还，所以只要他一开口，许多商人都愿意借给他，不管借多少钱都行，而且利息也很低。

再说这个大兵住在米兰时，爱上了一位名叫安布鲁佳的美丽的夫人。她的丈夫是一个富商，名叫瓜斯帕鲁奥洛·卡加斯特拉奇奥，和古尔法尔多很熟，而且十分友好。大兵虽暗地里爱着这位夫人，但一举一动十分小心，所以并没有人察觉。一天，他捎信给那位夫人，要求她成全自己的一片真心，告诉她不论有什么吩咐，他都乐于效劳。

那女人推托了一番，最后终于这样表态，她很愿意满足古尔法尔多的要求，不过对方得办到两点：第一，这件事一定不能向任何人泄露；第二，她为了办一些事，正好需要两百弗罗林金币，他是个有钱人，希望能答应给她。这两件事办到了，她什么都愿意听他使唤。

古尔法尔多本来认为她是一个很尊贵的很有身价的女人，现在发现她竟这样贪婪，就非常鄙视她，认为这女人太卑贱了，满腔爱火顿时化作厌恶之情。于是他想好好地捉弄她一番，以示报复，便传话给她，说她提出的要求自然应该满足，不论她要他做什么，他都心甘情愿，并同她约定，她什么时候方便，就什么时候亲自把两百弗罗林金币送来。此事除了一个过从甚密的知己朋友外，别人一概不知。

那个见钱眼开的婆娘根本不配称为夫人。她听完古尔法尔多的话，非常高兴，于是捎信给他，说她丈夫瓜斯帕鲁奥洛过几天就要到热那亚办事去，到时她再通知他前来。

古尔法尔多眼见时机已到，便前去找瓜斯帕鲁奥洛借钱，他说：“我要办一件事，需要两百个弗罗林金币，期望你能借给我，利息照算。”

瓜斯帕鲁奥洛满口答应，马上把钱借给了他。

过了几天，瓜斯帕鲁奥洛果真如那女人所说，到热那亚去了。那女人随即通知古尔法尔多，叫他带上两百个弗罗林金币赴约。古尔法尔多带着他那位朋友一起到女人家去，当时她正坐立不安地等着他呢。他见了她，当着朋友的面，把两百个金币交给那个贱女人，并对她说：

“夫人，把这些钱收下吧，等您丈夫回来时再交给他。”

那个女人收下钱，并没去想古尔法尔多话里有什么弦外之音，还以为他这么说只是为了不让朋友知道这笔钱是和她过夜的代价。

于是她说：“我很愿意照办，不过得把数目核对清楚。”

她把钱倒在桌上，数了一下，果真是两百枚金币，于是兴致勃勃地把它们收好，回头领古尔法尔多到自己的卧室去了。

瓜斯帕鲁奥洛从热那亚回来后，有一回古尔法尔多探查到那女人正好和丈夫在一起，就前去见这对夫妇，并且当着女人的面对其丈夫说道：

“瓜斯帕鲁奥洛，为了办一件事，以前我向你借了两百个弗罗林金币，因为事情没有办成，后来就没有用，并且马上奉还给你的夫人，请把账目撤销吧。”

瓜斯帕鲁奥洛回头问妻子，有没有这回事，那蠢女人看到证人在场，无法耍赖，只得说：“对，这笔钱我的确已收了下来，只是忘记向你说了。”

于是瓜斯帕鲁奥洛说：“古尔法尔多，那就好了。放心吧，我会销账的。

古尔法尔多走后，那个吃了哑巴亏的女人便把那笔肮脏的钱交给了丈夫。这样，那个聪慧的情夫，没花一个子儿，就玩了那个贪财的婆娘。

故事二

听故事的男男女女一致称赞，都说对待贪财的女人，就应该这样。这时女王转向潘菲洛，笑嘻嘻地要求他接下去讲，于是潘菲洛讲述道：

美丽的女郎们，我得针对那些经常欺负我们，而我们却无力还击的人讲一个故事：这样的人就是教士。他们像发动十字军东征那样以宗教的名义，向我们的妻子进攻，如果得逞一次，就自以为这种业绩无异于俘虏了一个苏丹，把他从亚历山德利亚带到阿维农，那时他们的罪恶就可以得到赦免。而我们这些凡夫俗子，对他们却无计可施，只能通过攻击他们的母亲、姐妹、情妇和女儿报仇雪恨，以同样的激情出出怨气。我现在想给你们讲一个乡下教士怎样勾搭上一个女人的故事，故事不长但很有意思，因为结局十分可笑。由此你们可以得出这样一个结论：不能！

有一个名叫瓦尔隆戈的小镇，距本城不远。谅你们各位都知道，或者听说过。镇里有一个颇有本领的教士，身强力壮，很擅长讨好女人。虽然他几乎目不识丁，知识浅薄，但星期日那天，他总煞有介事地在一株榆树下向教民们宣讲与人为善的大道理。镇里有谁外出，他就去拜访他们的妻子，人们还从来没有见过这么殷勤的教士呢。他去串门子时，总带给她们一些宗教上的小礼物，诸如圣水和蜡烛头之类，祝福她们。

且说在诸多的女教民中，他对一个女人情有独钟，那就是农民本蒂韦尼亚·德尔·马佐之妻贝尔科洛蕾，她是一个健壮爽朗的农家妇女，皮肤黝黑，身体结实，推起磨来，让男人都自愧不如。此外，她还是个玩铙钹的能手，一面玩，一面唱《水流深谷》的歌曲。当她跳力达舞和巴龙基奥舞时，一时兴起，顺手拿起一块漂亮的手绢挥舞起来，真叫一绝。

教士对于这一切都着了迷，因她而神魂颠倒，因此终日在小镇上晃荡，希望能看上她一眼。星期日早晨，如果看到她上教堂来，他就抬高嗓门说道："主啊，怜悯我们！"并且唱起"圣哉"的赞美诗来，自以为他的歌唱得很好，其实他的声音如同驴叫。若是在教堂里见不到她，那么唱起来就没有那么卖力。只是本蒂韦尼亚·德尔·马佐并没有意识到这一点，邻人们也不知道。

这位教士为了讨好贝尔科洛蕾这个娘儿们，常常给她捎去不少礼物。一会儿他送她一把新鲜的蒜，自称是他亲手在菜园里种的，品种是乡里最好的；一会儿又送她一篮子豌豆，有时还带去一束五月葱和阿斯卡罗纳葱。一遇上适当的时机，他就想跟她眉目传情，打情骂俏，而她却像个木头人，假装不懂这一套，因此教士大人始终难了此愿。

有一天中午，那位教士正在东游西逛，看见本蒂韦尼亚·德尔·马佐赶着一匹驮着东西的驴子迎面走来，就跟他打趣，问他到哪儿发财。

本蒂韦尼亚回答他道："神父，说句实话，我确实要到城里去办些事，这些东西是孝敬博纳科里·达·季内斯特雷托先生的，叫他帮助我办理一件诉讼案。法院发出了一张传票，要我到庭里去，天晓得这是怎回事。"

教士心理高兴，嘴上却说："你做得好，孩子。现在去吧，我祝福你顺利归来。要是你碰巧遇上拉·普乔或者纳尔迪诺，别忘了叫他们把我打谷棒上的皮带捎回来。"

本蒂韦尼亚答应照办，就朝着佛罗伦萨那边走了。教士暗想，真是天赐良机，我可以去找贝尔科洛蕾，运气好的话今日就可成就好事。于是迈着大步，一刻不停地径直向她家走去。一进屋，他就说：

“天主保佑，屋里有人吗？”

贝尔科洛蕾正好到顶楼去了，听到他的声音，就说道：“哦，神父呀，欢迎您！大热天劳您大驾，有什么事吗？”

教士答道：“天主赐恩，我看到你丈夫进城了，就来陪陪你。”

贝尔科洛蕾从顶楼走下，坐在一张椅子上挑拣丈夫刚才打下来的菜种子。只听教士开口说：

“哎，贝尔科洛蕾，你老是这种腔调，难道要我一命归天吗？”

贝尔科洛蕾笑了起来，回答道：“我怎么招惹您老人家了？”

教士说：“你什么也没有干，可是我想干而且天主也允许我干的那件事，你却不答应呀。”

贝尔科洛蕾说：“哼！去你的！难道教士也应该干这种事吗？”

教士答道：“我们和别的男人一样，也干这件事的。我还要告诉你，我们干起这样的事来真是顶呱呱的，因为我们平时养精蓄锐，很少在这上面花力气。如果你真的顺从了我，保管你捞到很大的好处。”

“能捞到什么样的好处呀，”贝尔科洛蕾说，“你们这种人不都是吝啬鬼吗？”

于是教士说：“我可不是那种小气鬼！你究竟想要什么，一双鞋子，一条项链或者是一块毛料？你尽管说吧。”

贝尔科洛蕾道：“神父，你说得倒好听！这些东西我有的。不过，要是您对我真心真意，就给我办件事，事成之后，您想怎么样就怎么样吧。”

教士说：“你要什么尽管说吧，我一定办。”

贝尔科洛蕾这才说道：“星期六那天，我要去一趟佛罗伦萨，把我纺好的羊毛交给人家，还要把我的纺车修理一下。要是您能给我五个里拉，我就能从当铺赎回我那件暗紫色的袍子和我陪嫁时带过来的一条节日系的腰带。我看您是有这些钱的。缺这两样东西，我就不能体体面面地去礼拜堂，什么好地方也不好意思去啦。如果您能答应，那不管您要干什么，我都听您的。”

教士答道：“天主保佑！我身上没有带这么多钱。不过请你相信我，星期六以前，我一定满足你的要求。”

“得了吧，”贝尔科洛蕾说，“你们这些人都爱空口说白话，很少有说话算数的。您以为我也像比莉乌扎那样容易上当，叫你白玩吗？我对天发誓，这个您休想办到。如果您身上没有钱，那就回去拿吧。”

“哎哟！”教士说，“现在别叫我回家去啦。你瞧，这会儿正好没有别人，以后哪有这样的好机会。要是我回去后再来，说不定会有哪个不识趣的来打扰。”

女人说：“得了吧，您想去就去，要不去，那就算了。”

教士见此情景，知道若没有什么东西作担保，她是不会罢休的，于是说：“为了让你相信我会把钱带来，我就把这件考究的衣服留在你这儿做抵押，这样你总该同意了吧？”

贝尔科洛蕾抬头一看，说：“哦，是这件披风吗？这能值几个钱呀？”

教士说：“值多少钱？你听明白了，这是都埃的产品，甚至说不定是特雷阿季奥的，有的人还说是夸特拉季奥的货物呢。这件衣服，我两个礼拜前才从旧货商洛托那儿买来，花了我七里拉。你知道，博利埃托，达尔贝托对这种衣料最了解，据他所说，我可少花了五个索尔多呢。”

“哦，这是真的吗？”贝尔科洛蕾说，“天主保佑，我真不敢相信哪。那就把这件披风先给我吧。”

教士大人欲火中烧，赶忙脱下那件披风，交给那个女人。而她呢，把披风藏好了后，说道：

“神父，让我们到那边的小棚里去吧，以免被人发现。”

于是二人说走就走。一到那边，教士扑上去热烈地吻她，那股疯狂劲儿简直无人能及，他同她相互温存了好长时间，方才分手。他身上只穿着法衣，回到教堂，好像刚替别人主持婚礼回来。

在圣堂里他暗自思忖，觉得辛辛苦苦一年收下来的蜡烛头，还不到五里拉的半数，因此心里很不舒坦，后悔把那件披风留在农妇那里，于是琢磨怎么才能要回来。他本来就鬼主意不少，不久就想出了一个收回披风的好方法。正好第二天是个节日，他就让邻家的一个孩子到贝尔科洛蕾家去，向她借一个石臼，说是宾古乔·德尔·波焦和奴托·布利埃蒂早晨要来吃饭，他想做些调味汁。贝尔科洛蕾毫不犹豫地就把石臼交给了那小孩。那天吃饭的时候，教士打听到本蒂韦尼亚·德尔·马佐和贝尔科洛蕾在一起吃，便把一个手下人叫来，对他说：

“把这只石臼拿去，交给贝尔科洛蕾，对她说：‘神父很感激你，请你把孩子借石臼时留下做抵押的披风交给我带回去。’”

那名手下拿着石臼来到贝尔科洛蕾家，看到她果然正和本蒂韦尼亚坐在一块儿吃饭。他放下了臼子，把教士的话说了一遍。

贝尔科洛蕾一听教士要讨回披风，正想反问他，本蒂韦尼亚却拉下脸说道：

“你竟敢拿神父的东西做抵押！我向基督起誓，真想揍扁了你！快把披风还给他，你这财迷心窍的浑账东西！好好听着，以后不管他要什么，哪怕是咱家的驴子，也要赶紧给他。”

贝尔科洛蕾气呼呼地站了起来，从床下的衣箱里取出披风，交给了教士的手下人，说道：“请你代我转告神父，贝尔科洛蕾已向天主发誓，她再也不会借给你臼子做调味汁了。”

那个手下人带了披风回去，把她的话向教士复述了一遍。教士听了哈哈大笑，说道：“下次你见到她时，告诉她，如果她不把臼子借给我，我也不把杵子借给她，公平交易嘛。”

本蒂韦尼亚听妻子这么说，还以为是她由于挨了骂，在说气话，所以也不放在心上。可是贝尔科洛蕾一直闷闷不乐，到收获葡萄时节仍不理那个教士。后来，那教士威胁她，说要让她入地狱，她心里有些担忧就跟他言归于好，又多次满足他的要求。教士始终没有给她五里拉的钱，只是替她的鼓上绷上一张新皮作为补偿，还挂上一个小铃，她也就没再计较。

故事三

潘菲洛的故事逗得女郎们笑个不停。女王吩咐埃丽莎接下去讲，她依旧满脸笑容，开口说道：

可爱的女郎们，我要给你们讲一件非常有趣的真人真事，我不知道它能不能像潘菲洛的故事那样赢得你们的笑声，我尽力而为吧！

在我们这座城里，怪人辈出，怪事不断，真可谓千姿百态。却说不久以前，有一个名叫卡兰德里诺的画家，此人头脑简单，性格乖张。他经常和另外两个画家在一起，一个名叫布鲁诺，另一个名叫布法尔马科。这两个人十分幽默，聪明机智，他们和卡兰德里诺往来，只是因为他总是稀里糊涂，可以拿他找找乐子。

当时佛罗伦萨还有一个素爱热闹的小伙子，名叫马索·德尔·萨焦。他看上去斯斯文文，其实诡计多端，什么事情都想胡闹一下。听别人说卡兰德里诺总有些傻乎乎的，就打算捉弄他一下，拿他来取乐，让他听信自己的话做傻事。

有一天，马索恰好在圣约翰礼拜堂里遇上了他，见他正站在祭坛面前发呆，原来这个教堂的祭坛上不久前放了一个圣体柜，他正在凝神打量那上面的色彩和浮雕。马索觉得这是实施其计划的绝佳时机，便把自己的意图告诉他的一个朋友。两人一起走近卡兰德里诺坐着的地方，假装没有看到他，开始谈论起各种宝石的性能来。马索像一个行家一样说得很玄虚。

卡兰德里诺侧耳倾听了他们的谈话，认为这并不是什么秘密，过了一会儿便站起来，跟他们一起高谈阔论，这正中马索下怀。马索还是滔滔不绝地谈这个问题，卡兰德里诺不耐烦了，问他这种珍贵的宝石究竟在哪儿可以找到。马索回答说，这种宝石大多出产于“本戈地”地区的“巴斯基”，在那里葡萄藤用香肠条条缠住，花一个子儿就可以买到一只大鹅，另外还送一只小公鹅呢。那边还有用帕尔马乳酪搭成的山，山上的人们不干别的，只是把通心粉放在阉鸡汤里烧，烧好后扔在地上，谁都可以捡起来吃，吃多少都可以。附近还有一条小河，里面流淌着最美味的葡萄酒。

“啊，”卡兰德里诺说，“这真是一个绝妙的地方！不过请你告诉我，他们怎么处理烧过的阉鸡？”

马索答道：“巴斯基地方的人把阉鸡全都吃了呗。”

卡兰德里诺又问：“你以前到过那儿没有？”

马索回答说：“你问我以前有没有到过那儿？这简直是笑话，我都去过无数次了！”

于是卡兰德里诺又问：“那地方离这儿有多远呢？”

马索答道：“至少有几千里，我们都算不出确切的数。”

“那么，那块地方比阿布鲁乔还远了？”卡兰德里诺又问。

“那可不是吗！”马索答道，“比那儿还要远呢。”

卡兰德里诺本来就傻乎乎的，看到马索讲起这些话来一本正经，便信以为真，说道：“那边太远了，要是近一些的话，老实对你说，我一定要跟你去一次，哪怕光是看看通心粉倒在地上。让我饱吃一顿也是好的。还有，要是可以的话，请告诉我：我们这儿能不能找到那种神奇的宝石呢？”

马索回答道：“有啊。我们这儿也有两种威力极大的宝石。

“第一种是塞蒂尼亚诺和蒙蒂希地方出产的石子，这种石子做成的石磨，能磨出面粉来。因此那地方的人们流传着这样一句话：天主开恩，赐予我们蒙蒂希石磨。在我们这儿，人们可不珍惜这些随处可见的石子，就像那边的人不把翡翠放在眼里一样。说起他们那边的翡翠呀，竟可以堆得比莫雷洛山还高，到了半夜，我的天哪，翡翠光芒四射，灿烂夺目！你要知道，要是将这种漂亮的石子好好加工一下，在打孔之前嵌在戒指里，献给苏丹，那么你要什么就能得到什么了。

“另外还有一种石子，我们雕琢宝石的行家管它叫‘鸡血石’。这种石子真是威力无穷，谁把它带在身边，别人就看不见他了。”

卡兰德里诺听了说：“这简直有点不可思议！可是这第二种宝石去哪儿找呢？”

马索告诉他，这种宝石一般在穆尼约内河才能找到。

“这种宝石有多大？它是什么颜色的？”卡兰德里诺问道。

马索答道：“这种宝石的大小不一，有的大些，有的小些，不过颜色差不多全是黑的。”

卡兰德里诺把这些话牢牢记在心里，推辞说还有别的事要忙，便告别了马索。他打定主意去找这种宝石，不过他又认为这事应当让布鲁诺和布法尔马科知道，因为他们两人是自己最好的朋友。于是他当天就去找他们，要他们马上动身和他一起寻宝，免得别人抢先。他东奔西跑，整整找了一个上午，后来中午过后，他才想起他们两人现在在法恩扎女修道院干活。虽然天气非常闷热，他还是三步并两步地跑到修道院。他把他们叫出来，对他们说：

“弟兄们，若是你们肯跟我一块儿去做的话，我们就可能成为佛罗伦萨最有钱的人了。刚才我听到一位可靠人士说，穆尼约内河里有一种宝石，只要你带在身边，别人就看不见你了。所以我认为，我们一定要赶紧上那儿去找，免得别人捷足先登。我们一定能找到这种宝石，因为我已把路线摸清了。等我们找到以后，只要把它们放在口袋里，跑到金银兑换商那里，把柜台上的金币和银币统统倒进腰包，要多少就有多少，那有多好啊！好在干这件事，别人都看不见我们；这样我们立刻可以发大财，不必再像蜗牛那样，整天在墙壁上涂来涂去，搞得灰头土脸的。”

布鲁诺和布法尔科听了此话，暗地里发笑，两人随即会心地交换了一个眼神，都装出颇为惊讶的模样，一致称赞卡兰德里诺的这个好主意。接着布法尔马科问他，这种宝石叫什么名字。

卡兰德里诺是个糊涂虫，早已把宝石的名字忘得干干净净，当即答道：

“我们知道它的功用就得了，管它叫什么名字呢？我看，我们还是赶紧去找宝石吧。”

“说得也是，”布鲁诺说，“不过宝石的形状是什么样的呢？”

卡兰德里诺说：“各式各样的形状都有，不过颜色差不多全是黑色的，所以我认为一见到黑色的石子，就捡起来，这样总会把宝石弄到手的。我们别浪费时间了，快走吧。”

布鲁诺听了说：“等一下！”接着又转身对布法尔马科说：

“卡兰德里诺的话，我觉得很有道理，不过我看现在去并不合适，因为现在太阳火辣辣地照着，正好照在穆尼约内河上，那儿的石子都晒干了，而所有的石子晒干以后都会变成白色，因此还是早晨去为好，那时太阳还没有照到那儿，黑石子的颜色还没有变呢。此外，今天是工作日。穆尼约内河上一定有许多人在干活，我们要是今天就去，别人就会猜到我们此行的目的，说不定他们也会马上效仿，宝石就会落到别人手里，这样我们就枉费心机了。如果你们认为我的话有理，那么依我看来，这件事应该在早上办，因为只有早上才能分清黑白，并且要在休息日去办，免得别人看出我们的目的。”

布法尔马科对布鲁诺的意见表示赞同，卡兰德里诺也终于同意了，他们约好在星期天早晨三人一起去寻找这种宝石。卡兰德里诺又叮嘱两位朋友，这件事千万不能向任何人谈起，因为此事是别人向他悄悄透露的。然后他把本戈地那地方的有关传说跟他们说了，说话的口气极其神秘，还斩钉截铁地说，这可是千真万确的。卡兰德里诺一走，两人就偷偷商量那天怎样处理这件事。

卡兰德里诺眼睁睁地盼望休息日早晨快快到来。那一天他天一亮就起身，把两个朋友叫来，一起走出圣加洛门，来到穆尼约内河，分头寻找宝石，卡兰德里诺求宝心切，总是走在前面，一路兴致很高，东张西望，见到一块黑石子，就扑过去捡起来，藏在怀里。两位友人跟在后面，也不时拾起一些石子。

卡兰德里诺没走多远，怀里已塞满了石子，只好兜起下摆，用皮带系得紧紧的，做成一个大袋子，不一会儿，便又塞得满满的。

再过了一会儿，他又用披肩来做袋子，转眼又装满了石子。

布法尔马科和布鲁诺眼见卡兰德里诺已经满载石子，吃饭的时间又快到了，便按照预定的计划实行起来。这时布鲁诺问道：

“卡兰德里诺上哪儿去了？”

布法尔马科明知他在附近，却假装东张西望，答道：“不知道呀，刚才他还在我们眼前呢。”

布鲁诺说：“你还说他刚才在这儿？依我看，现在他一定坐家里吃饭呢，他撇下了我们，让我们傻呵呵地在穆尼约内河里找寻黑石子！”

“嘿，这小子可真精，”布法尔马科说，“他骗了我们，又把我们扔在这儿，我们真是天底下最大的傻瓜！瞧！除了我们以外，谁会这么傻，居然会听从他的话，到穆尼约内河来找那魔力无比的宝石！”

卡兰德里诺听了这些话，自以为隐人身形的宝石已经到手，因为他们虽然就在他身边，却看不到他。他碰上了这样的好运，乐不可支，就什么也不对两个朋友说，一心想回家去了。于是他移动脚步，转过身来。

布法尔马科见卡兰德里诺要走，便对布鲁诺说：“我们怎么办呢？还是走吧！”

“走吧，”布鲁诺答道，“不过我向天主发誓：卡兰德里诺不能再骗我们了。要是他现在像刚才那样在我们身边，我一定拿起这块石头砸他的脚后跟，叫他在一个月里下不了床，看他还敢不敢捉弄我们！”

他话音刚落，就扬起胳膊把一块石头投到卡兰德里诺的脚后跟上。卡兰德里诺痛得把一只脚高高抬了起来，龇牙咧嘴，但他没吭一声，继续往前走。

布法尔马科手里拿着刚捡起的一块石头，对布鲁诺说："嘿！你瞧这块石头，要是卡兰德里诺在的话，我要打折他的腰板呢！"

他一面说，一面把石块打在那个可怜鬼的腰板上。总之，他们两人就这样你一言我一语，一面说，一面拿石子打他。待他们离开穆尼约内河，来到圣加洛门，才把捡起来的石子全部丢了。他们事先已跟守城门的打过招呼，于是守城门的假装没看见卡兰德里诺，就放他进城，真是滑天下之大稽。

卡兰德里诺的家在"马奇纳角"附近，他一进城，就急忙向家里跑去。可能是命运有意捉弄他，要他闹出一个笑话来，当卡兰德里诺沿着穆尼约内河回来，后来又进了城时，一路竟然没有人跟他打招呼，不过他遇到的人不多，因为大家差不多都去吃饭了。

卡兰德里诺就这样满载而归。他的妻子名叫泰莎，原是一个贤妻良母式的女人，此刻她正站在楼梯口，因他迟迟未归，心里非常担忧。如今见他终于回来了，就禁不住责备他："你死到哪里去了！大家都早已吃过饭了，你现在才回来！"

卡兰德里诺听了这话，知道自己已被妻子看见了，不禁怒气冲天，喝道：

"原来是你这贱婆娘，你坏了我的好事，老天在上，我可要给你一些厉害瞧瞧！"

他走进小客厅后，把搜来的石子统统倒出，又冲到妻子跟前，大发雷霆，并且揪住她的辫子，踩在脚下，对她拳打脚踢，那个可怜的女人被打得鼻青脸肿，双手合十，跪地求饶，但他仍无动于衷。

布法尔马科和布鲁诺在城门边与守门人说笑了一会儿，就慢悠悠地迈着八字步远远跟在卡兰德里诺后面。他们来到他家时，正好听到卡兰德里诺的妻子尖声哭叫，便假装从城里回来，开始敲门。卡兰德里诺恼羞成怒，满脸通红，气喘吁吁地从窗口探出头来，请他们上楼。他们二人假装生气。上楼以后，只见厅里堆满了石子，女主人缩在墙角里，披头散发，衣服被撕得乱七八糟，脸上青一块紫一块，正异常伤心地哭着。那个卡兰德里诺呢，却疲惫不堪地坐在那里，解开了衣服，看上去气急败坏。

两个位朋友打量了一会儿这番景象，然后开口说：

“这是怎么一回事啊，卡兰德里诺？你在屋里堆这么多石子，难道你想砌墙吗？”接着又说，“泰莎娘子究竟怎么啦？你干吗把她揍成这样，她做错什么了？”

卡兰德里诺带了这么多石子回来，已是十分劳累，如今揍了妻子一顿，到手的宝物也没有了，真是又气恼又伤心，一时竟不知说什么好。布法尔马科见他迟迟不说话，便又开腔了：“卡兰德里诺，你在别的地方受了气，可不能像刚才那样在我们身上发泄啊。你引我们和你一起去寻找宝石，却把我们两个像傻瓜那样扔在穆尼约内河里不管，连个招呼也不打就扬长而去。我们认为你这种行为实在太要不得了，从今以后，你可别想再干这种坏事啦。”

卡兰德里诺听了这话，强颜欢笑地说：“二位兄弟你们别生气，事情可并不像你们想象的那样。我呀，真是倒霉！我千辛万苦才找到了那种宝石。实话实说吧，刚才你们找我的时候，我离你们还不到十码远呢。后来我看见你们回来时仍看不到我，我就先回家了。”

他原原本本地把他们当时说的和做的全讲了出来，又给他们看看石块扔在背上和脚后跟上所留下的伤痕，接着说道：

“我还要告诉你们，当我带着这许多石块进入市中心时，谁也没有对我说一句话。你们知道，平常那些守城门的人可烦人了，见谁都想盘问一番。可今天他们什么都没说就放我进来了，我在街上看见一些熟人和朋友，他们平常总会跟我说说笑笑，请我去喝酒，可是他们今天连半句话也没有对我说，因为他们看不见我。最后我到了家里，碰上这个丧门星，真是活见鬼！你们都知道，无论什么东西，在女人面前都不起作用了。我本来可以成为佛罗伦萨最幸运的男人，如今竟是最倒霉的了，所以我恨不得杀了她。我第一次看到她时，就是一个倒霉的时辰。后来竟昏了头，要了这么个晦气鬼，真是报应啊！”

说到这里，他怒气冲天，又想去揍她了。

布法尔马科和布鲁诺听了这些话，装出十分惊诧的神态，还一再表示卡兰德里诺说的话一点儿也不假，好不容易才忍住没有笑出声来。但看到他怒气冲冲，又想动手去打妻子，便站起身来把他拦住，说这事做妻子的并没有过失，责任在他自己身上。他明明知道任何东西在女人面前会失去效用，却没有叫她躲起来，关照她那天不要在他面前露脸。要么是天主剥夺了他的智能，要么是他命里不该得到宝石。也许他找到宝石后不曾告诉他的朋友，却故意瞒过他们，所以天主给他一些厉害瞧瞧。

他们煞费苦心地费了许多口舌，才使那个哭哭啼啼的女人与他重归于好。接着他们告辞了，让卡兰德里诺对着满屋子的石块暗暗伤心。

故事四

大家饶有兴致地听埃丽莎讲完了这个故事。这时女王回头向埃米莉亚示意，要她跟在埃丽莎后面接下去讲，于是她便：

尊贵的女郎们，我记得我们讲了很多故事，内容都是那些关于神父、修士和大大小小的教士们如何勾引我们女人的；可是这类事情确实太多了，真是说也说不完。现在我打算再向你们讲一个关于本堂神父的故事，那神父看上了一个身份很高贵的寡妇，他不管大家的看法如何，也不问女的是不是愿意，就一味地痴迷于她，可是寡妇是个聪明人，想戏弄他一下，教训一下神父。

你们大家都知道，菲耶索莱曾经是一个非常古老的大城市，我们从这里还可以看到它的一个土丘。现在这个城市已经荒凉败落了，但一直是驻有主教的一个地区，在大教堂附近，曾住着一个身份高贵的寡妇，名叫皮卡尔达。她有一个庄园和一座不太大的邸宅，因为日子不怎么富裕，一年有大半时间住在那儿。还有两个弟弟和她住在一起，都是作风正派、安分守己的年轻人。

那寡妇年轻美貌，经常上大教堂去做礼拜。不料那里的本堂神父深深地爱上了她，时时想一睹她的芳容，后来他欲火中烧，竟亲自向那女人求爱，恳求她接受他的爱情，还希望她能像他对她那样地爱他。

这位本堂神父人老心不老，刚愎自用，十分骄横，什么事都自以为是，一举一动都装模作样，叫人看了难受，他这样惹人讨厌，所以谁都不喜欢他。世上许多人不把他看在眼里，这位女人就是其中之一；她对他没一点儿好感，甚至看到他就头痛万分。但她毕竟是一个聪明的女人，对他的求爱却作了这样的回应：

“神父啊，蒙您错爱，我受宠若惊。照理说，我应当爱您，而且心悦诚服地爱您，可是在你我的感情之间，决不允许掺入不贞洁的成分。您是我精神上的父亲，是一位神，又上了年纪，由于这些原因，您一定会循规蹈矩；而我呢，如今已经不是一个姑娘，再也不能像样地谈情说爱了，何况又是一个寡妇。您知道，洁身自好对寡妇来说是多么重要。因此我请求您原谅我，我不能按您提出的那种方式来爱您，也不愿接受您的那种爱。”

神父碰了一鼻子灰，可并不死心，而是依然厚着脸皮三番五次地继续纠缠她，一会儿写信，一会儿捎信；当寡妇去教堂时，他还是亲自迎接。那寡妇再也受不了神父的撩拨，便想出一个计策奚落他一番，让他自作自受，也只能这么做了。于是她先和自己两个兄弟商量。

她把本堂神父如何打她的主意和自己打算怎样对付他都说给他们听了，他们听后很是赞同。过了几天，她又像平时那样上教堂去，那位本堂神父一见到她，就迎上前去，亲密地跟她搭讪，一如往日。

女人见他过来，笑嘻嘻地将神父带到一个偏僻的地方，神父像昔日那样唠叨了一番后，寡妇就深深叹了一口气，对他说：

“神父，我听人说，一座城堡无论怎样坚固，都禁不住天天被攻打，最后总会失守。现在我知道，自己的情况就是这样。您老是对我这么好，您已经把我的心征服了，既然您这样喜欢我，我就心甘情愿地跟随您了。”

本堂神父笑眯眯地说：“夫人，我真是感恩不尽！说实话，我一直很奇怪，您怎么能坚持了这么久而不动心呢？别的女人嘛，可从来没有这样难搞到手。有时我不禁扪心自问：‘即使女人是银子做的，也不值钱，因为只要铁锤一敲，她们就经不住了。’不过这些话还是不提为好，我们什么时候，去哪个地方幽会呢？”

寡妇听了答道：“我的好神父呀，什么时候都可以。因为我没有丈夫，哪天夜里都行；至于在哪个地方相会，我心里可没有一个底。”

于是本堂神父说：“怎么没底？难道在您家里不好吗？”那女人答道：“神父，您知道，我有两个弟弟，他们的朋友无论白天黑夜都上我家里来，而我家的屋子又不太大。您要来，只能紧闭着嘴，不说一句话，也不能出一点儿声，还得像瞎子那样在暗中摸索。要是您肯这样，在我家里也行，因为他们是不会闯进我的卧室里来的。不过他们的房间就在我的隔壁，即使您轻声说一句话，他们也会听到。”

神父说：“夫人，反正只是一两夜的光景，以后我们再找一个更方便的地方就是了。”

女人说："神父，一切都由您做主吧。不过我求您一件事，这事一定要保密，千万别让人知道。"

于是神父说："夫人，这个您不用担忧。要是您办得到，今晚咱俩就睡在一起吧。"

女人说："那好哇。"于是告诉他应当怎样去她家，什么时候去好，说完就回家了。

却说寡妇有一个侍女，年纪已经不小，长得很丑，天下再也找不出这样奇形怪状的女人来，她的鼻子塌，嘴巴歪，嘴唇厚，牙齿粗大，参差不齐，还长着一双斜眼，身上的皮肤是青铜色的，看来，夏天她不是在菲耶索莱度过的，而是在西尼加利亚度过的。还有，她走起路来可是一瘸一拐的，右脚有点儿跛。她的名字叫奇塔扎。因为她的脸是青灰色的，大家都叫她丑奇塔扎。虽然她的模样儿令人看了很不舒服，她却不甘寂寞。

那天寡妇把奇乌塔唤来，对她说：

"奇塔扎，如果今夜你能替我做一件事，我就赏你一件好看的新衬衫。"

丑奇塔扎听到新衬衫，当即答道："太太呀，只要您给我一件衬衫，我跳到火里也乐意。"

"那好，"那寡妇说，"我要你今天夜晚，在我的床上跟一个男人睡觉，还要好好地待他，绝不说一句话，免得我的兄弟听见。你知道，他们就睡在隔壁呀。完事后，我就给你一件衬衫。"

丑奇塔扎说道："好吧！如果需要，别说一条汉子，就是跟六条汉子睡觉也行！"

到了晚上，那位本堂神父按寡妇的指点来了。两个兄弟按照寡妇的安排，在自己的卧室里谈天说地，让隔壁可以听得清清楚楚。本堂神父在黑暗中悄悄溜进寡妇的卧室，按照她说的那样走向床边，而同时丑奇塔扎也按照女主人的嘱咐行事。本堂神父满以为寡妇已近在身边，就把她搂在怀里，一言不发就吻起她来，奇乌塔也回吻了他。于是神父开始寻欢作乐，总算如愿以偿了。

寡妇知道神父好事已成，就吩咐兄弟们执行她所安排好的下一件事，他们二人悄悄走出房间，径直到广场去找主教。他们的运气真是好得出乎意料，那天天气恰好很热，主教正在找这两个年轻人，想上他们家去喝喝酒、散散心。如今见他们前来，就说明了自己的意图，和他们一起上路，来到他们家凉爽的小庭院里。庭院里灯火通明，弟兄二人就端出美酒款待主教，与他一起开怀畅饮。

喝过了酒，两个年轻人就说："主教大人，承蒙您光临寒舍，我们想请您四处走走看看。"

主教同意了，于是弟兄中一人高举火把，上前引路，主教与众人则跟在后面，径直向本堂神父和丑奇塔扎睡的那间卧室走去。在他们到来之前，神父已骑马骑了三里路，精疲力竭，顾不得天气酷热，早已抱住丑奇塔扎睡着了。

手持火把的年轻人进入卧室，主教和其余人在后面跟着，于是他让大家看见了神父抱着丑奇塔扎这一场景。这时神父忽然醒来，看见房里火光明亮，周围又有许多人，羞愧得无地自容，连忙把头钻到被里去。主教见了，厉声呵责，叫他把脑袋伸出来，看看究竟和谁睡在一起。

神父知道自己上了寡妇的当，当场出尽了丑，一下子恼恨万分，他听从主教的命令，穿好衣服，被押到教堂里给严密地监禁起来，听候处罚。

事后主教想知道事情的来龙去脉，即那神父怎么会跑去同丑奇塔扎睡在一起的。于是两个年轻人把事情的经过一五一十地说了。主教听罢，对寡妇和她的两个弟兄大加赞赏，说他们不曾用手沾上神父的血，却叫他自作自受，得到了应得的惩罚。

神父触犯戒律，主教叫他受了四十天的苦，不过他因贪图美色而吃的苦头四十九天都不止呢。以后的很长一段时间里，他一来到街上，孩子们就指着他的脊梁说："瞧，那就是和丑奇塔扎睡觉的男人！"

就这样，那个有能耐的寡妇摆脱了那个厚颜无耻的本堂神父，使他不敢再纠缠她，而丑奇塔扎因此得到了一件衬衫。

故事五

埃米莉亚讲完故事时，大家齐声赞美那个寡妇。那时女王瞅着菲洛斯特拉托说："现在轮到你讲了。"他当即回答说已经准备就绪，于是开口讲道：

可爱的女郎们，刚才埃丽莎提到马索·德尔·萨焦这个小伙子，使我放弃了原来想好的一篇故事，而是讲马索和他的一些同伴们的故事。尽管其中某些字句很粗俗，你们羞于启齿，但这故事实在很有趣，所以我还是给你们讲了。

你们可能都听说过，我们城里的一些官员，往往都是马尔基奥这地方的人担任，那里的人心胸狭隘，十分龌龊，贪得无厌，赴任时常常带着一批法官和公证人。这些人似乎没有进过法律学校，而像是从犁耙上或鞋铺里拉来充数的。

却说有一个马尔基奥人到本城做官，随身带来许多法官，其中一个法官名叫尼科拉·达·桑·莱皮迪奥，他的模样像一名工匠，常和别的法官一起出庭，审理刑事案件。

市民们虽然没有什么事要在法院里办，有时却常到法院走走。一天早晨，马索·德尔·萨焦去找一个朋友，来到法庭上，正好看到那位尼科拉先生坐在那儿，感到这人一脸蠢相，就从头到脚把他打量了一番。只见他戴着一顶镶有松鼠毛皮的法帽，帽子已脏得发黑，像被烟熏过一般；腰带上系着一只盒子，里面放着笔和墨水瓶；身上的袍子比斗篷略长，显得很邋遢。不过其中最引人注目的是他的裤子，由于袍子又短又窄，法官坐下来时遮不住前面，所以可以看到他的裤脚只到膝盖。

马索看了一会儿，就不想去找原来的朋友了，另外去找别人。他找到了两个伙伴，一个名叫里比，另一个名叫马泰乌佐。马索对他们说：

“如果你们够朋友，跟我到法院里走一趟吧，我要让你们看看平生从未见过的蠢蛋。”

他带他们一起到了法院，让他们瞧瞧那个法官和他那条裤子。

二人从远处望见后，不禁笑了起来，于是走近法官先生的座位，看到那位法官大人的坐椅下竟可以容纳一个人，而法官大人的踏脚板已经破烂不堪，躲在下面的人可以随意将手和胳膊从窟窿里伸出伸进，毫不费事。

于是马索对伙伴们说："我们把他的裤子扯下来。"

他的两个同伴心领神会。大家就商定应该如何行动。第二天早晨，他们又到法庭里，马泰乌佐乘法庭里挤满了人，大家没有注意到他时，就溜到法官的座椅下面，蹲在他的脚边。这时马索和里比各自走到那位法官大人的两侧，拉起他的袍子的下摆来。只听马索说：

"大人呀大人，我恳请您看在天主份上，处置您身边的那个小贼吧，并且叫他把偷去的那双靴子还给我，他偷了还不认账呢。一个月前，我还看到他拿来换鞋底呢。"

里比却在另一侧大喊大叫："大人，别信他的话，他可是一个流氓呀。他知道我来告发他偷我的袋子，他就来胡说八道，说我偷了他的靴子，可是，那双靴子已在我家里放了好长时间了。要是您不信我的话，我可以找出许多证人来，比如说住在我隔壁的卖蔬菜水果的女人，卖牛肚子的娘子格拉莎，还有一个在维尔扎亚的圣玛利亚拾垃圾的汉子，我从村里出来时，还看到他了呢。"

马索不待里比说完，就大嚷起来，里比也提高嗓音大叫。法官直接站了起来，让他们别吵。马泰乌佐抓住这个机会，忙从踏脚板的窟窿里伸出手，拿住法官的裤脚管用力往下拉。法官骨瘦如柴，腰部没有什么肉，裤子就当场落了下来。

法官看到自己的裤子落了下来，非常窘迫，想把衣服的下摆拉到前面遮掩一下，然后坐下，可是马索和里比各在一边攥住了他，向他嚷道：

“大人，您不替我伸张正义，不听我的申诉，倒想溜之大吉，这怎么能行！像这样的区区小事，还用得着法律条文。”

他们一面说话，一面拉起他的衣服，以致法庭里许多人都看出他没有穿裤子。马泰乌佐拉下了裤子，就把它扔了，随即从坐椅下爬了出来，神不知鬼不觉地离开了法庭。

里比觉得此事该结束了，就说：“我向天主发誓，我要向上级长官求助！”

马索放下法官的斗篷，说：“我以后每天都来，该结束了您不再像今天早晨那般尴尬，我才罢休！”

说完了，二人你向这边，我往那边，扬长而去。

那位法官大人在众目睽睽之下被拉下了裤子，好不尴尬。他查问那两个为靴子和袋子而争吵不已的人究竟到哪儿去了，可是怎么也找不到，于是他对天发誓赌咒，他一定要知道在佛罗伦萨地方，当法官升堂办案时，究竟有没有扯法官裤子的习惯。

市长听到这件事，也很生气，后来他的一些朋友向他解释，佛罗伦萨人知道他为了省钱，请来了这么一批蠢材来做法官，想让这种人出出丑。市长听了，觉得还是不声张为妙，就不再追究。这件事就这样不了了之了。

故事六

菲洛斯特拉托的故事还没讲完，大家就笑了起来，女王随即要求菲洛梅娜接下去讲，她便讲了起来：

可爱的女郎们，菲洛斯特拉托听到了马索这个名字，就讲了一个故事，我听到了卡兰德里诺和他同伴们的名字，同样想起了一个故事，想讲给你们听听，我相信你们一定喜欢听。

卡兰德里诺、布鲁诺和布法尔马科是什么样的，我不必向你们说明，你们刚才已经听说了。现在我要交代的是，卡兰德里诺在佛罗伦萨不远处有一个庄园，是他妻子的嫁妆。他在庄园里除了正常的收益外，每年还可以得到一头猪。每年十二月，他总要同妻子一起上庄园，把猪宰了，再在那边把猪肉腌起来。

有一年，妻子身体不适，卡兰德里诺只好独自到庄园杀猪。布鲁诺和布法尔马科得知他妻子没来庄园，就来到庄园里的一个神父家，那神父是他们的好朋友，恰巧住在卡兰德里诺的隔壁。二人准备在神父家住上几天。在他们来到庄园的那天早晨，卡兰德里诺正好刚宰完猪，看到他们和神父在一起，就招呼他们：

“欢迎你们！我要让你们看看，我管理庄园也挺有一套呢。”

于是他把他们带到自己家里，让他们看看他那头猪。

两个人看到那头猪确实肥极了，又听卡兰德里诺说，他想把它腌了，供全家人吃，于是布鲁诺说：

“嗨！你真笨！还是把它卖了，大家换些钱来花吧！你只需对老婆说，那头猪已被人偷去就得啦。”

“那不行，”卡兰德里诺说，“她不会相信我的话，还会把我赶出屋去。你们别费脑筋了，这件事我说什么也不干。”

他们费了许多口舌，可是根本不顶用。卡兰德里诺又假惺惺地留他们吃晚饭，他们谢绝了。

布鲁诺向布法尔马科说：“今天夜里，我们把那头猪偷来好吗？”

布法尔马科问：“我们怎么下手呢？怎么偷？”

布鲁诺说：“只要那头猪还在原地，那我就有办法。”

“那我们就干吧，”布法尔马科说，“偷来以后，我们还可以在这儿同神父享受一番呢。”

神父也认为他们的主意很有道理，于是布鲁诺说：

“在这个问题上，我们得用些小策略才好。布法尔马科，你知道，卡兰德里诺十分爱占小便宜，如果别人出钱，他喝起酒来就不要命。我们把他带到酒店里，神父假装款待我们三人，不让他掏钱，他绝对会喝得酩酊大醉，那时我们便好下手了，因为只有他一个人在家。”

他们就按照布鲁诺的话去做了。卡兰德里诺看到神父请客，便放开肚子喝酒，虽然他的酒量不大，却拼命往嘴里灌。他离开酒店时，夜色已浓。他晚饭也不想吃，直接回家，门也没关就上床去睡了。

布法尔马科与布鲁诺同神父一起去吃晚饭，吃完后，就按照布鲁诺预定的计划行动，两个人随身带了工具，想闯进卡兰德里诺的屋子。他们偷偷来到屋子前，看到大门正好开着，就长驱直入，从

钩子上取下了那头猪，带到神父家里，把猪安顿好后，就去睡觉了。

第二天早上，卡兰德里诺酒醒后起身，走到楼下，看到自己的猪已不在，大门敞开着，便东问西问，但没有人知道他那头猪的下落，于是他大声嚷道：

“哎哟，我真倒霉，猪被偷走啦！”

布鲁诺和布尔马科一起床，便来到卡兰德里诺家，想听听他丢猪后会说出哪些话来。他一见他们上门，就哭丧着脸说：

“哎哟，二位朋友，我的猪被偷走啦！”

布鲁诺走到他的身旁，轻声说：“真了不起，这回你的头脑可算变聪明了。”

“唉！”卡兰德里诺说，“我说的是真话呀。”

“这就对了，”布鲁诺说，“你嚷得凶，人家就以为你的话不假了。”

于是卡兰德里诺提高了嗓门嚷道：“天主在上，我的猪真地被人偷走啦！”

布鲁诺又说：“喊得好，喊得好！你这样喊才对呢，嚷得凶，大家全听得一清二楚，事情看来就是真的了。”

“你要叫我入地狱呀，”卡兰德里诺说，“我说的话，你都不相信。如果我的猪没有被偷，我可以死给你看！”

布鲁诺说：“哎哟！这怎么可能呢？昨天它明明在那儿呀。”

卡兰德里诺接嘴道：“我说的可是千真万确的呀。”

“唉，”布鲁诺说，“难道真是这样吗？”

“真的给偷了，”卡兰德里诺说，“千真万确！这下我完蛋啦，我回家怎么交代呢？我老婆绝不会相信我，即使她相信了我，今年也休想过太平日子了。”

于是布鲁诺说：“天主发发慈悲吧，如果真的被偷了，那可糟啦。不过，卡兰德里诺，你知道，这个法子是我昨天教你的，所以我不希望你一面骗老婆，一面又拿我们寻开心呀。”

卡兰德里诺听后叫了起来，说：“唉！你们为什么要逼得我走投无路，要我说出对天主不敬的话来呢？我告诉你们，我的猪昨天夜里真的被人偷走了。”

布法尔马科说：“如果真是这样，我们倒要尽可能想办法把它找回来。”

“我们能有什么办法呢？”卡兰德里诺问。

布法尔马科说：“有一点可以肯定：那偷猪的人绝不是从印度来的，看来像是你的左邻右舍偷的。所以只要你把他们一一招来，用面包和乳酪试验他们，就可以知道谁是偷猪的人了。”

“得啦，”布鲁诺说，“拿面包和乳酪来试探这附近的乡绅又有什么用！我敢肯定，偷猪的人就在他们中间，不过他们看出这是怎么一回事后，就不会再露面了。”

“那么我们怎么办呢？”布法尔马科说。

布鲁诺答道：“我们应当准备一些质量好的姜丸和葡萄酒，请他们来喝酒，他们就不会起疑心，而是直接来。姜丸像面包和乳酪一样，可以祝福施法。”

布法尔马科这时说：“你的主意太好了！卡兰德里诺，你说呢？我们这样做好吗？”

“看在天主的分上，我就求求你们这样做去吧，只要我知道谁偷了猪，气就能消一半。”卡兰德里诺说道。

“好吧，”布鲁诺说，“我就给你帮个忙，准备到佛罗伦萨去办这些事，不过你得给我钱。”

于是卡兰德里诺把四十多个索尔多都给了他。

布鲁诺到佛罗伦萨后，就去找一个做药材生意的朋友，买了一磅最好的姜丸，另外叫他配制两粒含有芦荟的丸药，再涂上糖衣，样子要和姜丸相同；为了不致相互混淆，另外又加上某种标记，使他本人可以一望便知。他又买了一瓶优质的葡萄酒，然后回到乡下去见卡兰德里诺，对他说：

“明天早晨，把你认为可疑的人们都招来，和你一起喝酒，因为明天是一个节日，大家会来的。今天夜里，我要和布法尔马科对着姜丸念一些咒语，明天早晨送到你家去。因为我们有交情，我要把姜丸亲自分给众人，无论如何，都要按照原定的计划进行。”

卡兰德里诺就照着布鲁诺的话做去。第二天早晨，许多乡民都来了，其中有一些是到乡下来小住的佛罗伦萨的青年，还有一些庄稼汉。他们聚集在教堂前面榆树周围，布鲁诺和布法尔马科也来了，一个带着姜丸，一个带着葡萄酒。他们叫大家站成一圈，布鲁诺开口道：

“各位先生，我先向大家说明请各位来这里的原因，这样，要是各位感到不痛快，就不会怪我了。昨天夜里，卡兰德里诺家里少了一只肥猪，到现在还没有查出是谁偷的。偷猪的贼就在我们在场的人当中，所以为了查明这个小偷，请你们每人吃一粒姜丸，并喝一口葡萄酒。大家明白，谁偷了那头猪，一尝到那姜丸其苦无比，只好吐出来，所以我看还是别在众人的面前丢脸了，也许那个偷猪的人向本堂神父去忏悔会更好，我也省得管这件闲事了。”

在场的每一个人，都说愿意吃那种姜丸，于是布鲁诺让他们排起了队，让卡兰德里诺也站在中间，把姜丸从第一个开始分，每人分一粒。当他分到卡兰德里诺时，却把那特制的芦荟丸放在他手里，卡兰德里诺立即塞进嘴里，咀嚼起来。他的舌头一尝到芦荟，觉得其苦无比，难以下咽，只好吐了出来。这时大伙儿面面相觑，看谁把丸药先吐出来，而布鲁诺假装没看见，继续把姜丸分下去。只听得背后有人说：

“哎，卡兰德里诺，这是怎么一回事啊？”

布鲁诺赶忙回过头去，见卡兰德里诺把丸子吐了出来，就说：

“等一下，也许他吃了别的什么东西，害得他吐了出来。另外吃一粒吧。”

他又取了另一粒药丸，放在卡兰德里诺的嘴里，接着又给别人发姜丸。

卡兰德里诺感到第一粒药丸子已经很苦了，现在这一粒却是苦上加苦，但又不好意思吐出来，只好咀嚼几下，含在嘴里。只见果核大的泪珠夺眶而出，最后他确实忍不住了，像第一次那样把药丸吐了出来。

这时布法尔马科和布鲁诺正在为大伙儿倒酒，大家看到了卡兰德里诺这副惨样，都说那头猪是他自己偷的，有的人还狠狠骂了他一顿。

众人散去以后，只有布鲁诺、布法尔马科同卡兰德里诺在一起。这时布法尔马科对他说：

“我一直认为那头猪就是你自己偷走的，但是你却在我们面前故意要腔调，说是别人偷去了，为的是不用拿出钱来请我们喝酒呀。”

卡兰德里诺此时尚未将满口的芦荟的苦味吐尽，发誓赌咒说他绝没有偷过猪。

布法尔马科又说：“朋友，说句良心话，你到底卖了多少钱呀？得有六个弗罗林吧？”

卡兰德里诺听到此话，直是有口难辩。鲁诺接着布说：

“好好听着，卡兰德里诺。刚才有个来喝酒的朋友，他告诉我，你在这里看上了一个姑娘，挣的钱全给了她，依他看，那头猪准是你送给她的。你真会捉弄人！上一回，你陪我们到穆尼约内河去捡黑石头，可一到那里就扔下我们不管，独自一人回家去了，还硬叫我们相信，你已找到了什么宝石。现在，你又起誓赌咒，让我们以为别人偷了你的猪，其实你不是送给了别人，就是把它卖了。我们已看穿你的那套把戏，你再也不能要什么花招了。现在实话跟你说吧，我们在姜丸上念了咒语，费了很多劲儿，我们认为你应当送给我们两对阉鸡才是，要不，我们就把这件事原原本本地告诉你的太太泰莎了。”

卡兰德里诺知道他们无论如何也不会相信他，心里很难受。他不想被太太狠狠训斥，只得把两对阉鸡送给了他们。二人腌了那猪，把它带到佛罗伦萨去了，留下卡兰德里诺自己住在乡下，丢了猪，又遭人讥笑。

故事七

听到卡兰德里诺这样倒霉，女郎们大笑不止。要不是想到他不仅被人偷了猪，还损失了两对阉鸡，她们还要笑个不停呢。那则故事讲完后，女王要求帕姆皮内娅继续讲，于是她又接着说：

亲爱的姑娘们，凡是欺骗别人的人，往往反过来被人戏弄，所以以戏弄别人为乐，是没有头脑的行为。我们已讲了几个受人戏弄的人的故事，很可笑，可是还没讲过受戏弄的人替自己复仇的故事。现在我要给你们讲一个本城女市民的故事，她愚弄了别人，结果反过来也被人愚弄了一番，还差点送了命，受到了应得的报应。这个故事，对你们很有好处，这可以使你们多明白些事理，去戏弄别人时，更多地反省自己。

几年前，佛罗伦萨有一位名叫埃莱娜的少妇，她出身十分高贵，也很富有，身材窈窕，但生性高傲。丈夫去世之后就守寡在家，不愿再嫁，但暗地里却爱上了一个俊俏的青年。后来她托了一个心腹女仆跟那人说了这件事，两个人开始常常约会，共享鱼水之欢。

那时，我们城里有一个名叫里尼埃里的年轻小伙子，他为了探究事物的原理而长期在巴黎求学，不像别人那样爱财重利，是一个出身高贵、学识渊博的文人雅士，回到佛罗伦萨后很受人们尊敬。

通情达理的人往往最容易堕入情网，里尼埃里的情形就是这样。一天，他应邀参加了一个宴会，在那里他见到了埃莱娜。按照本城寡妇的习俗，她穿着一身黑衣服，真是国色天香，秀丽无比。里尼埃里想谁能蒙天主之恩，将她娇嫩的躯体搂在怀里，谁就是这世上最幸运的人了。但他知道，宝贵的东西不下工夫是得不到的，所以决心全力以赴地向她献殷勤，以博取她的欢心，赢得她的欢爱。

再说那个女人，她那双眸子也在左顾右盼，看看有谁注意她，很快她就觉察到里尼埃里热烈的目光了，于是暗笑道："今天我没有白来，如果没有搞错，我已经逮住一只小乌鸦了。"她尽力向他暗送秋波，表明自己已对他刮目相看。因为她一向认为对她动心的男人越多，她的美貌就越名扬四海，而那个和她幽会的情夫就会更加珍重她。

这位聪慧的大学生，把种种哲学思想都抛在脑后，一心一意想着她。并找出种种理由为自己辩护，在那女人家门口徘徊，妄图博得她的欢心。那女人呢，基于上面已说过的理由而得意扬扬，在那学生面前装作很兴奋的样子。后来那学生想方设法跟寡妇的女仆混熟了，终于表露了对寡妇的一片痴情，要女主人发发慈悲和他单独见面，女仆回家后，把他的话原封不动地转告给了女主人。她听后笑逐颜开地说："这个人把从巴黎学来的知识都忘了吧？好吧，我们就成全了他的心愿。下次他叫你传话时，就对他说，我爱他，远远胜过爱我自己。要是他真像旁人说的那般聪明，他应当更加爱我，不过我得保持自己的贞操，好在别的女人面前昂起头来走路。"不久女仆找到了他，把女主人嘱咐的话都向他说了。大学生心花怒放地接受了这一切，又是写情书，又是送礼物，更加热情地追求起她来，女人只是泛泛地回了他几句。

终于有一天，她把这件事原原本本地告诉了她的情夫，男的听了又妒忌又愤恨。女人为了表明自己忠贞不渝，消除他的猜疑，就乘大学生大献殷勤的工夫，打发女仆传言，说她知道他对自己确实是一片真情，但苦于一直没有机会去做他所向往的事，现在圣诞节快到了。她想在那夜和他约会，如果他愿意的话，圣诞节那天晚上，他可以到她家院子里去，一有机会，她就到院子里找他。

大学生听了喜上眉梢，快乐得不得了。到了指定的时日，他早早赶到那个寡妇家。女仆把他领到院子里，反锁上门，让他在那里静候女主人。

同时，寡妇把情夫请到家中，和他一起愉快地共进晚餐。然后，告诉他今夜她要怎么做，接着又说：

“你呀，傻乎乎地跟那个学生吃什么醋，现在你可以瞧瞧，我一直是多么爱你，又是怎么爱的！”

情夫听了这些话，非常高兴，恨不得寡妇对他说的那些话马上实现。那天恰巧下了一场大雪，雪遮盖了一切，天气异常寒冷。因此那大学生在院子里待了一会儿，就觉得很冷，但他还是耐心地等待着，很确信过一会儿就能见到美丽的埃莱娜。

又过了一会儿，寡妇对她的情夫说：

“我们上卧室去吧，从那边小窗子里看一下，你所妒忌的那个汉子此刻在做什么，再听听他对我的女佣说些什么话，我已差她去招呼他了。”

他们二人来到小窗旁边，从这里可望见院子里的一切，而院子里的人却瞧不见他们。只听见女仆从另一扇窗子的窗口对着大学生说道：

“里尼埃里，我家少奶奶的运气真差，今天晚上正好来了一位舅老爷，跟她聊了好长时间，后来又要跟她一起吃晚饭，现在还不走，不过我看他快走了。少奶奶现在还不能上你这儿来，可是很快就会来的。她求你别生她的气，耐心等一会儿。”

那大学生信以为真，回答道：“请转告少奶奶，不用挂念我，她什么时候能够脱身，就什么时候来，但希望她越快越好。”

女仆答应着转身回房，直接睡觉去了。

于是那女人向她的情夫说：“嗯，你看呢？如果我真像你所担心的那样，对他有一点情义，又怎能忍心看着他在院子里冻僵呢？”

说罢，她就和情夫一起上了床。此刻情夫已经心满意足，二人寻欢作乐了好长时间，对那个可怜的书呆子讥笑不已。

那大学生既找不到安歇的地方，也不知到哪儿躲避夜间的风寒。只好在院子里走来走去，想借此暖和一下身子。他暗自咒骂那女人的兄弟怎么和她待了这么久，只要听到一点儿声音，就以为是女人开门来接他了，但每一次都让他失望。

那女人和情人玩到半夜，又说起话来：“心肝儿，你觉得那个傻瓜怎么样？依你看，他的知识和我对你的爱情相比，哪一个更有分量？前天我跟你开个玩笑，你一直闷闷不乐，耿耿于怀，如今我叫他吃了苦头，你的气总该消了吧？”

情夫回答道：“我的心肝儿，你说得都对。我现在明白了，你是我的幸福，我的安慰，我的欢乐，和我全部的希望，而我也同样是你的一切。”

“那么，”寡妇说，“现在吻我一千下吧，让我看看你说的是不是真心话。”于是情夫把她紧紧抱在怀里，亲吻起来。他何止吻她一千次，恐怕不少于十万次吧！

两人就这样调笑了一阵子，寡妇又说起话来：“哎！我们起来待一会儿吧，那个学生给我的信中老是说，他心里燃烧着一团火，我们且去看看这团火是否还在剧烈地燃烧。”

他们起身后就走到那扇小窗子旁边，向院子里望去。只见那大学生由于寒气刺骨，正跨着又短又快的步子，在雪地里蹦呀跳呀，牙齿冻得咯咯响，好像为自己的脚步打拍子似的。那副模样，真是前所未有。

于是那女人说：“我的亲宝贝儿，你没话可说了吧？不用喇叭或风笛伴奏，我不是也能叫人跳起圆圈舞来吗？”

情夫微笑着回答说：“我的心肝儿，你说得太好了。”

寡妇又说：“我想我们还是到大门口去吧。你站着别说话，我跟他说话去。听他说话，可能比看他手舞足蹈还有意思。”

他们默默打开房门，下楼来到大门口，但寡妇并不开门，只是从门孔里低声叫他。

大学生听到寡妇在叫他，觉得可以开门放他进去了，喜不自胜，赶紧走到门边，对她说：

“我在这里呀，夫人。看在天主的分上，快开门吧，我都快冻死了！”

寡妇说：“噢，亲爱的，我知道你很冷。天这么冷，刚才又下了一场小雪。但我也知道，巴黎的雪更大呢。眼下我还不能开门，因为我那该死的哥哥今晚到我家来吃饭，现在还没有走。不过他快要走了，只要他一走，我马上来给你开门，我刚才好不容易脱身溜出来看你，希望你再安心等待一下，别着急。”

大学生说：“唉，夫人，我求您看在天主的分上，给我开开门吧，让我进屋子里躲一下！雪现在还下个不停呢！风又很凛冽，进门后，您怎样对我都行，一切都听您的。”

寡妇说：“哎哟，我亲爱的，这可办不到。如果打开这扇大门，就会发出声响，我哥哥很容易听到。不过我这就去叫他走，待他走后，我再过来替你开门吧。”

大学说：“那就请您快去吧，再请您把炉火烧得旺些，让我一进来就可以取暖，我已被冻得几乎没有知觉了。”

寡妇说：“这是不可能的事，你信中好几次不都这么说，你全心全意地爱着我，受到爱情火焰的煎熬，难道这不是真的吗？我明白了，你准是跟我开玩笑。现在我走了，你耐心候，我一定尽快来接你。”

她的情夫听了这些话，真是得意非凡，又同她一起上床。那天夜里，他们寻欢作乐，还嘲笑那个大学生，时间过得很快。

那可怜的大学生像一只鹳鸟一样，冻得两排牙齿咯咯打战。最后，他终于知道自己被人愚弄了，三番五次地想打开院门，或从什么别的地方逃出去，可是都无济于事，只好像关在笼子里的狮子那样，走来走去。他诅咒这该死的天气，他责怪自己头脑简单，又骂那女人居心不良，对寡妇有一肚子怒气，原来那片狂热的爱情，消失得无影无踪，取而代之的是深仇大恨。他反复琢磨种种复仇的办法。如今他对那女人复仇的愿望，竟比过去对她的相思更加迫切而强烈了。

他就这样熬了整整一夜，天色破晓，曙光初露。这时女仆按照女主人的嘱咐，下楼来开院门，同时还对他虚情假意地说：

“那家伙昨夜来得真不是时候！他弄得大家整整一夜都提心吊胆，又叫你受了冻。可是这又有什么办法！这事你可别放在心上呀。昨夜虽然没有成功，但以后还有的是机会。我家少奶奶因为昨夜的事没有成功，心里有多难受啊，这个我心里最清楚。”

大学生气愤填膺，可是他也不失为一个聪明人，知道在这种情况下不能打草惊蛇，就压住满腔怒火，装作毫不气恼的样子，低声说道：

“是啊，昨天夜里我真苦啊，这种滋味我可是生平第一次品尝。不过我也知道，这不能怪夫人，蒙她垂怜，还亲自下楼来向我道歉，给我安慰。正像你说的，昨夜我们未能如愿以偿，以后还有的是机会呢。请代我问候夫人，再见。”

于是他拖着几乎冻僵了的身子，吃力地回到家中。他精疲力竭，昏昏欲睡，一倒在床上就睡着了。醒来时，手脚失去了知觉，连忙叫人请大夫看病，大夫使出浑身解数，给他好好调理一番，加上他年纪轻，天气又暖和了，没几天，他就恢复了健康，又显得生机勃发了。虽然他对此事始终耿耿于怀，但表面上却装得比以前更爱那个寡妇了。

不久，命运之神赐给大学生一个机会，让他可以实现自己的愿望。原来寡妇所钟情的那个小伙子，另外又迷恋上一个女人，现在不再像以前那么爱她了，不再做任何讨她欢心的事了，也不理睬她了。女佣很同情她，眼见女主人因失恋而痛苦万分，却无法为她排忧解难。有一天恰好看到那个大学生像以前一样从家门附近走过，就想出一个笨主意来，以前人们可以用巫术来召人，现在若能用巫术叫女主人的那个情郎回心转意，重新爱她，难道不好？听说大学生对这门道法很精通呢。于是她把这个想法向女主人说了。寡妇原本就不是什么足智多谋的人，她也不想想：要是大学生真的懂得巫术，早该替自己想办法了。她听了女仆的话后，马上叫她传言，问大学生肯不肯帮这个忙，如果他答应，那么不论他有什么要求她都答应。

女仆把女主人的想法原原本本地向大学生转达了，大学生听了喜上眉梢，暗自说："赞美天主！在你的帮助下，我要叫那个狠毒的女人对我受的苦难负责，以前我那样爱她，她却让我吃了这么多苦！"于是他向女仆人说道：

"请转告夫人，并让她不要担心。即使她的情郎远在印度，我也能立即把他招来，并让他当面向她请罪，后悔曾冒犯她，使她心里难过。但是我要亲自告诉她应当怎么办，至于何时何地相会，一切都按她的想法做，我乐意效劳。请将这些话转告给她，并代我向她致意，请她放心。"

女佣将情况禀告给了女主人，二人相约在普拉多的桑塔·卢奇亚礼拜堂里见面。

寡妇和大学生来到礼拜堂，单独待在一起谈话。她已经把上次险些使他送性命那件事忘了，坦然地把情夫的所作所为和自己的愿望毫无保留地告诉了他，求他想出一个办法来。大学生听后说道：

“夫人，说句老实话，在巴黎的时候，除了正规课程之外我的确还学习了巫术，而且学得十分到位。但是天主对于巫术是深恶痛绝的。所以我曾立下誓言，不论对任何人，包括对我本人，我都绝不使用巫术。可是我确实非常爱您，所以您要我做任何事，我都没法拒绝。即使为了这件事入地狱，我也心甘情愿，只要您高兴就行。不过我得提醒您，这件事比您想象的要难得多，尤其一个女人想让男人回过头来爱她，或者男人想挽回女人的爱情，确实是难乎其难。因为此事非得当事人亲自半夜到荒无人烟的地方独自进行不可，而且进行时必须意志坚定，不能有人陪同。我不知道您是不是愿意做？”

那女人被情欲迷住了心窍，就回答说：

“我经受着爱情的煎熬，只要能夺回那抛弃我的负心汉，我什么事都愿意干。请你告诉我，我应该如何去做。”

那个受了委屈、怀恨在心的大学生说道：“夫人，我先做一个锡像送给您，代表您想追回来重温旧梦的那个男人，您必须在挂着弦月的黑夜里睡醒第一觉后，一个人赤条条地跳到一条河里，在那里洗七次澡，然后您还得赤着身子，爬到一棵树上或者一座破屋的顶上，手里捧着锡像，面向北，一连念七次咒语，至于咒语的文字，我另外写给您。念完以后，就有两个美艳绝伦的小姑娘走过来跟您请安，并且和悦地问您有什么吩咐，以便照办。那时您只要照实把自己的心愿全部都讲给她们听就行了，不过您得注意，别把您意中人的名字说错了。您说完了话，她们就离去了，那时您就可以走下来，穿好衣服回家。第二天晚上，您的情郎就肯定会赶来，向您哭诉求情，而且从此他再也不会抛弃您，另找新欢了。”

那女人听了这一席话，坚信不疑，不由喜上眉梢，仿佛她的情夫已重新投入她的怀抱。于是她欢天喜地地说：“别担心，这些事我都会做得利利索索，而且我已想到一个非常适合的地方，那就是阿诺河上流的山谷边，我有一个正好靠近河岸的庄园，现在正好是七月，在河里洗澡倒是十分惬意的。在河的旁边，有一座小的荒塔，塔下面搁着栗树树枝做成的粗梯子，很少有人去那儿，除了偶尔有几个牧人因为牲口走失了，到塔顶上去看看，平时很少有人去那儿，我准备走到那座塔上，按照你的指点去做。我希望能干得非常出奇。”

大学生对女人所说的地点和那座小塔，十分熟悉，想到自己的计划即将实现，不由心花怒放，便说：“夫人，那地方我从来没有去过，所以对庄园和那座小塔都不了解，如果那些地方正像您说的那样，真是再好不过了。时间一到，我就会把锡像和咒文给您送来。我已经为您出了力，等到您的愿望实现了，您可别忘记我，得遵守诺言呀。”

寡妇说她一定遵守诺言，就告别了他，回家去了。

大学生见自己的计划即将告成，欣喜万分，便做好了锡像，上面写了些奇形怪状的字，还瞎诌了一些咒语，时机一到，就把这两件东西送给了那女人，并传言给她，叫她当夜务必按他的嘱咐去做，随后他偷偷带了一个仆人，到小塔附近的一个朋友家里，以便见机行事。

再说那个女人，也带了那一名女佣来到庄园，夜幕刚刚降临，就推托要上床休息，打发女佣先去睡觉。睡过头觉，就悄悄溜出屋子，来到阿诺河边靠近小塔的地方。她先向周围张望了一会儿，见四面无人，静悄悄的，才把衣服一一脱下，藏在矮树丛里，接着捧了锡像，跳到河里洗了七次澡；洗好后又手捧锡像，光着身子，向小塔走去。

入夜后大学生带着一名仆人，躲在小塔附近的柳树丛光，把一切都看得真真切切。后来她一丝不挂地几乎与他擦身而过，他看到她白净的躯体在黑夜里闪闪发光，暗想不多时她的肉体就会成另一个样子，不禁起了恻隐之心。爱怜与肉欲缠绕着他，他几乎不能克制自己了。他恨不得从躲着的地方冲出来，抱住她。然而他猛地想起自己的身份，以及她让他吃的苦，又不由得怒火中烧，怜悯和情欲一下子就没有了。

寡妇登上那座塔后，就面向北，念起大学生写给她的那些咒语来，大学生进入塔内，将搁在塔顶的梯子悄悄地搬走了，然后等在下面，看她怎么办。

那女人念完七遍咒语后，就等那两个女孩降临。等了好久，也顾不得向她袭来的阵阵寒气，直到东方露出了鱼肚白，大学生对她说的那种奇迹仍未出现，她这才感到有些恐慌。她暗暗想道：

“那人不会也想跟我上次待他一样，叫我吃一夜苦头吧。不过，要是他真的这么做，那他报复人的本领也太差了，因为今夜还没有他那夜的三分之一长，何况天气又没有那么冷呢。”

她想趁天没有亮走下塔楼，却发觉梯子已不见了。这下子她魂飞魄散，顿时感到天塌地陷，一下子倒在塔楼上面。等她恢复了气力，就失声痛哭，自怨自艾起来，心里明白这回是大学生在捉弄她，于是责备自己不该冒犯大学生，更不该过分信任他，这样的人，理应看作冤家才对。就这样胡思乱想着，许久以后她才东张西望，看看有没有走下去的路，结果一无所获，不禁心里一阵酸楚，自言自语道：

“唉，你这倒霉的女人！当别人发觉你赤身裸体地待在这里时，你的兄弟、亲戚、邻人以及整个佛罗伦萨的人会怎么说呢？人家一向以为你规规矩矩，但现在他们就会说你假正经。即使你能找一些借口把这事敷衍过去。也瞒不了那个该死的大学生，他对你的事全都一清二楚。唉，你真可怜，不但失去那位爱得疯狂的情郎，还将失去名誉！”这时她心灰意冷，几乎想跳塔自尽。

太阳升起来后，她走到一堵墙前，凭墙眺望，看看有没有牧童赶着牲口走近塔楼，好叫他们捎信给她的女佣。这时大学生已在木丛下睡了一觉。醒来后看见了她，而她也看见他了。大学生向她打招呼：“夫人，早上好！两位仙女来了没有？”

女人看了他，再听到这话，就失声痛哭起来，求他到塔里去，说有话跟他说。大学生听后彬彬有礼地答应了。女人趴在塔楼上，从活板门上探出头来，哭哭啼啼地说；

“里尼埃里，说真的，如果我以前叫你受了一夜的苦，那么这一回你已完全报复了。尽管现在是七月，昨夜我赤条条地站在这儿，冻得也够呛。而且我哭成了这副模样，也很懊悔自己欺骗了你，又这么蠢地轻信了你。我真是有眼无珠！求你饶了我吧！不是为了爱惜我，因为你是不会爱我的了，而是为了爱惜你自己，因为你是一个正派人。以前我叫你受了委屈，现在你已报复了，你就别发脾气了，让我把衣服穿上，从塔楼上走下来吧。请你保全我的名誉，要不然，我一切都完了。上次我让你虚度了一夜，只要你愿意，我以后可以补偿给你许多个良宵。这一回你就放过我吧，你是一个正人君子，你已报了仇，也叫我认了罪啦。一头鹰征服一只鸽子，又有什么光彩呢？别再作威作福了，看在天主的分上。也为你自己的荣誉着想，发发慈悲吧。”

那大学生本性高傲，虽然过去被她欺骗受了不少苦，如今看到她又是哭泣，又是恳求，心里既得意，又痛苦。得意的是他日夜想着报仇雪恨，现在已经达到目的；痛苦的是看到她这么可怜，实在于心不忍，几乎要听她的话了，可是他复仇的决心最终还是战胜了怜悯心，于是说：

“埃莱娜夫人，记得那夜下着大雪，我在你家院子里几乎冻僵了，虽然我没想到要像你现在向我求情那样，眼泪汪汪，甜言蜜语，但我向你苦苦哀求，希望能稍稍躲一下风雪，只要那时你能开开恩，我此时此刻怎么会这样待你。既然你把自己的名誉看得比什么都重，觉得赤身裸体待在这里是不体面的，那么还是去求另一个男人吧！你还记得那天夜里，你一丝不挂地投到他的怀抱里，而我呢，却在雪地里走来走去，牙齿打战，冻得双脚直跳！叫他拿梯子来，来帮助你吧，送衣服给你吧，让他设法救你下来吧，小心翼翼地呵护你的名誉吧，因为你为了他，不下一千次地拿自己的名誉去

冒险，是该他为你做点事的时候了。

“为什么你不叫他来帮助你呀？你是他的人，他不来保护你，帮助你，那谁更加合适呢？那天你跟他交欢时，不是曾经问过他吗？拿我的愚蠢同你对他的爱情相比，到底哪个强些。叫他来吧，你这个笨婆娘，你对他的情爱，再加上你和他的智慧，看看能不能对付得了我这个傻学生。我不需要你的爱，现在别拿来向我献殷勤了；如果我真的需要，你是无法拒绝的。要是这一回你能活着离开这里，就同你的情夫一起去过夜吧，夜夜都让你们去欢度吧，我呢，一夜就已太多了，受一次骗也就够了。

“另外，你真是一只狡猾的狐狸，你在动脑筋夸我，还叫我正人君子，好叫我发发慈悲，宽宏大量，不再惩罚你的邪恶行为了，你在这方面用尽了心机，可是你的奉承再也不能欺骗我，使我失去理智了，从前你背信弃义，我已上过一回当了。人贵有自知之明，我从巴黎读书时学到的本领，还不及你那一夜教给我的多。

“即使我宽宏大量，不计前嫌，对你这样的人也不应该表示仁慈。只有对人类，才谈得上你说的那种宽容。对于像你那样的一头野兽，惩罚也好，报仇也好，都是要置它于死地，我现在对你做的这些，其实只是以其人之道，还治其人之身。所谓报复，是一种更严厉的惩罚，是你侵犯我三分，我还击你四分，现在我这样对待你，还远远不够呢。如果我真想报复，即使杀死一百个你，也不足以解除心头之恨，因为我杀死的，只是一个卑鄙无耻的贱婆娘罢了。

“你和其他人一样，都不过是上帝怜悯的奴仆，你的几分姿色，过不了几年就会被魔鬼夺去，那时你的脸上将满是皱纹。刚才你叫我正人君子，可是在你眼里，这样的君子是死不足惜的。但我在世上活一天，却比十万个像你这样的女人活上千万年还有用呢。

“现在我叫你吃些苦头，是想给你一点教训，让你明白欺骗一个有头脑的人，尤其是一个大学生，将会尝到怎样的滋味。希望你从此以后，不再做这种傻事。

“如果你急着想下来，可以跳下来呀，也许天主会保佑你，叫你痛快地死去，那时，你的痛苦就烟消云散了，而我将成为世界上最快乐的人。现在，我不想再跟你谈什么了，你已被我送上了塔顶。既然你能够戏弄我，难道不能想办法下来吗？”

在大学生说这些话时，那个可怜的女人一直哭个不停，转瞬之间，已日上三竿了。她听到大学生已把话说完，就接下去说：

“唉！你这个心黑手狠的男人！如果那个该死的夜里你真的很生气，认为我罪大恶极，即使我年轻貌美，流着痛苦的眼泪向你苦苦哀求，也不能打动你的心，博得你的怜悯，那么至少你也得往这方面想一想：我后来终于信任了你，把我的一切秘密全告诉你了，你才能如愿以偿，使我能在这里认识到自己的过错，这样，你就不会生气了吧，别太计较我以前的所作所为了。要是我不信任你，即使你急于复仇，也无计可施呀。

“唉！请你息怒，原谅我吧。只要你肯原谅我，让我下来，我就马上忘掉那个不忠实的人，一心一意做你的情妇。虽然你对我的美貌进行了贬低，把它看得一文不值，但不管怎样，和别人比较起来，我知道自己还有一定的吸引力，何况现在你也不老。尽管你对

我这样无情，但我相信你总不会眼巴巴地让我当着你的面走投无路地跳下来吧，看着我这么羞耻地死去。如果你不像以前那样爱说谎话，我就很能讨你的欢心了！

“唉！看在天主的分上，发发慈悲可怜可怜我吧！太阳越来越热，昨夜我冷得很，现在的热气叫我受不了啦。”

但那大学生和她谈话只是为寻开心，便说：

“夫人，你信任我，并不是因为想回头来爱我，而是想夺回已逝去的旧爱，所以理应受到加倍的惩罚。要是你认为我只有这样一个办法来报仇雪恨，那你真是太幼稚了。我还有很多的办法呢。即使没有今天的事，但要不了多久，你也会掉到其他的陷阱里去，我可以表面上装作爱你，却在你两脚的四面八方布下一千个陷阱，那时你的痛苦和耻辱，比现在还要剧烈。当前我采用这个办法，并不是想让你少受苦，只是可以早日报仇，让我心里痛快。

“如果我的计划全部落空，我还有一支笔。我要用这支笔写出你的许多丑事，让你无地自容，一天无数次地悔恨自己出生在这世界上。这支笔的威力比人们想象的要大得多，只有亲自使用过的人才体会得到。我向天主发誓，我真想把你的种种丑事都写出来。写出来后，不要说别人，就是你自己看到了，也会觉得羞愧难当，恨不得挖掉自己的眼珠。

“我已经说过，我并不在乎你的爱情，也不稀罕你做我的情妇。如果你有能耐，还是做那个汉子的情妇去吧。以前我很恨他，现在倒很感谢他。因为他为我创造了机会。

“你们女人总迷恋上那些年轻的小伙子，要博得他们的爱，以为他们细皮嫩肉，胡子乌黑，走起路来身子笔挺，既会跳舞，又会比武，但却不知年纪稍大一些的男子都经验丰富，不但这些条件全都具备，而且他们能做的很多事情小伙子还得好好学呢。你们总以为小伙子骑马技术好，一天能比中年人多走几里路。吃的东西，多而无味，还远远不如少而入味呀。

“你们这些蠢东西啊，看不到在小伙子们俊俏的外表下，藏着多少脏东西呀。小伙子们是不满足只玩一个女人的，总是见异思迁，还自以为是理所当然的事，现在你对此已有切身的体验了。他们的爱情是不稳定的，他们以为自己理应得到女人的尊敬和宠爱，况且那些小伙子往往骗你们的钱，他们认为，最光彩的莫过于炫耀自己占有多少女人。所以有许多女人宁可委身于教士，因为他们不会张扬出去。你也许会说，你的奸情除了你的女仆和我知道外，别人都不知道，那你就大错特错了。在他的周围，大家差不多都在谈这件事，你的周围也是一样，这种事儿，也就当事人蒙在鼓里。

“所以你找错人了，不过既然你已委身于他，那就再找他去吧。至于我，以前你讥笑我，现在也别再来烦我了。我已找到了一个比你强得多的女人，她很了解我，不像你这么愚蠢。如果你在上面还不能确切地领会我的话和眼睛的示意，那就快跳下来吧，我想待你的灵魂落到魔鬼的手里后，你就可以知道我看你摔得鼻青脸肿时是多么开心了。我可以提醒你，待会儿太阳把你晒得火热时，你只要想想我在寒气中熬夜的情景就行了，冷和热夹杂在一起，你一定会觉得太阳不那么热了。”

那个倒霉的女人看出大学生决心已下，便又痛哭起来，一面哭

一面说：

“唉，既然我无法打动你的心，让你怜悯我，那就请你为另外一个女人的爱而发发慈悲吧！你认为她比我聪明，而且你已获得了她的爱；为了爱她，请你原谅我，把我的衣服拿来，让我穿好后下来吧。”

大学生哑然失笑，看见已过了九点钟，于是答道：

“哎，你以那个女人的名义要求我，我现在就不能拒绝你了。告诉我衣服在哪儿，我就给你拿去，让你穿好后下来。”

那女人相信了他的话，略感欣慰，就把放衣服的地方告诉了他。不料大学生走出塔外，就吩咐仆人不要走开，而是在附近尽力监视着，不要让别人走进塔去，等他回来再作打算。吩咐完毕，便径自到那位朋友家里，悠闲地吃了午饭，后来就去睡觉了。

那女人待在塔上，虽然因为妄想自己得救，精神稍微振作了一下，但在烈日下实在晒得要命，就走近墙边的一抹阴影下坐下等待着，忧心火燎。她一会儿略有所思；一会儿哭；一会儿想到大学生给她拿衣服来；一会儿又灰心绝望。由于忧伤过度，又整夜未睡，竟不知不觉地睡着了。

那时艳阳当空，酷烈的阳光直射在那女人娇嫩的身体和没戴帽子的头上，她感到像火烧一般，稍稍把身子挪动一下，晒焦了的皮肤便像烧焦了的羊皮那样，一片片裂开，她不觉在酣睡中醒过来了。头痛得厉害，似乎刀割一样，这是不足为怪的。现在塔顶滚烫滚烫的，她的脚没有地方可放，身子也坐不稳，东歪西斜，只能哭哭啼啼。此时正好没有一丝风，苍蝇和牛虻成群地向她飞来，栖息在她绽开的皮肉上，狠狠地叮，每叮一口，她都觉得像被针刺了一下。她只好不停地挥动双手，把它们赶走，同时不断诅咒自己，诅咒自己的命，诅咒她的情夫和那个大学生。

红日高照，天气热得难以想象，苍蝇和牛虻的围攻加上饥渴难耐，使她百感交集，苦恼万分，费了好大力气才站起身来，去看附近有没有人。她打算只要一看到人影或一听到人声，就高声呼救，也不顾面子了。可是那天，因为天热，农夫们都不来田里干活，只在自己屋边打谷，除了蝉声以外，她什么声音都听不见。她望见了阿诺河，满满的河水使她恨不得去喝上一口，但只是看着不但不能解渴，反而渴得更厉害了。她在远处看到了一丛树，一些阴影和一座房子。这些也都使她渴望，但因可望而不可即而更加痛苦。

寡妇的不幸真是一言难尽，头上是烈日，脚下是塔顶的热气，身上苍蝇牛虻乱叮乱咬。昨夜她一身洁白的皮肤，在黑暗中还显得十分亮丽，现在却红得像茜草一样，血迹斑斑，令人作呕，真是人见人烦。

她无计可施，也没有任何指望，就这样待着，巴不得早早死去。下午一点半左右，大学生一觉醒来，想起了那个女人，就回到塔边，看看她怎么样了。因为仆人还空着肚子，他就叫他去吃饭。那寡妇听到他的声音，便拖着疲惫的身子痛苦万状地爬到闸门边，坐下来后，痛哭流涕地说了起来：

“里尼埃里，你太残忍了。我只叫你在我的院子里冻了一夜，但你却让我在这个塔上烤了一天火。不，是烧了一天，而且饥渴难当！所以我以天主的名义恳求你，把我杀了吧。我没有勇气结束自己的生命，还是请你下手吧。我已经吃尽了苦头，只求一死，别无所求。若是你不能答应我，那请给我一杯水，让我润润口。我都快被晒干了，身体里像火在烧，光靠眼泪是不够的呀。”

大学生从她的声音里，听出她确实很衰弱；又依稀望见她的身体已经被太阳晒焦，听到她的苦苦哀求，又看了她这副模样，不由产生了几分冷悯，可是他说话的口气仍很强硬：

“贱婆娘，你不能这时候死，如果你真想死，那就自己动手吧！以前我冷的时候，你不肯给我火让我取暖，现在也休想在我这儿要一点水给你解渴降温！而且我感到很不公平，被冻病后，得用烧热的臭粪来治疗，而你热了，却可以用香气扑鼻的玫瑰露凉凉身子。我冻坏了，失去了活力，而且几乎送了命，你呢，不过因为热气脱了一些皮，这好比蛇脱去一层皮，以后却会变得更加漂亮。”

“我真可悲！”那女人说，“但愿天主把这种所谓的美丽送给我的死对头吧！你真比野兽都狠心，你如何狠得下心来，报复一个我这样的女人呢？即使我狠毒地折磨了你们一家人，以后又把你们杀了，你或别人也不过这样惩罚我罢了。即使是一个卖国贼，出卖了一城的人以致他们被敌人杀了，他受的刑罚也不会比我受的更残酷。你竟把我放在阳光下烧，让苍蝇咬牛虻叮咬，而且连一杯水也不肯给我，还不如那些依法判处死刑的杀人犯，他们在赴刑前要求喝几口酒，人们也总是答应的。好吧，既然你，毫无怜悯之心，我只有听天由命，坐等一死。让天主来怜悯我的灵魂吧，老天有眼，一定会主持公道的！”

说完了这些话，她十分吃力地来到塔顶中央，再也不指望在这样炙热的天气下逃生了。在各种痛苦中，她认为最难忍的是口渴，可她已没有力气痛哭了，只恨自己实在太不幸了。

此刻已是晚祷时分，大学生觉得凡事都应当适合而止，便吩咐仆人把女人的衣服用他的外套包好，到那女人的庄园叫她的女佣来。只见她的女仆此时正没精打采地坐在大门口，显得六神无主，神情沮丧，于是对她说："大姐，你家女主人还好吗？"

女仆答道："我不知道呀，先生。昨天晚上，我亲眼看她上床睡觉的，可是今天早上却不在了。我到处寻找，也没有她的消息，我真担心她会出什么事，心里非常难过。先生，您知道她的消息吗？"

大学生答道："如果我叫你和她一起到那个地方，那就好了，这样我不但惩罚了她，也可以治你的罪！不过说句真话，你也逃不过我的掌心。以前你怎样用搞恶作剧捉弄我，你还记得吧，我迟早要叫你付出代价！"

说完后，他就对仆人说："把衣服给她吧，告诉她到哪儿去找女主人。"

仆人听从了主人的吩咐。那女佣接过衣服，认出果然是自家女主人的，又听到大学生说的话，以为女主人已被杀了，差点儿喊出声来。大学生一走，她就带着衣服，哭哭啼啼地赶忙向那座塔跑去。

那天，寡妇庄园里的一个庄稼汉，不幸丢了两头猪，正在四处找寻。大学生走后，他正好来到塔边，东张西望地来找猪，忽然听到那个倒霉的女人的哭泣声，就巡声走进塔内，高声问道：

"谁在上面哭呀？"

那寡妇听出是自家长工的声音，就喊起他的名字来，并且对他说：“唉！快把我的女佣叫来，并且想办法让她上来救我吧！”

那庄稼汉也听出了对方的声音，说道：“哎哟！夫人呀，谁把您带到塔上来的？您的女佣人已找了您一天啦，我们怎么也想不到您会一直在这儿呀？”

于是他托住梯子的两侧，把它架好，再用柳条把横档捆紧。这时候，女佣人也赶来了，她一进塔，就禁不住哭出声来，拍手嚷道：“夫人，您在哪儿呀？”

寡妇听到了她的声音，竭力放大嗓门说：“哦，我在顶上啊，别哭了，快把我的衣服拿来吧。”

女佣听出主人的说话声，心理还安静了一些。她爬到庄稼汉架好的那架梯子上，在庄稼汉的帮助下到了塔顶。只见女主人赤裸裸地躺在地上，奄奄一息，面目全非，看上去已不像一个人，形同槁木。她心疼至极，趴在她身上大哭起来，好像女主人已经死了似的。寡妇求她看在天主份上别再哭了，还是帮她穿好衣服再说。她从女佣口中得知，除了送衣服来的人和这儿的长工之外，别人都不知道她去哪儿了。那女人心里稍稍宽慰了些，于是嘱咐他们看在天主面上，千万别将此事张扬出去。

他们商讨了一下，因为那女人不能走路，所以由长工抱住，费了九牛二虎之力把她从塔中营救出来。但那个刁恶的女仆跟在后面，下来时突然失足，从梯子上滑了下来掉在地上，摔断了腿，痛得她鬼哭狼嚎。庄稼汉把女主人放在旱地上，回头去看女佣伤成了啥样，见她的大腿已经折断，也把她抱到草地上，让她躺在女主人旁边。女主人本来指望女佣帮助她，如今见到她已摔断了腿，真是祸不单行，心里有说不尽的凄苦，不觉又痛哭起来。那庄稼汉不但没法安慰她，想到丢失的猪还没有着落，不由也哭起鼻子来了。

此时夕阳西下，按照女主人的吩咐，那庄稼汉趁天还没黑，忙赶回到自己家中，叫他的兄弟和妻子拿上一块木板，他还带了一些凉水，一起回到塔边的草地上，把女佣放在木板上，抬回家去。又让女主人解渴，并且好言相劝，把她抱起来，送到房间里。

农夫的妻子给她吃了泡过水的面包，又给她脱了衣服，扶她上床睡觉。他们本来安排当夜就送女主人和女佣回佛罗伦萨，但现在就出发了。

那寡妇本来就狡猾善辩，把之前的事胡诌一气说得天花乱坠，说她和女仆人因为魔鬼附身，中了邪。寡妇的兄弟姐妹和别的人都信以为真，于是家人请了大夫来，寡妇吃了许多苦，在床上躺了好久，脱了几次皮，发了一次高烧，还得了其他并发症，好长时间才恢复了健康。女佣跌断的那条腿，后来也痊愈了。那女人从此忘了她的情夫，在男女之情方面保持谨慎的态度，以后再也不去愚弄别人了。大学生听说那个佣人摔断了腿，觉得这个仇已经报了，心里非常高兴，也就没再把这件事向外张扬。

故事八

女郎们听了关于埃莱娜的故事，都认为她的确倒霉，但也是咎由自取，所以对她并不怎么同情；可是她们又觉得那大学生太固执，太凶狠，甚至太残酷了。帕姆皮内娅讲完故事后，女王就要求菲亚梅塔接下去讲，她欣然受命，说道：

可爱的女郎们，我知道你们对大学生的心狠手辣也很不满，所以我想讲一个令人欢快的故事，来平息一下你们的怒火。我准备向你们讲一个小故事，讲的是一个受了人家伤害后的年轻人，心平气和地采取一种十分温厚的手段来报复的事。从这则故事中你们可以知道：一个人受到侮辱后要想报复，应当适可而止，不要太过分，要知道，欺负人家的人往往自食其果。

我们知道，从前在锡耶那有两个年轻人，一个叫斯皮内洛乔·塔韦纳，另一个叫泽帕亚门·迪·米诺，两个人都出身于大户人家，家境殷实。且都住在卡莫利亚门，彼此的宅邸相距很近。这两个小伙子，交情深厚，好比一对亲兄弟似的，在很多东西上不分彼此，而且各有一个妻子，都长得十分艳美。

斯皮内洛乔经常上泽帕家去，不管泽帕在不在家。所以跟他的妻子混得很熟。后来二人竟睡在一起了，这种暧昧关系保持了很长的时间，也没有人发觉。

有一天，斯皮内洛乔来找泽帕的妻子，妻子以为丈夫已出去了，但没留意到他又回来了。听他妻子说泽帕不在家，斯皮内洛乔立刻走上楼去，一看没有其他的人，就搂住泽帕的妻子亲起嘴来，女人也回吻了他。泽帕把这些看在眼里，很不高兴却没动声色，躲在一旁静看这出戏如何收场。不久，他看见妻子和斯皮内洛乔手拉着手，竟一齐走进卧室，随即锁上了门。他当然气恼万分，不过转念一想，如果此事声张出去，自己不但解不了气，报不了仇，反而更失面子，于是他静心琢磨其他报复的办法，想既瞒过周围的人，又能使自己泄愤。苦思了好久，他终于想出一个办法：自己姑且躲在一旁静候时机，只管让斯皮内洛乔和那女人待在一起行乐。

待他的朋友一走，泽帕就走进卧室，见妻子还没有把斯皮内洛乔跟她嬉笑时拉下来的头巾弄好，便问道："你在干什么呀？"

妻子心虚地答道："没干什么！"

泽帕说："不见得，我见到了一些不愿见到的事情呢！"

于是他把看到的一切讲了一遍。因为这是无法耍赖的，妻子吓得魂飞魄散，敷衍了一通后，只得把和斯皮内洛乔相好的事招认了，接着她又哭哭啼啼，请求丈夫原谅。

泽帕听了说："听着，你做了这么对不起我的事，如果要我原谅，你必须得按我的吩咐去做一件事。我要你去通知斯皮内洛乔，明天上午日课经第三时，他得找一个理由跟我分手，到你这里来，等他一到这儿，我就回家来，你一听到我的声音，就让他躲到柜子里去，再把柜子锁上。这些事都做好以后，我再告诉你下一步怎么办。做这件事，你不必害怕，我向你保证，我不会叫他吃苦头的。"

妻子为了让他原谅自己，答应一切照办，后来真的履行诺言。

第二天，泽帕和斯皮内洛乔在一起聚会。到了日课经第三时，因为斯皮内洛乔事前和那女人有约，要上她家去，就对泽帕说：

"今天上午，我要去朋友家吃饭，为了不让他久等我现在就得走，再见吧。"

泽帕说："可现在还没到吃饭的时间啊。"

斯皮内洛乔说："那没关系，因为我还有其他事想跟他谈谈，所以必须早一些赶到。"

于是斯皮内洛乔和泽帕分了手，绕了一圈儿来到泽帕家和泽帕的妻子见了面。他们刚踏进卧室，泽帕就回来了。他妻子一听见丈夫回来，就故意装得十分惊慌，叫情夫钻到她丈夫说的那个柜子里面，然后离开卧室。泽帕走上楼来，说道："亲爱的，是吃饭的时候了吗？"

妻子答道："是呀，现在就可以吃了。"

于是泽帕说："斯皮内洛乔今天上午到朋友家吃饭去了，只有他妻子一人在家了。你去叫她一声，请她到我们这儿一起吃饭。"

他妻子由于担忧，只得唯命是从，按丈夫的嘱咐去做了。斯皮内洛乔的妻子见泽帕的老婆再三相邀，又听说丈夫不回家吃饭，就跟着泽帕的老婆来到泽帕家。泽帕一见她就大献殷勤，还亲热地拉住她的手，并悄悄打发妻子到厨房里去。接着他把她挽进卧室，转过身去把房门锁上。斯皮内洛乔的妻子见他反锁了房门，说道：

"哎呀，泽帕，你要做什么？您叫我到这里来，难道是为了这个？这就是您对斯皮内洛乔的友谊和忠心吗？"

于是泽帕走近她丈夫藏身的那个柜子，死死地抱住她说：

"夫人，你先别发牢骚，听我向你解释一下。过去和现在，我一向跟斯皮内洛乔很合得来，把他看成是自己的兄弟。昨天，我才发觉他辜负了我对他的信任，居然和我的妻子一起睡觉，让她做了你的替身，而他还自以为我不知情呢。我和他这么多年来交情匪浅，只想以其人之道还治其人之身，他已经占有了我的妻子，我也想要你成为我的人。要是你不同意，我准会给他些厉害看看。我受了他的欺侮，不能不惩罚他一下。如果我要报仇的话，你和他一辈子也不会幸福！”

泽帕把这番话说了又说，那女人终于相信了，对他说：

“我的泽帕，既然你要报仇，我只希望你所对付的是我一个人，我也就心满意足了。尽管嫂夫人做了对不住我的事，而我们又不得不做这件事，今后我还是要跟她和睦相处，希望你和她也能相安无事。”

泽帕答道：“这一点你可以放心。另外，我还要送你一件稀世的珠宝，天下你再也找不出第二件来。”说罢，他就抱住她，吻起她来，让她躺在关着丈夫的柜子上面，在那里两个人尽情地相互爱抚了一阵儿。

斯皮内洛乔在柜子里，把泽帕说的每一句话和妻子回答的每一个字都听得清清楚楚，心里异常难受。后来又觉得自己头上在跳什么扭摆舞，简直不想再活下去了。要不是他害怕泽帕，早就在柜子外把老婆痛骂了一顿。后来又一想，罪魁祸首还是他自己，泽帕的所作所为也有他的道理，这个人总算讲义气、够朋友了，于是暗自思忖，只要对方愿意，今后还要同泽帕做朋友，友谊还要更进一层。

泽帕和那女人尽情玩了一会儿，就从柜子上爬下来。那女人向他要他许诺过的珍宝，于是泽帕开了卧室的门，把自己的妻子叫来。他妻子没有丝毫的怒意，只是说：“夫人，您这是以牙还牙嘛。”说罢她就笑了起来。

泽帕对她说：“打开这个柜子吧。”她打开了，那夫人看到了自己的丈夫斯皮内洛乔在柜里。

在这种情况下，两人实在说不出谁比谁更加害羞。斯皮内洛乔见到泽帕后，知道他对自己的所作所为已一清二楚，好不惭愧；而他的妻子面对自己的丈夫，知道丈夫不但听到了她的话，而且听到刚才他在头顶上玩的把戏，又怎么会不难为情呢？

泽帕对她说：“这就是我给你的珍宝呀。”

故事九

女郎们聊了半天那两个锡耶那人的事，女王看到只剩下自己和迪奥内奥没有讲了，她不想去打扰迪奥内奥，就先开口讲了起来：

可爱的姑娘们，泽帕报复斯皮内洛乔，只能说是斯皮内洛乔自作自受。帕姆皮内娅刚才说得好，对那些自讨苦吃或自作自受的人，我认为去捉弄他们一下是理所当然的。斯皮内洛乔真是咎由自取。我要向你们讲一个自讨苦吃的家伙的故事，我认为对他施行恶作剧的人们不但不该受到谴责，而且应该赞美。那个受到愚弄的人，原来是一个医生，他也是一个傻瓜，只是从博洛尼亚学完医学回到佛罗伦萨后，竟然锦裘加身了。

我们知道，城里的人员要是在博洛尼亚待过一阵儿学点什么，回来后不是成了法官，就是做了医生或公证人。他们穿着宽大的红长袍，袍子上还镶了毛皮或其他很有气派的饰物，而实际上他们到底有多少知识有多大本领，我们心里都一清二楚。这类人中有一个名叫西莫内·达·维拉的医生，虽然才疏学浅，但祖传的遗产倒是很多。他不久以前才穿上大红袍，戴上毛皮头巾，自称为医学博士回佛罗伦萨后，就在那条街上租了一所房子。

奇怪的是这位新回来的医学博士在博洛尼亚养成了不少非同寻常的习惯，其中之一就是：当他为别人看病时，如果见到街上有人走过，就要向病人打探那人的情况。人们的一切情况他都记在心里，不住地思虑，仿佛跟他治病用药有很大的关系似的。在这些人中，他最关注的是两个画家，这两个人我们今天已提到过两次了：一个叫布鲁诺，另一个叫布法尔马科。他们两人经常在一起，而且都是他的邻居。他认为这两个人和别人不同，他们不是一天到晚忙于生计，而是快快乐乐地过日子，所以他对这两个人很感兴趣，便在好多人面前打探他们的情况。听大家说，他们都是穷苦人，而且是画家，心里就想：他们既然这样穷，又怎么能这样快活呢？又听说这两个人都很精明，因此自认为他们也许靠别的途径得到了一大笔别人不知道的财富，所以他想方设法结识这两个人，如果两个不成，至少要结识其中的一个，结果如愿以偿地同布鲁诺交上了朋友。

布鲁诺认识他没多久，就发觉这位大夫是个大傻瓜，于是常常编些荒唐的故事来逗他，拿他找乐子，但那个大夫却听得津津有味。他请布鲁诺吃了几次饭后，自以为跟他情谊深厚，可以无话不谈了，有一次就问他：他和布法尔马科两个人都是穷汉子，可生活得十分悠闲快乐，着实令人费解，恳求他解释一下他们的生活妙方。

布鲁诺听了大夫的话，觉得这人提出来的问题无聊至极，不觉暗暗好笑，心想不如顺着他的愚昧适当地做出回答，于是说道：

“大夫，我一向不跟别人提我们干的事，不过我知道您一定不会说给别人听，所以我也不想瞒了。说真的，只靠我们的手艺和地产方面的收益，恐怕连水费都付不起。我的朋友和我都生活得非常快乐，非常舒服，甚至比你想象的还要好些呢。但是我们并没有偷东西，我们是在漂泊呀。因为漂泊，所以我们应有尽有，日子过得很舒服，我们要什么就有什么，也不会损害别人的利益。这就是我们生活快乐的原因。”

医生听了这些话，也不知是否应该相信，只是啧啧称奇，当即心急如焚地想知道漂泊究竟是怎么一回事，同时发誓决不讲给别人听。

“哎哟！”布鲁诺说，“大夫，您问我的可不是一般的事啊！您想知道的是一桩天大的秘密，要是被别人知道了，我可就活不成啦，还不如把我送到圣加洛前面的魔鬼的嘴巴里去呢！不过我对你们莱尼亚的蠢人还是非常敬爱的，对阁下也很信任，所以我无法拒绝你的要求，只要您能对着蒙泰松内的十字架起誓，绝不讲给别人听，我就可以告诉您。”

医生干脆利落地说，他决不会向任何人说起。

于是布鲁诺说：“亲爱的大夫，您要知道，不久以前，这个城里住着一位名叫米雪尔·司各脱的巫术大师，他是苏格兰人。不少绅士都殷勤地款待过他，但现在活在世上的已经寥寥无几了。他离开这里时，经绅士们再三恳求，留下了两个得力的门徒，他吩咐他们，凡是尊崇过他的绅士，不管他们有什么愿望，都要一一兑现。

“后来，这两个门徒无论在情欲方面还是在其他一些小事情上，都很好地满足了那些绅士的愿望。渐渐地他们喜欢上了这个城市和这里的风土人情，就决定长住下来。在这里他们结识了一些朋友，有的交情厚些，有的交情薄些，但不论富贵贫贱，只要对他们的口味就行。为了博得这些朋友的欢心，他们组织了一个二十五人左右的小团体，每月至少聚会两次，集会地点由他们指定。集会时，那两个人可以让每个参加集会的人在当夜的一切要求如愿以偿。

“布法尔马科和我跟那两个人交情不错、混得很熟，所以很早就参加了他们的集会，现在依旧是其中的一分子。我还要告诉您：我们聚会时，场面相当奢华，看了令人目不暇接。在我们吃饭的大厅里，锦帷绣帘，桌面上的菜肴，跟王宫里的不相上下，男仆女婢有一大群，个个都长得气度不凡，十分俊美，对在场众人殷勤侍候。我们使用金子和银子做成的盆子、碟子、瓶子和杯子以及其他各种器皿，除此之外，还有各种各样的精美食品，你要想吃些什么，它们就立即摆到你的面前来。

“各种各样的乐器，它们发出的音调之美，只有天国才有，那些清音妙曲，我确实无法描述。至于晚餐时点燃的华美的蜡烛，吃的糖果是何等可口，饮的葡萄酒是何等名贵，更是一言难尽。另外，我的傻瓜老爷啊，说起来您也许不会相信，我们在那里穿的衣服，跟您平时在这儿见到的可大不一样。大家都穿着华贵的衣服，还佩戴着许多美丽的饰物，即使是一个穷光蛋，也可以打扮得像个帝王。

“这些还算不了什么，最令我们高兴的，就是只要您愿意，就可以立即招来全世界的美女。您在那里可以看到巴尔巴尼基女王，巴斯克的王后，苏丹的妻子，乌兹别克女王，诺尔维卡的奇恩奇费拉，贝尔佐内的塞米丝坦特和纳尔西亚的丝卡贝德拉。全世界的王后都来到这里了，我又何必向您一一列举呢？最后我还得告诉您，连普莱斯托·焦万尼的那个斯金穆拉女人也来啦，咳，您现在应该明白了！她们喝了一些酒，吃了一些糖果后，就婀娜地跟着邀请她们来的男人，各自回房去了。

“您一定难以想象到那房子的奢华程度，那股香味只怕比您那药铺子里碾枯茗时的香料瓶里发出的香气还香呢。我们睡的，恐怕比威尼斯执政官睡的床更豪华。至于那些女人穿梭织布的本领，我就让您自己去想象一番吧。但我认为，我们之间最幸运的，要属布法尔马科和我了，因为布法尔马科好多次叫法兰西王后前去做伴，我却常叫英吉利王后来陪我。这两个都是天下绝无的美人，她们都不把别人放在眼里，却偏偏看上了我们，这是由于我们有一套功夫。这下您本人就可以想象得到，理所当然，我们的生活能够比别的男人的更充实、更快乐，因为有这样两位天姿国色的王后爱着我们。钱当然不成问题，如果我们向她们拿一两千弗罗林金币来，是很容易的。对于这，我们用一个通俗的称呼‘漂泊’，因为我们像海盗一样，从每个人那里夺取了不少东西，不过我们获得的方式跟他们不同，他们东西到手后就不还给人家，我们却保证物归原主。

“我的好大夫呀，现在您应该明白我说的‘漂泊’是怎么一回事了。至于这件事何等机密，您心里一定很清楚，所以我不想再多费唇舌了。”

那位大夫的本领，也许至多只能医治生乳痂的小孩子，对于布鲁诺那篇信口雌黄的故事，竟然信以为真，一心一意想着参加那个小集团，以为这是人世间最难得的好事。因此他对布鲁诺说，他认为这些人生活得这么快乐是理所应当的，他好不容易才抑制住自己，才没有把自己也想做这件事说出口来，他认为还得巴结他一番，取得他更多的信任，再提出请求。

既然他胸有成竹，便继续和布鲁诺亲密地交往起来，无论早上还是晚上，都邀他到家里来吃饭，盛情款待。他们相处得这么亲昵，仿佛大夫没有了布鲁诺就活不成似的。

布鲁诺见医生对他如此殷勤，也很不好意思，觉得不进行一番答谢难免显得忘恩负义，便画了一张四旬斋图挂在恩人的饭厅里，还画了一幅“神的羔羊图”挂在房门口，又在门口画了一个尿壶，以便上门就诊的病人一望便知。另外，布鲁诺又在一条小凉廊上画了幅“猫鼠搏斗图”，大夫对这些画当然是极力称颂了。

从那儿以后，倘若大夫上一夜没有跟布鲁诺一起吃晚饭，第二天布鲁诺一定会这么说：

“昨夜我赴会去啦。那个英吉利王后，我可有些玩腻了，所以我叫他们把阿尔塔里西大汗的古美德拉招来。”

大夫听后说：“古美德拉，这样的名字我听不懂的，这是什么意思呀？”

“哦，我的大夫呀，”布鲁诺说，“这个倒不奇怪，据说，玻尔科格拉索和万纳森纳都没有提到这样的名字。”

大夫说：“你指的莫非是希波克拉底和阿维森纳吧！”

布鲁诺："也许是吧！我也说不清楚。正如您听不懂我说的一样，我也听不懂您说的。不过在那大可汗的语言里，古美德拉的意思就相当于我们的王后。我相信，你认为她准是一个娇小标致的美人！我敢说，您见了她，一定会把药品、灌肠剂和膏药什么的都丢到脑后去的。"

就这样布鲁诺经常用这些话来撩拨他。这一天晚上，布鲁诺正在给大夫画"猫鼠搏斗图"，大夫在一旁执着灯观看，他认为他对布鲁诺已经献足了殷勤。现在可以把自己的愿望讲出来了。看四周无人，便对画家说：

"布鲁诺呀，天主作证，对你我没有一件事不尽心尽力，可以说在我眼里谁也不如你，比如说，要是你叫我徒步走到佩雷托拉去，我相信也绝对能做到。所以，如果我向你推心置腹说说心里话，向你求一个情，我想你一定不会感到吃惊的。你知道，不久以前，你把你们的那个团体里发生的事情告诉我之后，我一直渴望能加入你们的团体，这是我前所未有的一种冲动，我以前从来没迫切想做过什么事。你很快就会明白我这样做的道理。去年我在卡温奇利，看到了一个非常漂亮的小使女，这样漂亮的姑娘也许你一辈子也遇不上一个，我真是喜欢极了，我保证给她十块波伦亚大洋，急着想跟她亲热一番，可是她拒绝了我。要是我能入会，就不会遭到拒绝了，所以我无论如何都要恳请你指点迷津，加入那个团体需要做些什么，入会方面也得请你助一臂之力，说句实话，我入会后一定对你们忠心耿耿，给你们增光。别的暂且不说，你先看看我这健美的身材，刚毅俊朗的面庞，而且还是个医学博士，我想你们中间再也找不出第二个来，我还有很丰富的阅历，具备各种技能，还会唱一些悦耳动听的歌曲，现在演唱一支给你听听吧！”说罢他就唱了起来。

布鲁诺忍不住想捧腹大笑，好不容易才忍住了没笑出声来。大夫唱完了歌，说道：

“你听我唱得怎么样？”

布鲁诺说：“您唱得太棒了，自然界的一切声音，都在您的面前黯然失色。

大夫说：“我知道，要不是你亲耳听到我的歌声，一定不会相信我有这个好嗓子。”

“对极了。”布鲁诺说。

接着大夫说：“我还会唱很多曲调呢，不过咱们先不谈这个话题。你知道，虽然我的父亲住在乡下，可也是一位绅士，而我的母亲是瓦莱基奥家族出身的淑女。从我丰富的藏书和华美的服饰上你肯定明白，佛罗伦萨哪个医生都不如我。我凭天主的名义说句实话，我有一件十几年以前做的衣服，细细算一下，差不多要值一百拉的银币呢！所以无论如何都得请你帮忙，让我加入这个团体。我可以向天发誓，要是你能帮我实现这个愿望，就在你生病时免费替你医治。”

前段时间布鲁诺听了大夫说的话，觉得此人很蠢，此番听到这些话，更觉得他是一个傻瓜，于是说：

“大夫，请您把灯光照过来一点，耐着性子让我把这些老鼠的尾巴画好，之后再回答您的话吧。”

布鲁诺画好老鼠尾巴以后，故意装出很为难的样子，开口说：

“我的大夫呀，我非常明白您今后一定会好好谢我，可是您吩咐我的那件事，尽管在您的头脑里是一件小事，对我来说可是一件大事哪。除了您之外，世界上再没有第二个人能让我做这件事了。这是因为我跟您情谊很深，您的话又深深地打动了我，所以即便我本来不愿意，也被您说得心软而非做不可了。我跟您交往的时间愈长，就愈觉得您聪明。我还可以告诉您：即使我不愿为您做别的事，不过眼见您对那个漂亮的姑娘那么痴心，我已决定帮您这个忙了。可是有一件事我要向您说清楚，我在那些事情上的本事，并不像您想的那么大，所以您叫我非做不可的事，我实在无法照办。不过，要是您守信义，保证不把我们的事张扬出去，我就会指点您应该如何行事。您刚才说过，家里有这么多藏书和其他各种东西，我想您一定能如愿以偿的。”

大夫听后说：“你尽管心安理得地说出来吧！我看你对我了解得还不透彻，还不知道我是多么能守口如瓶呢。如瓜斯帕鲁奥洛·达·萨利切托先生在福利姆波波利做法官的时候，几乎和我无话不谈，因为他知道我守口如瓶。你是否相信我说的是真话？当时他要跟贝加米娜结婚，第一个就告诉了我，现在你总明白了吧？”

“那就好，”布鲁诺说，“既然这样一位大人物都能和您推心置腹，我还有什么理由怀疑你呢。现在我就把具体情况告诉您。我们每次集会，都有一个头目，两个顾问，每六个月轮换一次。到了下个月，就轮到布法尔马科做头目，我做顾问了，这事已经定好了。只有做头目介绍人入会，只要他看中了谁，他就能让谁参加，所以依我看，您还是想尽办法去跟布法尔马科交上朋友，好好奉承他一番。如果他看到您这样聪明，一定会喜欢上您的！以后您再跟他说说心里话，告诉他您家里有许多东西，同他熟了以后，您就可以向他提要求，那时他就没法拒绝了。我在他面前已经提到过您，他十分重视您呢。只要您按照我的办法去做，就一定会成功，剩下来的事就由我来负责吧。”

大夫听了说：

“你的这些话，太让我兴奋了。如果他是一个求贤若渴的人，那么只要他跟我谈几句话，他就会对我刮目相看的。因为我这个人满腹经纶，即使和全城的人比，我也是最聪明的。”

两个人谈完之后，布鲁诺就把此事一五一十地对布法尔马科说了，布法尔马科恨不得马上叫那成事不足、败事有余的傻大夫尝尝他所追求的那件事的滋味。至于那位渴望“漂泊”一番的医生更是心急如焚，在没有认识布法尔马科之前，一直心神不定，待交上朋友后才安下心来。他备好了极其丰盛的饭菜，不但有午膳，还有晚餐，来款待布鲁诺和他的另一位朋友，这二位客人真是如愿以偿，饱尝了各种美酒佳肴，这之后一次机会也没有，他们不用医生邀请就亲自赴宴，可嘴上却老是说，别人谁也请不动他们，他们去他家，还是够交情的呢。

不久大夫认为时机已到，又像上一回向布鲁诺开口一样向布法尔马科提出要求，不料布法尔马科立刻露出一副十分恼怒的样子，冲着布鲁诺破口大骂，奚落起来：

“我向帕西尼亚诺高高在上的天主起誓，我真想把你的脑袋打扁，把你的鼻子揪下来！你这个叛徒！除了你以外，谁都不会把这些事说给大夫听的。”

那大夫尽力替他开脱罪责，发誓赌咒说这事是从别人那儿打听到的。他说了好多聪明话后，终于使对方平静下来了。

于是布法尔马科转身对大夫说：“大夫啊，很明显您在博洛尼亚住的那段日子学了很多东西，所以您在大千世界中能懂得守口如瓶。我还得说一句，您并不像许多傻瓜那样，是在苹果上学到一些基础知识的，您是在甜瓜上仔细地学的，而且学得很久了。要是我没有弄错的话，您是在礼拜天受洗的。虽然布鲁诺对我说，您到博洛尼亚是去学医的，但我认为你还学会了讨人们的欢心。您呀，动起脑筋来和说起话来可真是无人能及！”

他说到这里，医生打断了他的话，对布鲁诺说：

“和聪明人谈话，交朋友，真是太妙了！谁能像这位可敬的先生那样，一下子把我的心事看得一清二楚！这一点，您也不能一下子就做到呀。以前您对我说，布法尔马科喜欢同聪明人打交道，当时我是怎么对你说的？你看我做到了没有？”

布鲁诺说：“比原来想象的还要好！”

这时大夫又对布法尔马科说：“要是你在博洛尼亚碰上了我，你对我的评价肯定又会不同呢！那里不论是什么人，不管是医生还是学者，提起我的口才，个个都心悦诚服，佩服得五体投地呢。不但如此，只要我说一句话，就会逗得他们哈哈大笑，欣喜若狂。我走的时候，他们都伤心得要哭出来了，每个人都请求我留下，甚至要我一直留在那里，请我替那些学生讲授医学。不过我不愿意，因为我要继承家里一大笔遗产，所以我才回来了。”

接着布鲁诺对布法尔马科说：

“我以前说给你听，你还不相信我呢。现在你看怎么样，天真的知道呀！在这一带，再也找不到第二个对驴尿有这么深研究的医生来。即使你从这里一直找到巴黎的凯旋门，也不见得能找到。哎，这回就帮他一个忙吧，别再三推辞了！”

医生说：“布鲁诺说得对，不过这里没有人赏识我呀。你们佛罗伦萨人有些粗野，我多希望能让你们看到以前我跟那些医生经常在一起时的情景啊。”

于是布法尔马科说：“非常正确，大夫。您知识渊博，完全出乎我的意料！因此，在您那样聪明的人身上，我将引用一句人们惯常说的俗语：‘细细为君言，余务必介绍君入会无疑’。”

医生听了这番承诺，对他们两人更加殷勤起来。两人对此引以为乐，于是搜肠刮肚地想世界上的种种傻事，想如何戏弄他一番。最后他们答应让奇维拉丽伯爵夫人做那个医生的情妇，并说她是有史以来人间最美的尤物。

医生又问伯爵夫人到底是怎样一位女人，于是布法尔马科说：

“我的傻瓜，她是一位一般的贵妇，她有至高无上的统治权，别人姑且不论，就连圣方济各会的那些修士们，也要拿出一些贵重的礼物来孝敬她。我还可以告诉您，尽管她平时极少出门，但不管走到哪儿，周围的人们都会闻到她的气味，知道她来了。不久以前，她曾经从您家大门口经过，到阿诺河去洗洗脚，呼吸几口新鲜的空气呢。她经常住在拉泰里纳。她的一些近身官员，都常带着清洗工具上她那儿去朝拜她。她手下的许多大臣，几乎到处都可以见到，我想这些都是您的熟人，如塔马宁·德拉·波尔塔、唐·梅塔、马尼科·迪·斯科帕、罗·斯夸凯拉等人。如果我们走得正确，那位贵妇人很快就会投进您温柔的怀抱，您索性把卡卡温奇丽那个姑娘忘了吧。”

那个医生生长在博洛尼亚，根本听不懂他们的那套词汇，所以口口声声说对那个女人十分满意。这场谈话后不久，那个画家就告诉他，他已被收纳了，能够入会了。到了那个团体聚会的当天晚上，大夫又请他们上去吃晚饭。饭后，他问二人入会的办法，布法尔马科听后就说：

“大夫，是这样的，首先您要有足够的信心，如果信心不足就会碰到很多麻烦，而且对我们很不利。请您听着，您做这件事时一定要鼓足勇气。今天夜里天黑下来，大伙儿刚睡着的时候，您就得想办法到圣玛丽娅·诺维拉教堂外面的墓穴那儿，那些墓穴不久前才完工，都是用浅浮雕的大理石做的。因为您是第一次赴会，您得穿上一件亮丽的袍子，在众人面前应当显得体面一些。还有，据说（当时我们不在场）因为您是一位绅士，伯爵夫人打算用她的钱替您买一个‘侵浴’骑士的爵位。您就在那边等一会儿吧，我们会派人来接您的。

“我看还是把各个情节统统向您交代清楚吧。那时，有一只头上长角的黑色野兽向您走来，它并不怎么高大，走来时，会在您前面的那块空地上大声吼叫，还会跳来跳去，恐吓您。可是只要您不害怕，它就会慢慢走到您的身旁，您不必惊慌，尽管骑上去，一定不要念叨天主或圣徒之类的称号。待您骑上以后，举止应当得体，也就是说双臂交叉，双手放在胸前，别去碰那头野兽。这样它就会乖乖地驮着您走，把您送到我们那儿。不过要是您在那时念叨起天主或圣徒来，或者心里害怕，那头野兽就会把您摔下来，或者让您在一个什么地方撞到，那会让您很难受。所以，要是您没有勇气，还没拿定主意，就不要来吧，免得既害了您自己，又对我们没有一点好处。”

医生接着说：“看来你们不了解我。可能因为我戴了手套，穿着长袍，所以才会这样看我。如果你们知道我在博洛尼亚时夜里干的那些事，就是说有时我跟我的一些女朋友在夜里闲逛，就不会那样说了。我在天主面前说句实话：有一天夜里，有那么一个瘦得可怜，还没有掌尺高的姑娘，她不肯跟着我们走，于是我先打了她几个耳光，然后一把抓住了她，把她摔到老远老远的地方，叫她不得不跟我们一块儿走。我记得还有一回，晚钟刚刚响过，我从圣方济各会修士的一个墓园旁边走过，那儿曾在当天葬了一个女人，我身边只带着一个仆从，可我一点儿也不害怕。所以你们尽管放心，我不但胆大如虎，还很健壮。另外为了给你们脸上增添光彩，我要穿上我得到医学博士学位时的那件大红袍，让你们瞧瞧，大伙儿见到我时一定会大加赞美，用不了多久就会让我做首领的。我还没有见到那位伯爵夫人，她就那么迷恋我，要让我取得‘侵浴骑士’的爵位，一旦我到了你们那儿，你们就有好戏可看啦！也许我配不上骑士这个头衔吧？我的一举一动显得丑还是美？你们让我上场来表演一番吧！”

布法尔马科听了说：“您说得太妙了。不过当心别戏弄我们，我们派人来接您，您可一定得去，别让我们在那边找不到您。现在天气这么冷，你们这些大医师对自己的贵体又是那么在意，我担心你晚上不去。”

“苍天在上！”医生说，“我可不是那种冻死鬼，我并不怕冷啊。有几次，我在夜里像常人那样起床大小便，在紧身外衣上面只加了一件皮袍，你们放心，我准会到那边去的。”

于是两个画家告别了他，夜幕降临时，大夫找一个理由瞒过了妻子，偷偷找出一件漂亮而时髦的袍子，披在身上，来到了上面已经交代过的其中的一个墓穴。天气很冷，他在墓穴的大理石上面缩着身子，开始等待野兽的到来。

再说布法尔马科，他本是一个身材魁梧而又十分健壮的人，此刻他设法找出了过去人们游戏时经常使用（如今已废弃不用）的一个面具戴上，又反穿上一件黑色的皮外套，把自己装扮成一头黑熊，面具是一张魔鬼的脸，头上还长了角。装扮成这副模样后，他就去圣玛丽娅·诺维拉的新广场，布鲁诺也跟着他一起去凑热闹。他见大夫已在那边等候，便在广场上蹦来蹦去，做出种种疯疯癫癫的动作，时而尖声叫嚷，时而大声咆哮，好像着了魔似的。

那大夫的胆子原比兔子还小，听到这些怪声，再看到这番景象，早已吓得毛骨悚然，浑身哆嗦。这时他才懊悔自己到这里来，还不如待在家里。不过既然来了，只得硬着头皮壮起胆子，咬紧牙关去看看别人对他说过的种种奇迹。布法尔马科疯疯癫癫地闹了一阵子后，便装出平静下来的模样，走到大夫待着的那座墓穴前面，站在那儿纹丝不动。

此时大夫正吓得瑟瑟发抖，不知如何是好，是跨上兽背呢，还是就让这件事就此结束。终于后一种恐惧驱散了前一种恐惧，他走下坟墓，低声说："天主保佑我！"于是骑了上去，这会儿能适应了。可依然浑身哆嗦，又按照他们原来的嘱咐交叉着双手。

于是布法尔马科背着他慢慢地朝圣玛丽娅·德拉·斯卡拉方向爬去，一直爬到里波利女修道院附近的地方。那时候，这一带沟渠很多，庄稼汉们常把粪便倒在这里，供肥田之用。布法尔马科走近这个地方时，便走到一条沟边，抓住恰当的时机，握住医生的一只脚，把他从背上摔下来，四脚朝天地栽进沟渠里。接着他一面咆哮，一面跳跃，横冲直撞地沿着圣玛丽娅·德拉·斯卡拉向奥尼桑蒂草地跑去。在那里他遇上了布鲁诺，原来布鲁诺看到刚才这番景象忍俊不禁，也赶到这儿来了。两人眉飞色舞，站在远处望着那个满身污泥的医生，看他到底怎么办。

那个大医师看到自己落到如此狼狈的境地，便竭力挣扎，想从沟里爬出来。他一会儿跌倒在这儿，一会儿又翻倒在那儿，从头到脚全沾满了污浆，不禁暗暗叫苦，自认倒霉。他在沟里咽了好几口脏东西，之后才爬出来，头巾也丢了。他除了用双手抹来抹去之外，也想不出更好的办法，真是一筹莫展，回到家里，好久才把门敲开。

当他带着一身臭气还没有进屋子时，布鲁诺和布法尔马科就已经赶到了，原来他们是想来听听大夫回家后他妻子怎样对他。两人站在门外偷听，只听妻子把那个男人骂得狗血喷头，说：

“嘿，你像个什么东西！准是找别的女人去了，还穿起这件大红袍来，即使抖威风，我还不能叫你满足吗？你这浑蛋，即使全教区里的男人都过来，我也应付得了，别说是你啦！他们把你扔到那种地方去，怎么不把你淹死呢？你这个顶呱呱的医生呀，自己有老婆，深更半夜还要去找别的女人！”

那女人用诸如此类的话喋喋不休地侮辱他，一面骂，一面叫医生从头到脚洗身子，就这样一直到半夜。

第二天早晨，布鲁诺和布法尔马科先故意在皮肉上涂了许多青斑，让人觉得他们仿佛刚被人打过似的。然后他们来到医生家里，听说他已经起床，就走进屋去。还没进门就发觉满屋都是臭气，他还没有洗干净。医生见二人前来，就迎上前去，向他们说声早安，可是布鲁诺和布法尔马科按照事先议定的办法，装出一副气鼓鼓的神态，回答说：

“我们不向您道早安了！但愿天主叫您吃尽苦头，死在刀剑之下！你这个天下最无信义的叛贼！我们绞尽脑汁，想给您增添光彩和快乐，由于你不守信用，我们险些像狗一般丢了命。我们昨夜被人家狠狠揍了一顿，一匹驴子从这儿到罗马，也不过挨了那么多鞭子。而且，为了安排您入会，我们自己差点儿被开除了。请看看我们的皮肉是一副什么样子吧！”说罢他们就解开了衣服。在黯淡的光线下，他们给他看了看涂过青斑的胸膛，随即把衣服扣好。

医生想为自己辩解，于是向他们诉说了自己的遭遇，并说自己是如何以及在哪个地方摔下去的。布法尔马科听了后说：

“我恨不得那头怪物把你从桥上摔到阿诺河里去呢！干吗您要

想起天主和圣徒来呢？我们不是事先嘱托过你吗？”

医生说：“天主在上，我并没有想起他们呀。”

“什么！”布法尔马科说，“您没有想起他们吗？您对他们可真是念念不忘呀。我的使者告诉我，当时您浑身抖得像一根木棍似的，不知道坐在哪儿才好。您干的好事！只希望您以后不要这样对待别人，否则你会得到报应的。”

故事十

我们不用问女王这个故事到底逗得女郎们笑了多少次，她们中间没有一个不笑得前俯后仰，眼睛里涌出泪水。她的故事讲完以后，迪奥内奥知道轮到自己了，便接下去讲道：

亮丽的姑娘，某些人在施展阴谋诡计欺弄别人时，他们的手段越阴险，我们越应该用精细的策略来针锋相对。你们大家讲过的那些故事都很精彩很动人，但我还是想再讲一个，这个故事比你们已讲过的那些故事都更令人叫绝，这个故事中的那个女人是一个捉弄人的能手，比你们讲过的任何一个受捉弄的角色都技高一筹，但她最终还是上了别人的当。话说过去有这么一种惯例，也许这种惯例到现在依然保持着，所有客商的货物卸完之后，都得寄存在一个和货栈一样的地方。这些地方有的是民办的，有的为当地官员所掌握。商人们在那里存放货物，再用钥匙锁好；以后海关管理人员将货物登入账册，客商将一部分或全部货物提出时，往往根据这种

账册并参照他们获悉的行情，去洽谈生意，做各式各样的交易和买卖。

西西里岛的巴勒莫地方，也和其他地区一样，按照上述惯例办事。那个地方不论过去和现在，都有很多十分漂亮但却道德低下的女人，如果不了解她们，会误认为她们是品性高雅的大家闺秀。他们坑骗男人时就到海关的簿册上去查明他们的底牌：他手里究竟有多少货物，值多少钱。然后就用自己的色相和甜言蜜语，向这些商人献媚，千方百计地勾引他们，使他们堕入爱河。许多人都掉入了这个圈套，有的损失了好多财货；有的落得倾家荡产；有的连货带船全部失掉，甚至性命不保。这帮女理发师，用起剃刀来真有一手呢。

话说不久以前，有一个年轻的佛罗伦萨人奉主人之命，来到巴勒莫。他名叫尼科洛·达尼亚诺，不过人家都叫他萨拉巴埃托。他在萨拉诺市场上搞到了一批价值五百金弗罗林的毛织品后，在海关里交了包装税后，就带到那边去，直接到城里玩乐去了。把货物寄存在仓库里，并不急于出售。

这小伙子长得很帅，皮肤白皙，一头金发，可谓仪表堂堂。事有凑巧，当时有个干这勾当的女人自称为扬科费奥蕾夫人，打听到他的一些情况以后，就和他眉目传情。他自然心领神会，把她看作是一位贵妇人，同时认为自己的俊美已博得了她的欢心，一心一意想偷偷跟她勾搭上，但他并没在别人面前提这件事，只是在女人的屋子附近晃荡。那女人也会意了，在对他频抛媚眼并燃起了他的热情以后，就装出一副苦苦相思的神态，暗中派一个善于拉皮条的女佣人上他那儿去。女佣人同他谈了好一阵子，就含着眼泪对他说，她的主人迷上了他，因为他长得这么秀美动人，风流潇洒，她为此整日心神不宁。因此，如果他愿意，期盼他务必到一个浴室里去幽会。说完这些话后，她就从衣袋里取出一枚戒指，代表女主人送给他。

萨拉巴埃托听了这话，真是欣喜若狂，于是接过戒指，揉揉眼睛细细察看，还吻了几下，然后戴在手指上，又对那个女佣人说，扬科费奥蕾夫人既然爱上了他，他一定好好报答，因为他爱她甚于爱自己的生命，只要夫人高兴，他随时愿意上她那儿去。

那牵线的女佣人回去以后，就把小伙子的话告诉了夫人，然后又立刻回来告诉萨拉巴埃托，明晚在哪个浴室里等候。到了约定的时辰，小伙子就赶到那边，发觉浴室已由那个女人租好了。没多久来了两名婢女，一个头上顶着一幅华丽宽大的棉垫，另一个顶着一个硕大无比的桶，里面装满了各种东西。她们把棉垫放在浴室里的一张床上，再在垫子上铺了一对绣得非常精致的缎子被，又在被上铺了一条雪白的细布床单，然后摆上一对绣得极其精美的枕头。接着两个婢女脱下衣服，走到浴池里，把浴池洗得一干二净。

不一会儿，夫人也来到浴室，身边另带了两名侍婢。她一见到萨拉巴埃托，就眉飞色舞地跟他打起招呼来，接着长吁短叹，还不住地拥抱他，亲吻他，然后说：

“除了你以外，还没有人能把我挑逗到这种地步！你这个托斯卡纳的小亲亲啊，竟然在我心头燃起了这么一团烈火！”随后小伙子顺着那女人的意旨，两个人一起脱光了衣服，走进浴池里，两名婢女也跟着他们。在浴池里，夫人不许她们动手，亲自用麝香和丁香肥皂把萨拉巴埃托从头到脚彻彻底底地洗了一遍，随后叫那两个侍婢替自己擦洗一番。洗好以后，婢女们拿来两条用玫瑰花的香味熏过、洁白柔软的被单，顿时香气扑鼻，一条裹在萨拉巴埃托身上，另一条裹在那女人身上，然后把他们一齐抬到床上，等他们不再流汗时，婢女们便揭开他们身上的被子，让两人赤裸裸地躺着。然后，婢女们又从篮子里取出一些特别精致的用银子做的香水瓶，里面有的盛满了玫瑰香水，有的盛满了桃花香水，有的是茉莉花香水，有的则是橙花香水。婢女们把这些香水全洒在他们身上，然后又端出几盒甜食和名贵的葡萄酒，供他们享用。

此时萨拉巴埃托觉得好像置身于天堂，不可思议地盯着那个女人，她长得确实美极了。他觉得时间实在太慢，恨不得那两个婢女立刻走开，他能早些投入她的怀抱。在他看来，他好像已等了好几百年了。后来女人遣退了婢女，浴室里只留下一盏灯。于是她搂住了萨拉巴埃托，他也抱住了她，尽情欢愉了好长时间。萨拉巴埃托觉得夫人已把全部的爱倾注到他身上，感到无限的欣慰和满足。

又过了一会儿，夫人认为应当起床了，便把婢女们叫来。他们穿好了衣服，又喝了些酒，吃了些点心提神，并用香水洗了脸和手。夫人准备离开时，对萨拉巴埃托说道：“要是你愿意，今晚就请你到我家吃晚饭，和我一起过夜，这对我来说将是莫大的荣幸。”

萨拉巴埃托已经被她百媚千娇的容貌和甜言蜜语迷住了，认为她会像心肝宝贝儿一样疼爱他，当即答道：

“夫人，只要是你愿意的事情，我都是愿意效劳。不论何时，我都愿意按您的心意办事，您指派我做什么，我就做什么。”于是夫人回到家中，叫下人把自己的卧室装点了一番，精致的家具，华美的衣服，都一一陈列出来，还叫仆人准备了一顿极其丰盛的晚餐，等待萨拉巴埃托到来。夜幕降临，那小伙子欣然赴约，夫人兴高采烈地接待了他，晚餐在十分快乐的气氛中进行，佣仆们也侍候得非常周到。吃完饭二人步入卧室，小伙子闻到一股扑鼻的异香，又见床上按照塞浦路斯人的习俗，摆放着各种各样的玩具鸟，鸟的身上发出浓郁的香气。他又看到那张华丽无比的床，床柱上挂着许多美丽的衣服。所有这些装潢和摆设，没有一件不使那小伙子觉得她准是一位富有的贵妇。尽管他听到有人私下里对他说，她不是什么贵妇人，但他一点也不愿相信。即使他相信了人家的话，认为有些男子已经上当受骗，但他无论如何也不会相信，他会遭受同样的苦难。那天夜里他和她睡在一起，真是其乐无穷，他只觉得自己的爱情之火烧得更旺了。

第二天早晨，夫人送给他一条上面结着一只漂亮的钱包的精美绝伦的银带，帮他系在腰上，她对他说：“我亲爱的萨拉巴埃托，我今生今世也忘不了你。我的身心已完全属于你，愿听从你的摆布。我家里的东西也好，我本人也好，都可以任你支配。”

萨拉巴埃托高兴极了，又拥抱她、亲吻她一番后，才走出了那女人的家门，到客商们经常集会的地方去了。以后，那商人经常和她来往，没花一个子儿，因此越来越迷恋她了。不久，他卖掉了一些衣料，赚了大钱，那女人立即从别处打探到这个消息。这天晚上，萨拉巴埃托又上她那儿，跟她聊天、拥抱亲吻，欲火烧得如此热烈，似乎恨不得为了爱情而死在她的怀抱里。那女人又想送他两只精美无比的银杯，但萨拉巴埃托不肯接受，因为他先后已接收了她三十弗罗林金币的礼物，而她却没有让他花上一文钱的银币。那位夫人对他如此痴情，这么慷慨，他真为她而神魂颠倒了。按照那女人事先的安排，一名婢女走了进来，把女主人叫出房去。不一会儿，她就哭哭啼啼地回来了，一下子倒在床上，泪如雨下，哭得伤心透顶，仿佛是世间最可怜的女人。萨拉巴埃托非常吃惊，赶忙把她抱了起来，不由心疼得落下泪来，他问道："唉，我的心肝宝贝儿，您怎么一下子变成这个样子？您这样伤心，究竟是什么原因？唉，我的小宝贝儿，快告诉我吧。"

那夫人经不起他再三恳求，就开口说：

"哎哟，亲爱的先生，这事我不知从哪里说起才好，也不知道该怎么办呀！我刚才接到我弟弟从墨西哥寄来的一封信，要我把所有的家产都卖掉当掉，在八天之内凑足一千枚弗罗林金币寄给他，不然他的脑袋就要被砍了。我真不知道如何是好，在这么短的时间里，我怎么能搞到这么一大笔款子呢？要是他给我十五天期限，或者我可以卖掉一个庄园，还可以在别处想办法，即使再多的钱也行；现在可来不及了，我真怕听到关于我弟弟的不幸消息！还不如一死了之。"她说这些话时，一面装出悲恸欲绝的模样，一面依旧哭个不停。

萨拉巴埃托已被爱情的火焰迷住了心窍，见她泪流满面，言词又十分恳切，当即信以为真，当即说："夫人呀，我虽然没法给您一千弗罗林金币，但可以借给您五百，您只要在十五天之内还我就行了。算您运气好，我昨天刚把那些布料卖掉，不然我也是一个子儿都没有。”

“天哪！”那女人嚷道，“难道你还缺钱吗？那你干吗不早些对我说呢？我虽然拿不出一千来，一百两百总能给你凑出来。听到你这么说，我真没有勇气来接受你对我的一番好意了。”

萨拉巴埃托听了这些话，更加感动，便说：

“夫人，您千万别因此而推辞，如果我像您那样急需钱用，我就早向您提出了。”

“天哪！”夫人说，“我的萨拉巴埃托，现在我明白你对我真是一片痴心，而且全心全意地爱着我呢。所以当我需要这么一大笔钱的时候，你不等我开口，就慷慨地帮助我。说真的，即使没有这件事，我也早已属于你了；现在，我要全心全意地爱你了。你救了我弟弟的命，我一辈子都要感激你呀！要知道，我真不愿用你这笔钱，我知道你是一个商人，商人做什么事都得用钱，可是我真是走投无路，但我相信一定有办法还给你，所以才借用一下。至于缺少的部分，如果一下子想不出办法来，那只好把我所有的东西拿去抵押再说。”说罢，她就依偎在萨拉巴埃托身上，痛哭流涕。

萨拉巴埃托安抚她，同她一起过夜。不用她再说，他就把五百弗罗林金币给了她，表示自己是多么慷慨大方，唯命是从。那女人拿了这笔钱，眼睛在流泪，心却在笑，而萨拉巴埃托却没有想到会被她欺骗。

女人拿到了那笔钱后，态度就开始变了。以前，只要萨拉巴埃托高兴，随时可以去找那个女人，如今她总有种种理由，让他见不到自己。见面时，她也不像过去那样笑脸迎人，温存体贴，兴味无穷了。一二个月过去了，他见她仍不还钱，便向她提起这件事，她只是推脱了事。这时萨拉巴埃托才看穿了那个坏女人的阴谋诡计，怪自己太没有头脑，可他也清楚，此时对她无可奈何，因为这笔借款既没有笔据，又没有人证。因为人家早已提醒过他，叫他提防这种女人。他不好意思在别人面前诉苦，怕别人嘲笑他，这回他受女人捉弄，完全是自己愚蠢糊涂，可谓咎由自取。他为自己的愚蠢伤心透顶。此时他已接到东家们好几封信，叫他把货物脱手，把钱寄给他们；为了不让他们知道自己被骗了钱财，便决定一走了事。他登上一条小船，未按原定计划回到比萨，而是开往那不勒斯。

当时那不勒斯城里住着我们的一位乡亲，名叫皮耶德罗·德洛·卡尼贾诺，他是君士坦丁堡女王的司库，才智过人，精明能干，和萨拉巴埃托一家情谊深厚。卡尼贾诺为人极其谨慎，萨拉巴埃托把他视为知己。他在那里黯然伤神，没几天就把自己所做的事和不幸的遭遇对他说了，而且请他想办法，并求他帮助自己在那不勒斯谋个生计，表示自己一辈子也不打算回佛罗伦萨了。

卡尼贾诺听了他的经历后十分难过，对他说：

“你这件事做得不对，行为不够端正，对东家又不讲信用，一下把那么多钱花在风月场中了！不过现在悔恨又有什么用呢？还是想一些补救的办法吧。”

他本就是一个聪明人，很快就想出一个对策来。萨拉巴埃托听了这条计策后十分快乐，准备冒风险按计划行事。

萨拉巴埃托手上本还有一些钱，卡尼贾诺又借了些钱给他，于是他搞到了好多包捆缚得很紧的苎麻，又买了二十多只油桶，装满了各种东西后，就又启程到巴勒莫去。到那里后，就把包扎好的货物全交给海关，然后标明各个桶的价格，填好清单，以他的名义入账，再存入仓库。同时他声明这批货暂且存着不动，等另一批货物到了以后一起出售。

扬科费奥蕾夫人打探到这一消息，又听说他这次带来的货物价值二千弗罗林金币，甚至还要多些；而另一批将要运到的货物却值三千金币以上，于是她暗暗后悔上次要的钱实在太少，就准备把五百金币还他，以便把他现有的五千金币都骗进来。因此她又派人去找萨拉巴埃托了。

萨拉巴埃托心怀叵测地前去赴约，那女人假装完全不知道他这一回带来了些什么，眉飞色舞、亲亲热热地说：

“哎哟，上次的钱没有如期还你，一定惹你生气了……”

萨拉巴埃托笑呵呵地说：

“夫人，这件事我确实不大高兴。不过我想博得您的青睐，即使把心挖出来献给您也心甘情愿。我要您听我说，我并没生您的气，我多么爱你呀，因此我变卖了大部分产业，得了价值两千多弗罗林金币的货物来到这儿，还有价值三千多金币的货物不久将从西方运来。我打算在这地方开一家商号，定居下来，为了经常看到您的芳容，我最好一天到晚跟您卿卿我我，相亲相爱，这比跟任何人在一起都要美妙呢。”

那女人听后说：“瞧你，萨拉巴埃托，所有对你有利的事，我都是很乐意的。你打算回到这里，在这儿定居，这太令我高兴了，因为我也希望跟你能长相厮守。不过我要你稍稍原谅我一下，因为你上次走的时候，有几回你想来而没有来成；有几回你来了，却没有像过去那样相聚得那么欢愉。更糟糕的是，我没有在约定的期限把钱还给你。你得知道，当时我伤心欲绝，悲痛难当。不论谁处在我那样的境地，也不会再有什么心情去和颜悦色地侍候她的情人了，不管她多么爱他。你也得知道，一个女人要搞到一千弗罗林金币，是多么困难。欠我债的那些人，说的话都不算数，不遵守诺言，逼得我只得向别人说谎了。因此我没有还你的钱，这是别人的过错。可是你离开后不久，我的债就收完了，因为不知你的去向，找不到你，我无法寄给你，就只好把这笔钱保存起来了。”

说罢，她就找到一个钱袋，里面果然有以前她借去的那些钱币。她把钱放在他手里，对他说：

“请你数一下，是不是五百。”

萨拉巴埃托喜上眉梢，数了一下，正好是五百金币，便回答她说：

“夫人，我相信您说的每句话都是真的，您现在的所作所为已足以说明您对我是一片真心。凭着您的这片心意和我对您的这份情爱，不论您需要多少钱，只要我办得到，我都遵命。既然我准备在这里安顿下来，您完全可以考验我一番呀。”

于是萨拉巴埃托又跟她亲热起来，重新和她来往。她对他又大献殷勤，百般温存，装出百媚千娇的姿态。

但是萨拉巴埃托对她的诡计早已看在心里，所以要以牙还牙地惩罚她一下。有一天她派人请他去吃晚餐，并到她家过夜，他去时显得愁容满而，悲痛欲绝，好像不久于人世似的。扬科费奥蕾拥抱他，亲吻他，问他为什么这样闷闷不乐。她苦苦地问了好久，他才答道：

“一切都完了。我指望货物快些运来的那条船，全被摩纳哥的海盗劫走了。他们索取一万弗罗林金币作为赎金，我得付一千弗罗林，而现在我却一无所有。你还给我的那五百元，我当时就寄到那不勒斯去买布了。如今市面上行情不好，即使把手里的货物抛出，也卖不到二成的钱，我在这里人地生疏，又有谁能帮我呢，我真是束手无策，无计可施了，如果不把赎金马上交出去，那批货物就会被海盗带到摩纳哥，那时我什么都得不到了。”

那女人听了十分愤怒，只怕什么都得不到，便暗自琢磨，有什么办法才不致使那批货运到摩纳哥去。想了好几天，便开口说：

“你无法想象我的痛苦，因为我是多么爱你呀。可是这样伤心又有何用？如果我有这么多的钱，天主在上，我可以立刻借给你，可惜我没有呀。但我知道，这里有这么一个人，过去我缺少五百金币，曾经向他借过。不过他是放高利贷的，至少要百分之三十的利息。况且向那个人借钱，还得拿东西去抵押，只要他肯借，我准备拿我所有的东西和我这个人去抵押。以便为你效劳，可是其余的部分，你拿什么担保呢？”

萨拉巴埃托看出了那女人说这话的目的，而且知道借这笔钱给他的正是她本人，此事正中他的下怀，连忙向她道谢，随后又说，既然此事出于无奈，哪怕利息再高些也得借呀。他接着说，他可以拿海关里的货物作为抵押，货物准备过户给借债给他的人，不过仓库的钥匙仍得由他自己保管，对方想看货时，他得陪着去，免得货物让人变动、掉换或做手脚。

女人听了这番话后认为他说得好，抵押的办法也不错。于是第二天，她请了一位很信得过的掮客去他家，把此事一五一十地告诉了他，并交给他一千弗罗林金币。掮客把一千金币借给了萨拉巴埃托，同时把萨拉巴埃托存在海关里的那批货物过了户，双方相互写了笔据，立了契约，谈妥以后，才分别去办其他的事。

此事办完后，萨拉巴埃托以最快的速度登上一条小船，带上一千五百弗罗林金币，回到那不勒斯，上皮耶德罗·德洛·卡尼贾诺家里去了。到那不勒斯后，他就把该给东家的布款全部寄到佛罗伦萨，又还清了皮耶德罗和其他友人的债务，然后，他和卡尼贾诺又把那西西里女人受骗上当的事取笑了好几天，好不快乐，他不想再做生意了，便到弗拉拉过日子。

再说扬科费奥蕾这之后在巴勒莫就再没见到萨拉巴埃托，开始感到有些蹊跷，后来就怀疑起来。等了两个月仍不见他的踪影，便叫那个掮客去打开仓库。他先去摸摸油桶，以为里面装满了油，谁知看到的却全是海水，只是每桶水的表面上漂着一层油罢了。接着解开一包包货物，只见里面除了两捆布外，其余全是苎麻。总之，这些东西的全部价值还不到两百弗罗林金币呢。

此时扬科费奥蕾才知道自己上当了，不禁痛哭流涕。她不但把五百金币还了他，还赔上了一千金币。以后她经常对人说："跟托斯卡纳人打交道，必须谨慎小心，否则就会上当。"那女人就是这样既损失了金钱，又上了当。这时她才明白，不只是她会玩诡计，有人比她更高明，真是一报还一报。

迪奥内奥故事讲完时，劳蕾塔知道自己女王的任期也已满了，便对皮耶德罗·卡尼贾诺称颂一番，说他的主意出得好，效果好，又说萨拉巴埃托很聪明，能够不折不扣地按计划办事。说完她摘下王冠，把它戴在埃米莉亚头上，柔声细语地说：

“姐姐，现在你当选女王了，是不是觉得另有一种风情，不过咱们总算有一位漂亮的女王喽。希望你的政绩能和你的美貌相称。”说完后就回到了座位上。

埃米莉亚有点儿害羞，这倒不是因为她当选了女王，而是因为听到劳蕾塔当众称赞她。女人们总是最爱听到别人夸奖自己美貌。这时她的脸像黎明时刚刚开放的玫瑰花一样绯红。低垂了一会儿眸子，待脸上的红晕消退了，她才和总管一起安排大伙儿的活动，她接着说：

“可爱的姑娘们，我们都知道，牛儿套着轭子劳累了半天，也得松松轭，让它自由自在地在林子里找它最喜欢的地方去吃草。我们这里看到的，是草木葱茏、枝繁叶茂的花园，和只有橡树生长的林子相比，不但不逊色，而且美丽得多。这些天，我们所讲的故事都受到特定题材的约束，我认为现在还是有必要改变一下，这样我们就可以重新振作起来，再套上轭子工作，这样不但效果显著，而且十分合适。因此，明天你们讲故事时，我希望你们不拘一格，随心所欲地讲述，爱讲什么就讲什么。我深信，故事的题材多种多样，比限定在一个题材更富有风趣；要是这一点做到了，那么以后继承我王位的人，在经过这段时间的休整后，执行他们的法规时就更便利了。”说完这席话，她就让大家自由活动，到晚饭时再聚。

大家非常赞同女王的话，认为她是个贤明的女王，于是站起身分散开了，各自玩乐。女郎们有的去编织花环，有的在嬉戏；小伙子们或是玩牌，或是唱歌，就这样一直玩到吃晚饭的时刻。吃饭的时间到了，大家聚集在美丽的喷水池周围，非常愉快地吃了一顿晚餐。饭后按照惯例，载歌载舞，快活了好久。最后，女王还是遵从前人的规矩，吩咐潘菲洛唱一支歌，于是潘菲洛爽爽朗朗地开始唱起歌来：

爱神啊，我在你的怀抱中

感受到那么多的喜悦和欢愉……

潘菲洛的歌唱完了。大家虽然应和着，但仍聚精会神地倾听着他的歌词，而且在努力猜测他曲调中的弦外之音。尽管众人东猜西想，却没有一个猜出其中的真正涵义。女王见潘菲洛唱完了歌，而小伙子和女郎们都想休息一会儿，便吩咐他们去睡觉。

第九天

黑夜退去，晨曦初现，星星密布的天空一片淡蓝，草地上的小花闪着莹莹露光，亭亭玉立。这时，埃米莉亚起床了，叫起女伴和小伙子们。在女王的带领下，大家走出屋子，悠闲地向不远处的一片林子走去。林子里，他们看到许多动物，有小羊、麋鹿，以及其他野兽，这些动物看到人来依然如故，温驯可爱，这也许是因为它们看准猎人不会再向它们开枪射击。如果没有这场瘟疫，它们就不会这样了。这帮男女一会儿走近这只山羊，一会儿靠近那头麋鹿，尽情嬉弄，赶得它们四处奔跑跳跃，感到很有趣。烈日当空，周围渐渐炽热起来，大家都觉得该返回了。他们一路走来，头戴橡叶花冠，手拿香草鲜花，如果当时有谁遇到他们，一定会说：这些人定会安康长寿，你看即使到了生命的最后关头，他们依然愉快自若。

就这样，大家一路欢声笑语，回到别墅。别墅里已经拾掇得有条不紊、整洁干净，大家都觉得亲切祥和，个个兴高采烈。他们先休息了一会儿，几个青年和女郎又唱了六支喜气洋洋的歌曲，笑声一浪高过一浪。唱完后，大家洗了洗手，总管遵照女王的吩咐引

导他们就座。饭菜端上来后，个个吃得津津有味。吃完饭后，大家又载歌载舞，尽情欢乐，直到女王下令，才解散回到各自的房间休息。

到讲故事的时刻了，大家集合到讲故事的地方。女王看着菲洛梅娜说，今天的故事她第一个来讲。菲洛梅娜一笑领命，开始讲起她的故事来：

故事一

女王，在这样一个自在随意的地方——这当然是托大家的福，承蒙您厚爱，让我第一个讲故事，我很荣幸。希望我的故事能够抛砖引玉，使大家讲出更好的故事来。

诸位女士，我已经讲了很多故事，这些故事都彰显了爱情的巨大力量。可是我并不觉得在这方面我们已经讲得足够充分，我看即使我们不讲别的，专谈爱情，再讲上一年，也不一定讲得完。因此，我很愿意再给大家讲个故事，让大家了解爱情的力量有多么巨大，它不但能使情人不惜生命，而且能令他走进墓穴，拖出死尸；你们可以看到，一个智勇双全的女人如何摆脱两个她并不倾心的追求者。

在皮斯托亚城里，住着一位十分美丽的寡妇。有两个佛罗伦萨人，被放逐到了那里，一个叫里农乔·帕莱尔米尼，另一个叫亚历山德罗·基亚尔蒙特西，两个人不约而同地爱上了这位寡妇，尽管二人彼此都不知道。他俩各显神通，急迫地要讨到这个寡妇的欢心。

这个寡妇名叫弗朗切斯卡·德拉扎里，她经常接到两个人热烈的情书，狂热地求爱搅得她不得安宁。起初她还没有明确拒绝，总表现出愿意倾听他们那绵绵情话的样子，到了后来，两个人越陷越深，难以自拔。她决定彻底摆脱他们的纠缠，想出了一个妙主意。她要他们为她做一件事，她知道，两个人肯定会赴汤蹈火在所不惜的。这事虽然难办，可一旦他们干不成，那她就可以光明正大地将他们的情书弃之不顾。这就是她的如意算盘。

就在她寻思的当天，皮斯托亚城里死了一个人，他虽然出身于大户人家，可是无恶不作，臭名远扬，不仅如此，他长得崎丑无比，面目可憎，就是不认识他的人，初次见面也会感到害怕。他的尸体已经入土，埋在圣方济各会教堂外的坟地里。那个寡妇认为，这正是实行她的计谋的大好机会，于是就对女仆说：

“你知道，那两个佛罗伦萨人整天给我写信，苦苦纠缠，就是那个叫里农乔和叫亚历山德罗的，他们的信令我十分厌恶，而且还让我苦恼不已。这两个人我一个也不爱，早想设法摆脱他们了。他们都说过，为了我，可以赴汤蹈火，万死不辞，现在我就要考验考验他们，如果我要他们办一件根本就做不到的事就可以摆脱他们的纠缠了。你且听听我的妙计吧！

“你知道，今天上午，斯卡纳迪奥（是我们刚才提到的那个无赖）被葬到了圣方济各会教堂外的坟地。这个人不只是死了之后难看，就是活着的时候，世界上胆子最大的人见了，也会心惊肉跳。

你先偷偷告诉亚历山德罗：‘弗朗切斯卡夫人叫我来通知你，你千方百计地追求她，现在机会来了，只要你肯替她做一件事，你就会如愿以偿，随时能去找她。今天夜里，她的一个亲戚要把今天下葬的斯卡纳迪奥的尸体拖到她家里——原因你以后会明白的。在他活着的时候，夫人就怕见他，更何况他死了呢。因此，夫人想求你帮个大忙，到了晚上一更天的时候，你就钻进斯卡纳迪奥的墓穴，脱下他身上的衣服，穿在自己身上，躺在墓穴里别动，如果有人来把你拖走，你绝对不能动，不能哼一声，把你拖到夫人家里，她会在家中等你，你和她在一起爱待多久就待多久，至于别的事情她自会安排。’如果他一口答应，那样最好；如果他不肯答应，你就传我的话，叫他以后永远别来见我，既然他把自己的性命看得比什么都重，就不必再费心写什么情书之类的了。

“之后，你再到里农乔·帕莱尔米尼那里告诉他：‘弗朗切斯卡夫人叫我问候你，她说她愿意与你一起生活，只要你帮她一个大忙。今天上午，期卡纳迪奥入葬了，夫人要你今天半夜前往他的墓穴，无论看到什么，碰到什么，或者听到什么，你都别开口，只管把尸体悄悄扛到她家里，到时你就会明白她让你这样做的缘由，她会让你心满意足。如果你不乐意帮这个忙，从此以后你就再也不必给她写信，或者打发人去找她了。’”

女仆找到那两个男人，一字一句地传达夫人的嘱咐，两个人都满口答应，说是只要能博得她的欢心，别说是坟墓，就是地狱也可以走一趟。女仆回去禀告了主人，寡妇暗自发笑，等着瞧这两个人会不会痴心到无所畏惧。

夜幕降临。一更天时，亚历山德罗·基亚尔蒙特西只穿一件紧身衣，走出自己的家门，前往墓穴去冒充斯卡纳迪奥的尸体。他一路走着，心里一直在犹疑，对自己说：“咳，我真傻！我这是往哪儿去啊？会不会是她的亲戚已识破我在打她的主意，认为我们已经有了什么关系，逼她设了这么个圈套，以便在墓地将我杀死？如果真是这样，那可是神不知鬼不觉，没人会找他们麻烦。要么是我有了什么情敌，想用这种方法把我杀掉，除掉一个竞争对手？”他接着又想，“就算我这些想法不对，她的亲戚如果把我扛到了她的家里，我看他们也不会抱着斯卡迪纳奥的尸体，或者把尸体放在她的怀里。他们也许吃过他的亏，现在想在这尸体上出一口恶气。她关照我，无论如何，绝对不能动一下。可是，如果他们挖我的眼，拔我的牙，砍我的手，或者做其他类似的事，难道我也不能出声？我怎么能一声不吭呢？万一我开了口，他们就会认出我，我就会遭殃。就算他们不把我怎么样，我也占不到什么便宜，因为他们不会让我留在她的家里，而且她还会说，我没有按她的要求办事，到头来还是不能满足她的要求。”

他这样左思右想，差点改变主意，扭头往回走。但他的痴情以相反的理由和巨大的力量鼓舞他继续前进。他打开墓门，钻进墓穴，脱掉斯卡纳迪奥的尸衣，穿到自己身上，把墓门关上，躺到原来放着尸体的地方。这时，他不由自主地想起了死者生前的行为，想起了以前听人讲过的夜晚发生在死人墓葬以及别处可怕的事情。他越想越怕，不禁毛发耸然，仿佛斯卡纳迪奥随时会爬起来扼住他的脖子。

可是，在强烈的爱情力量的鼓舞下，他压下这些恐怖和疑虑，像一具死尸般躺在那里，听天由命。

再说里农乔，他看到已是半夜，便出门干夫人嘱咐的事情。一路上，思绪万千，想到可能发生的事：肩上扛着斯卡纳迪奥的尸体，会不会撞到巡逻手里，被当作男巫抓走，判处火刑；或者将来这件事万一传开，斯卡纳迪奥家人或其他什么人会不会找他算账。想着想着，他停下了脚步。可是他又想到："唉，我深爱这个女人，她第一次求我办事，我就拒绝她吗？况且事成之后，就可以得到她的爱情，怎能拒绝呢？既然答应了她，就是豁出命来，我也得干呀！"

于是，他又继续前行，终于来到墓前。他并未费什么力气就把墓门打开了。亚历山德罗听到动静，虽然十分害怕，但依旧一动不动。里农乔爬进墓穴，以为躺着的亚历山德罗就是那具死尸，抓住他的双脚，扛到肩上，朝那位可爱的女人的家里走去。一路上，他认为背的真是死人，所以根本不顾死活，一会儿碰到墙角，一会儿又撞到长凳上，在黑夜里磕磕碰碰的，连路都快认不清了。

就在里农乔快要来到那位可爱的女人的家门口时（她正和她的女仆站在窗口，瞧瞧里农乔是不是会把亚历山德罗拖来，同时早已准备好了一套说辞，好把来者打发走），恰巧街上正有几个巡逻埋伏在暗地里准备伏击一名盗贼。他们听到里农乔的脚步声说，立即点亮火把，看个究竟；一个个举枪持盾，齐声高喊："是谁？"里农乔一看是巡逻，来不及思索，扔下亚历山德罗，撒腿就跑。亚历山德罗穿着一身尸衣，虽然又肥又大，可动作并不慢，一骨碌爬起来，也没命地奔逃。

借着巡逻的火光，那女人清晰地看到，里农乔肩上扛着亚历山德罗，后者穿着斯卡纳迪奥的尸衣。她看到两个人真有勇气做出这种事来，大感意外。可是，当她看到两人逃跑时的狼狈样儿，觉得十分好笑。这幕喜剧就此收场，她心头的烦恼顿消，感谢天主替她驱逐了这两人的纠缠。她回到房间，对她的女仆说，毫无疑问，他们非常爱她，居然不折不扣地执行了她的吩咐。

里农乔十分伤感，抱怨自己运气太坏，却又不肯就此罢休。等那些巡逻走开之后，他回到扔下亚历山德罗的地方，想找到尸体再去邀功。可是他找不到，以为是那些巡逻给抬走了，只得自认倒霉，灰溜溜地回家去了。亚历山德罗不知扛他的人是谁，也不知下一步该怎么办，沮丧万分，也回家去了。

第二天早晨，人们发现斯卡纳迪奥的墓穴大开，尸体不知去向——原来亚历山德罗把尸体推到墓底去了，一时间皮斯托亚城变得沸沸扬扬，人们都说此人生前无恶不作，死后终于遭到报应，被魔鬼带走了。

故事二

菲洛梅娜讲完故事，大家都称颂那个女人，用智慧摆脱了她所不爱的男人的纠缠；相比之下，那两个男人如此行事，不是痴情，简直是发疯。女王和颜悦色地对埃丽莎说：“埃丽莎，你接着讲

吧。”于是埃丽莎讲道：

亲爱的女郎们，你们刚才听到，弗朗切斯卡夫人怎样凭着机智打消了她的烦恼，现在我讲个年轻修女的故事，一方面固然是由于吉星高照，另一方面也是凭一句机智的话，她摆脱了迫在眉睫的厄运。你们都知道，世上总有一些愚昧透顶的人，好为人师，一味地对别人指手画脚。可是，正如你们从我这个故事中所看到的，命运女神有时却偏要叫这种人出丑。有一个女修道院院长就这样出了丑，我要讲的那个修女就归她管束。

从前伦巴第地区有一所以圣洁和虔诚闻名的女修道院，院里的修女当中，有一个出身高贵、容颜美丽的少女，名叫伊莎贝塔。一天，她的家人前来探望她，她隔着格子窗同家人谈话，爱上了一个跟来的俊俏的小伙子。那小伙子看了她那脉脉含情的眼神，又见她长得如此漂亮，气韵有致，也爱上了她。但尽管彼此相爱，然而时间有限，好事难成，二人十分痛苦。不过既然你有情，我有意，就总会有办法，那小伙子终于发现了溜进院里来的一条秘密通道，和他爱慕的修女见了面。于是，小伙子不是只来一次，而是多次来和她相会，二人相处甚欢。

天长日久，难免出事。一天夜里，那小伙子离开伊莎贝塔时，被修道院的一个修女撞见了，幽会的两个男女却未曾发觉。那个修女把她的发现悄悄告诉了另外几个修女，起初她们建议她去向女院长告发。女院长名叫乌西姆巴尔达，被公认为是一位善良而圣洁的女人。后来她们认为最好还是让女院长当场把那个男子在伊莎贝塔的床上捉住，那个修女才无法耍赖。因此大家都不露声色，只在暗地里轮流监视，准备捉奸。

这样一来，伊莎贝塔便被蒙在鼓里。一天夜里，她照旧把情人接进自己房中，这一情况立即被监视的人看在眼里。她们认为时机已到，等到夜深人静，就分作两批，一批把守住伊莎贝塔的房门口，一批赶去敲女院长的房门，连声叫道："快，院长，快起来，我们看见伊莎贝塔房里有个男人！"

恰巧那天晚上，女院长正在与一个教士私通，原来那教士常躲在一个大箱子里，让人把他抬到女院长处。她听修女们敲门敲得这么急，只怕她们打开她的房门冲进来，所以急忙从床上跳起来，也不敢点灯，手忙脚乱地去穿衣服，慌乱中摸到了教士的内裤，以为是自己折好的头巾（她们叫作"萨尔特罗"），往头上一戴，匆匆忙忙地冲出房门，转身把房门一锁，问道：

"那个天主的女罪人在哪儿？"

那些修女们正乱哄哄地吵着，要去捉伊莎贝塔的奸，没有注意到女院长头上戴的是什么，簇拥着她来到伊莎贝塔的房间门口。在院长的带领下，七手八脚地把伊莎贝塔的房门强行推开，冲了进去，只见一对情人还在床上紧紧搂着。他们被这突如其来的袭击吓呆了，不知如何是好，竟一动不动。

伊莎贝塔立即被众修女拖起，在女院长的命令下，她被拖到大厅里。那小伙子待在房里，穿好衣服，静观事态的发展，如果她们对他的情人有什么伤害，他决不袖手旁观，必要时会抢走他的情人。

女院长来到大厅上坐定，众修女虎视眈眈地盯着那违犯清规戒律的人，开始厉声痛斥伊莎贝塔，骂她是个最下贱的女人，干下如此淫乱无耻的事，如果传扬出去，就会玷污女修道院虔诚圣洁的好名声，痛骂之后还威胁说非严惩不可。那年轻修女自知理亏，又羞又怕，不知该怎么回答，只得一声不吭。这样一来，别的修女们倒可怜起她来。女院长却还是喋喋不休地骂个不停。伊莎贝塔猛地一抬头，突然看到，她的头上有两条带子，不停地左右摆动，当即明白这是怎么回事了，平心静气地说：

“院长，天主保佑，请您先把头巾扎好，再来随意骂我吧！”

女院长不明白她的意思，说道：“什么头巾不头巾的，贱女人！这种时候居然还敢嬉皮笑脸？你干出这种丑事还有兴致打趣？”

“院长，”伊莎贝搭又一次说，“请您把头巾扎好，然后再教训我。”

这时，修女们抬头看女院长的头上，她自己也伸手到头上一摸，立刻明白伊莎贝塔为什么讲这样的话了。女院长知道自己出了丑，众目睽睽，无法掩饰，于是见风转舵，换了个口气讲起来，最后的结论是，非要一个人抑制肉欲的冲动是办不到的，但应谨慎从事，能寻欢作乐就寻欢作乐吧。

伊莎贝塔自由了，女院长回到房间继续和教士睡觉。伊莎贝塔回到她情人的怀抱，她的情人后来也无需再顾忌众修女的嫉妒，多次来找伊莎贝塔。那些本来没有情人的修女，也领略到情人的乐趣，暗地里各显神通，悄悄寻求自己的幸福。

故事三

埃丽莎讲完故事，大家不禁都感谢上帝保佑那个年轻修女逢凶化吉，逃脱了嫉妒她的同伴们的暗算。女王要求菲洛斯特拉托接着讲一个，他迫不及待地讲了起来：

俊美的女郎，昨天我讲了那个从马尔基奥来的法官伤风败俗的故事，这又使我想起了卡兰德里诺的一个故事，现在就讲给大家听。因为关于他的故事又多又有趣，所以，尽管有关他和他的朋友们的故事已经讲了很多，我还是要把昨天想到的这个故事讲给大家听。

故事中卡兰德里诺和他的朋友们的情况，大家都已经知道了，无需我过多解释，我现在要讲的是：他的姑母去世留给他一笔现款，总共二百四十个生丁。卡兰德里诺便开始到处宣扬，说是要购置田产，而且同佛罗伦萨的好多经纪人联系上了，好像他手上有一万个金币可花费似的。可是，谈到具体价钱时交易就吹了。

这些事，布鲁诺和布法尔马科谈到。多次劝他说，把钱拿出来，供大家痛痛快快地享乐一番，何必去买什么田地，好像要去做地主似的。可是，他们的劝说都没有用，卡兰德里诺一顿饭都不请他们吃。有一天，他们正愤愤不平，正好他们的一个朋友来了，他是个画家，名叫内洛，三个人一起盘算，得想法叫卡兰德里诺破费一下，请大家饱餐一顿。没多久，大家想出一个办法，立即决定付诸行动。第二天一早，卡兰德里诺刚出家门，早已守候在那里的内洛立即迎了上去说："早安，卡兰德里诺！"卡兰德里诺立即还礼，愿天主保佑对方万事如意，愉快顺利。他刚说完这些，内洛退后一步，只管盯着对方的脸，卡兰德里诺不禁问道："你干嘛这样看我呀？"

内洛对他说："昨天晚上你没有觉得不舒服吗？我看你今天的脸色有些不对头。"

卡兰德里诺一听这话，立刻紧张起来，问道："到底怎么啦？你看我有什么毛病？"

"唉，"内洛回答说，"这我倒说不上来，不过，我感到你不是以前的你了。当然，也许只是我瞎操心。"

说完后他默默地走了。卡兰德里诺惴惴不安，继续往前走，尽管事实上并没有什么病症。走了没有多远，迎面又遇到了布法尔马科。他上前同卡兰德里诺打招呼，又问他哪儿不舒服。

"我说不出来，"卡兰德里诺回答说，"不过，刚才内洛对我说，我仿佛换了一个人似的，难道我真有什么地方有毛病吗？"

"是的，肯定有些毛病，"布法尔马科说，"我看你像是要死的人一样！"

卡兰德里诺听了，顿时觉得自己在发烧。正在这时，布鲁诺走了过来，劈头就说："嘿，卡兰德里诺，看看你的脸色，简直像个死人啦。你觉得哪儿不舒服？"

卡兰德里诺听到人人都这么说，认为自己确实患了重病，于是慌慌张张地问道："我该怎么办呢？"

布鲁诺回答道："依我看，你最好赶紧回家，躺在床上，盖好被子，派人再把小便送到西莫内大夫那儿去检验，他跟咱们的关系，你也是知道的，一出结果他会马上告诉你该怎么办。现在我们把你送回去，如果需要我们帮什么忙，就直言相告，我们一定效力。”

这时，内洛又回来了，三个人把卡兰德里诺送到家里。他一脸晦气地倒在床上，对妻子说：“快给我把被子盖好，我难受极了。”

躺下以后，他派一个小女仆把他的小便送到西莫内大夫那儿，这位大夫的诊所设在老市场，门口有块画着西瓜的招牌。布鲁诺对他的朋友们说：

“你们留在这里陪着他，我去听听大夫的诊断。如有必要，就把他请到这里来。”

卡兰德里诺说：“嘿，我的朋友，你快到大夫那儿去吧，情况到底怎么样，可别瞒着我，因为我现在感到肚子很难受啊。”

布鲁诺赶在小女仆前头到了大夫那里，他把他们的一套把戏都告诉了西莫内大夫。小女仆一来，大夫看了看小便，就对她说道：“你先回去告诉卡兰德里诺多盖点，我马上赶到，当面告诉他该怎么办。”

女仆回禀了主人。不一会儿，大夫和布鲁诺都来了。大夫在卡兰德里诺床边坐下来，开始为他诊断。过了一会儿，他当着病人妻子的面说：“卡兰德里诺，因为咱们是朋友，我才实话实说。你只是怀了孕，没有别的毛病。”

卡兰德里诺一听这话，急得大喊：“哎呀！泰莎，全怪你呀，我不喜欢你睡在我上面，我早就对你说过了，要坏事的。”

他的妻子本来是个正经的女人，听见丈夫说出这种话来，羞得满脸通红，低着头，一声不吭，溜了出去。卡兰德里诺叫苦连天：

“唉，真是倒霉啊！我该怎么办呢？我哪儿会生孩子？这孩子从哪儿出来呢？这回我死定了，都怪我这个淫荡的老婆！天主重重地惩罚她吧，那样我才高兴呢！若不是病成这样，我非跳下床来，用鞭子抽得她遍体鳞伤。如果我大难不死，以后我就是死，也绝不会让她再到上边去了。”

布鲁诺、布法尔马科和内洛听了他的这套妙论，好不容易才忍住没笑出声。那个江湖郎中却大笑不止，牙都快要掉下来了。

卡兰德里诺苦苦哀求大夫，求他想个万全之策，大夫才对他说：“卡兰德里诺，你先别急，天主保佑，幸亏你来得及时，用不了几天，也不用费什么劲儿，我就能把你的病治好。不过你多少都得破费点儿。”

“哎呀，我的好大夫啊，”卡兰德里诺嚷道，“看在天主的分上，你就行行好吧，我这儿有二百四十个生丁，本来是打算买田产的，你就都拿去吧，只求你让我不生孩子。我听见女人在生孩子的时候拼命喊叫，她们天生就有宽大的产道尚且如此，如果叫我来生，一定是孩子还没生出来，我就会没命的。”

大夫说：“不用着急，我给你配制一种药水，效果很好，味道也不错，你只要连喝三个早晨，又会像以前一样生机勃勃了。不过，以后你可得当心，别再干那种傻事了。现在，要配制那种药水，首先得准备三对又肥又好的阉鸡，此外还需要些别的药材，需要五个生丁。你把钱交给一个朋友，让他把药料买来送到我的诊所。我向天主保证，明天一早我准把药水送到，你每天要喝一大杯。”

卡兰德里诺说：“我的好大夫，所有这些我全依你。”

他给了布鲁诺五个生丁，又拿出够买三对阉鸡的钱，求他代办一切，越快越好。大夫回去后，配制了一些无毒无害的药水，打发人送到卡兰德里诺那儿。布鲁诺去买了三对阉鸡，又买了些别的吃喝的东西，与大夫和两个朋友，四人一起大饱口福。

卡兰德里诺每天早上都喝一杯药水，连喝了三天。大夫和三个朋友一起来看他，诊断之后，就对他说道：

“卡兰德里诺，你现在一点儿毛病也没有了。从今天起，你就安心地干你的活吧，不必再卧床休息了。”

卡兰德里诺一听，十分高兴，病突然好了，去干他的营生。他逢人便夸奖西莫内医术高明，三天就把他的胎给打掉了，而且没有一点儿痛苦；布鲁诺、布法尔马科和内洛则十分快乐，因为他们略施妙计就让吝啬的卡兰德里诺心甘情愿地拿出钱来；只有泰莎太太，认为其中有鬼，之后老是在她的丈夫面前生气地嘟哝这件事。

故事四

听了卡兰德里诺责难他妻子的话，大家乐不可支。菲洛斯特拉托讲完之后，内伊菲莱奉女王之命接着讲道：

俗话说多言多语非但不能显示智慧和优点，反而容易暴露愚蠢和缺陷，卡兰德里诺就是明证。他的头脑真简单，别人一哄，就信以为真，即使治病心切，也不必把自己夫人的秘密当众说出来呀。这使我想起一个情况正好与此相反的故事，一个狡诈的家伙胜过一个聪明的人，使聪明的人吃了很大亏，现在我就来讲给你们听。

前不久，锡耶那城有两个青年人都叫切科，不过一个是安朱利埃里老爷家的，另一个是福尔塔里戈老爷家的。虽然两人在品性等方面格格不入，但在一件事上他们却有共识，那就是，他们都痛恨自己的父亲，因此两个人成了好朋友，时常来往。

安朱利埃里仪表堂堂，举止优雅，总觉得父亲每月给他的钱太少，在锡耶那这个地方生活得不大痛快。他听说，一向很赏识他的一个红衣主教，受教皇特派来到马尔卡，决定前去投奔，以求飞黄腾达。禀明父亲后，父亲答应把六个月的零花钱一次性给他，让他置办衣服马匹，体面地去见那个红衣主教。安朱利埃里还想找个侍从，福尔塔里戈闻讯马上赶来，好说歹说求安朱利埃里把他带上，说是愿意做他的随从、马夫，不给工钱也不要紧，只要管食宿就行。安朱利埃里不想带上他，倒不是因为知道他根本干不了仆人的事，而是因为，他不光嗜赌，而且贪杯，福尔塔里戈赌咒发誓，说是马上就能改过自新，安朱利埃里无法摆脱他的纠缠，同意带上他。

一天早上，两个人一起，走到一个叫邦孔文托的地方，安朱利埃里停下来吃午餐，歇息片刻。那天天气炎热，安朱利埃里叫旅店安排一张卧榻，一张床，让福尔塔里戈帮他脱下衣服，上床午睡，临睡前叮嘱福尔塔里戈，下午三点钟叫醒他。

安朱利埃里刚刚睡着，福尔塔里戈就去了一家酒店，喝了几杯酒，并开始赌博。没多大工夫，那些赌徒就把他的钱全都赢走了，最后输得只剩衬衣衬裤。他输红了眼只想翻本，回到安朱利埃里睡觉的地方，看到他睡得很香，就把他钱袋里的钱都掏了出来，再去赌博。这笔钱也被他输了个精光。

安朱利埃里醒来并穿好衣服后，仍看不到福尔塔里戈，找了半天，以为他像平时那样喝醉后找个地方睡着了。他决定甩开他，叫人备好鞍鞯，捆好行李，独自上路，到了皮恩扎城，再雇个仆人。结账时才发现，钱不见了。当即大吵大闹，因为安朱利埃里说，他的钱是在店里丢的，因此口口声声说要把客店的所有人送到锡耶那城里查办。

正闹得不可开交的时候，福尔塔里戈穿着一件衬衫来了。他原打算像刚才掏安朱利埃里的钱包那样把衣服也偷去赌，看到安朱利埃里要出发了，忙说：

“安朱利埃里，这是怎么回事？咱们这么早就上路？唉，还是等一等吧，我刚才把一件紧身衣押给一个人，换了三十八个银币，他马上就要回来了；如果现在还账，只要还他三十八个银币，就能把我的紧身衣赎回来。”正在这时，忽然来了一个人，向安朱利埃里作证，正是福尔塔里戈偷了他的钱，而且还能说出这个家伙输了多少钱。安朱利埃里听了对方说的话，非常生气，大骂起来，要不是有很多人围观，他还管什么王法，非要他下不来台。他接着又威胁说，他一定要告到官府，让他上绞刑架或被终身流放，安朱利埃里说完后上了马。

福尔塔里戈却若无其事，只当安朱利埃里在骂别人，并且还说："喂，我说安朱利埃里，别说这些废话啦，咱们谈正事吧！现在只要三十五个银币就能把衣服赎回来，若是拖到明天，就非要三十八个银币不可了。我是按他的意思下的赌注，他这才对我这样客气。哎，为什么我们不赚这三个银币呢？"

安朱利埃里见他胡搅蛮缠，异常恼怒，尤其是当着这么多人的面这么一说，大家倒集中注意力打量起他安朱利埃里来了，仿佛是福尔塔里戈没有偷他安朱利埃里的钱，倒是他安朱利埃里欠了福尔塔里戈的钱。安朱利埃里急了，说：

"你这个该上绞刑架的浑蛋，你的紧身衣跟我有什么关系？你不但偷了我的钱，还耽误了我的行程，而且还这样胡说八道。"

福尔塔里戈依旧不急不恼，好像对方骂的并不是他，继续说："喂，你为什么不让我得到这三个银币呢？难道我日后对你没用了吗？来吧，天主在上，再帮我一次忙吧！干吗那么着急？今晚，我们一定能赶到托雷尼埃里镇。快掏钱吧，要知道，整个锡耶那城也找不到那么合身的紧身衣。难道你真让我为了三十八个银币把这么好的紧身衣给了那个人？那件衣服可不止四十个银币。如果你不肯，你会害得我两头吃亏的。"

安朱利埃里看见这家伙偷了他的钱，不以为耻，还没完没了，气得无话可说，掉转马头，向托雷尼埃里镇奔去。福尔塔里戈立即想出一个鬼主意，他只穿一件衬衫，跟在马后，快步追去，跟出两英里后，还在不断地嘟囔。安朱利埃里快马加鞭，懒得与他纠缠。福尔塔里戈看到路边的田地里正有几个农夫在干活儿，就大声叫嚷起来：

“捉贼呀！捉贼呀！”

于是那些农夫，拿着锄头，扛着铲子，冲到大路上，拦住了安朱利埃里。他们以为后面那个人只穿一件衬衫，边追边喊，肯定是前边这个抢劫了他，因此拦住去路，把安朱利埃里捉住了。安朱利埃里竭力向农夫们解释原因，可是毫无作用。正说着，福尔塔里戈赶到了，恶狠狠地说：

“诸位，你们瞧瞧，这个不要脸的小偷害得我好惨啊！他把所有的一切输了个精光，还偷了我的衣服和坐骑，现在想溜。幸亏老天有眼，诸位仗义相救，对此，我真是感激不尽啊！”

安朱利埃里竭力申辩根本不是这么一回事，可他的话没人相信。在农夫们的帮助下，福尔塔里戈把安朱利埃里拉下马来，脱了他的衣服，穿到自己身上，骑上马扬长而去。安朱利埃里光着脚，只穿了一件衬衫。福尔塔里戈回到锡耶那城逢人便说，他赢了安朱利埃里的马和衣服。安朱利埃里本想体体面面地去见红衣主教，最后却身无分文，衣衫褴褛地回到了邦孔文托。没脸回锡耶那，就借了些衣服，骑上福尔塔里戈留下的一匹驽马，到皮恩扎的一个亲戚家住下，等着父亲来接济。就这样，福尔塔里戈的奸诈，打破了安朱利埃里的如意算盘。但是，报应总会有一天会降临到福尔塔里戈的头上。

故事五

内伊菲莱的短故事讲完以后，大家都没有太热烈的表示。女王转向菲亚梅塔，让她接下去讲。菲亚梅塔欣然从命，故事就这样开始了：

各位高雅的女郎，我想你们都知道，任何题材，只要在适当的场合，谈得再多也不会使人厌恶。因此，尽管卡兰德里诺的故事已讲了好几次（菲洛斯特拉托刚才就讲了一个，他的故事都很有趣），我冒昧地再讲一件也无妨，本来我也可以把故事里的人名任意更改一下，但讲故事时如果脱离事实，会大大降低听众的兴趣，因此还是按照事情的本来面貌如实讲。

尼科洛·科尔纳基尼是我们城里的一个富翁，他在卡梅拉塔山下的一块很好的地皮上盖了一所漂亮的别墅，叫了布鲁诺、布法尔马科等人来装饰它，由于工程浩大，布鲁诺他们又叫来了内洛和卡兰德里诺帮忙。别墅里只有几个房间放了床和必要的家具，其余的都还空着，所以只叫了老年女仆来看管。尼科洛有个儿子，名叫菲利波，年轻未婚，经常把女人带到这个别墅取乐，玩一两天就把她们打发走。有一次，他带来一个名叫尼科洛莎的姑娘，是卡马多利区的流氓曼焦内开的妓院里的接客姑娘。这姑娘衣着华丽，颇有几分姿色，谈吐还算大方。一天中午，她穿着白裙子，发髻盘在头上，到院子的井边洗脸。正好卡兰德里诺这时出来打水，客气地向她打了个招呼。她回答后，不禁多看了他几眼，觉得这个人有点儿古怪。这样一来，卡兰德里诺也开始打量起这个姑娘来，发现了她的美丽，便磨蹭起来不肯提着水走开，但他又不知道该如何攀谈，说些什么。她知道他在看她，就故意戏弄她，也不时地瞟他几眼，还轻轻地叹了口气，惹得卡兰德里诺心猿意马，立即堕入情网，一直傻呵呵地站在那里，直到菲利波将那姑娘唤了进去。

卡兰德里诺回到干活的地方，无心做事，只是叹气。布鲁诺本来就注意着他的一举一动，早把这一切看在眼里，于是问他道："卡兰德里诺，你这样长吁短叹，到底哪儿不顺心呀？"

"伙计，"卡兰德里诺回答说，"要是有人帮我一把，那就好了。"

"帮你做什么？"布鲁诺又问道。

"你可千万要保密呀，"卡兰德里诺回答说，"这事儿说出来一定会令你大吃一惊。这里来了一个长得比仙女还要漂亮的姑娘，她对我有意思，刚才我去打水的时候看出来了。"

"是吗？"布鲁诺说，"不会是菲利波的女人吧。"

"也许是吧，"卡兰里德诺说，"因为她一听见我叫唤就进了我的房间。不过，这有什么关系？遇到这种事，即使是耶稣基督，我也会做。伙计，说真心话，我可真的很爱她，她也很爱我，你根本体会不到。"

"伙计，"布鲁诺说，"我会替你弄清楚这个人是谁，如果她真是菲利波的女人，用不了三言两语，我保证把你的事办得稳稳妥妥，因为我跟她已经很熟了。可是，我们怎么瞒过布法尔马科呢？

他总跟我在一起，我干点什么，他都会发现。”

卡兰德里诺说：“布法尔马科我倒不在乎，倒是得防着点儿内洛，因为他是泰莎的亲戚，要是让他知道，那麻烦可要大了。”

布鲁诺说：“好，你说得很有道理。”

其实，布鲁诺早知道那个姑娘是谁，她来的时候他已看到，菲利波后来也对他说起过。不一会儿，卡兰德里诺丢下手头的活儿，又跑去偷看那个姑娘时，布鲁诺将这件事告诉了内洛和布法尔马科。三个人悄悄商定，要好好教训教训这个风流种。等他回来之后，布鲁诺低声问道：“看见她没有？”

“嗯，看见了，”卡兰德里回答，“她那迷人的样子可真是令我陶醉啊。”

布鲁诺说：“我去看看，是不是菲利波的女人，如果是她，这件事就交给我吧。”

布鲁诺来到院子里，找到菲利波和尼科洛莎，把卡兰德里诺的言行举止一一告诉了他们。接着又跟他们商定，大家如何说话行事，好利用卡兰德里诺的这片痴情戏弄他一下。然后回来对卡兰德里诺说：“不错，果然是她！你可千万要谨慎行事，万一让菲利波知道了，你我就是跳进黄河也洗不清。要是我见到了她，有机会同她单独说话，那你有什么话带给她吗？”

“当然有，”卡兰德里诺说，“首先你告诉她，我想在她那块肥沃的田地里播下一万斤种子，然后说我是她的奴仆，随时愿意为她效力。你懂我的意思吧？”

布鲁诺说：“懂。这件事就由我来办吧。”

吃晚饭的时候到了，大家收了工，来到院子里，菲利波和尼科洛莎也在。为了让卡兰德里诺有个机会，大家故意在院里多逗留了一会儿。卡兰德里诺马上乘机向尼科洛莎挤眉弄眼，大献殷勤，丑态毕露，那个姑娘也故意搔首弄姿，百般挑逗，而且根据布鲁诺提供的信息，恰到好处地把卡兰德里诺掌握在自己的手心里。菲利波则假装同布法尔马科等人闲谈，未曾注意卡兰德里诺的举动。过了一会儿，大家要走，卡兰德里只得依依不舍地离开这里。

在回佛罗伦萨的路上，布鲁诺对卡兰德里诺说："我对你说吧，你的热情已经征服了她，就像太阳将冰块融化成水。你要是带着你的三弦琴，在她的窗下唱几支情歌，那她一定会从窗口跳下来投入你的怀抱。"

"伙计，"卡兰德里诺说，"告诉你吧，任何事情我不干则已，一干就比谁都好。我自己知道，世界上肯定没有哪个男人比我更高明。除了我，还有谁能叫这样一个美人一见钟情呢？你别看那些毛头小伙子们，他们就是在街上晃荡一千年，也捞不到半点好处。等着吧，我会在她窗下弹琴，唱绵绵的情歌，那才叫绝呢！你要知道，我可不像你想象的那样，老朽无能。她一眼就看出，我还年轻呢。只要我把她搞到了手，我一定会让她知道我有一手。天主作证，我要弄得她神魂颠倒，再也离不开我。"

"是啊。"布鲁诺附和说，"你一定会美梦成真的。我仿佛已经看到，你那两排牙齿就像三弦琴上的调音柱一样，早把她那一颗樱桃般的小口和两朵玫瑰花似的双颊咬住了，简直都快把她吞下去了。"

听了这些话，卡兰德里诺更加得益，好像自己真的已经如愿以偿了，高兴得手舞足蹈，灵魂差点儿出了窍。

第二天，卡兰德里诺果然捧着一把三弦琴，向那位姑娘唱起情歌来，大家看在眼里，乐在心里。总之，这一天他激动万分，只想多看到那姑娘几次，无心干活了，不停地转悠，一会儿到她的窗前，一会儿到门口，一会儿又溜进院子，恨不得随时都能看到她。那个姑娘也是个机灵人，依照布鲁诺的嘱咐，若即若离，好让他高兴。布鲁诺成了他们的牵线人，有时替她传话，有时为他送信，在她不在的时候——她倒是经常不在——就说她回娘家去了，还给他带来了她的信，里面都是些甜言蜜语，给他留下一线希望，但又说，他可不能到她的娘家去看她。

布鲁诺和布法尔马科通过这件事一起耍弄卡兰德里诺，从中得到了一些好处。他们向卡兰德里诺要东西，就说是他的情妇要的，什么牙梳子啦，钱袋啦，刀子啦，如此等，偶尔也弄点儿不值钱的铜戒指之类的东西回馈给他，他高兴得不知如何是好。除此之外，他还经常请他们喝咖啡，甚至下馆子吃喝，报答他们的牵线之恩，同时希望他们在这件事上多多帮忙。

两个月的时光转眼就过去了，卡兰德里诺看到，工程很快就要结束，如果好事还成不了，希望还成不了渺茫了。于是他缠住了布鲁诺，求他快给自己想办法。等那女人来到别墅的时候，布鲁诺就先后跟菲利波和她商量妥当，回来对卡兰德里诺说：

“你看，伙计，那女的答应满足你的要求，对我说过很多次了，但始终没有满足，好像一直在耍你呢。既然她失信，好，那么，只要你同意，我们就非逼她乖乖地听你的不可。”

“好啊，”卡兰德里诺回答道，“看在天主的面上，立即开始吧！”

布鲁诺说：“我给你一道符咒，你敢用这符咒在她身上碰一下吗？”

“那有什么不敢的呢。”卡兰德里诺说。

“那好，”布鲁诺说，“你去给我弄一块未出世的羔羊的皮，一只活的蝙蝠，外加三炷香和祭坛上用过的一支蜡烛。其余的一切，我来安排。”

当天晚上，卡兰德里诺费尽心机，总算凑齐了那几样东西，一起送给了布鲁诺。后者拿了这些东西后躲到一个房间里面，在那张羔羊皮上胡乱涂写了一阵，拿给卡兰德里诺说：“卡兰德里诺，记住，你只要用这道符咒在她身上碰一下，她就会乖乖地跟着你走，对你言听计从，如果菲利波今天出去，你就找个理由，设法接近她，趁机用符咒碰她一下。然后你就可以带她去那边的谷仓，至于怎么做，就不用我多说了。”

卡兰德里诺听了这些，喜气洋洋地接过符咒说：“伙计放心，我知道怎么做！”

卡兰德里诺提防着的内洛，实际上也同这些人串通一气，一起捉弄卡兰德里诺，他按照布鲁诺的安排，回到佛罗伦萨，找到卡兰德里诺的妻子，对她说：“泰莎，你应该不会忘记那天卡兰德里诺从穆尼约内河弄回好多石头，无缘无故地把你打了一顿。我认为，该出口恶气了，否则你也别认我这门亲戚，他在外面干活，爱上了那边的一个坏女人，常常躲在一间房子里鬼混。刚才他们约好，过一会儿又要幽会，所以我来向你报信。你快去看看吧，捉住之后可要好好教训教训他们。”

那女人一听这话暴跳如雷，喊道：“嘿！你这个恶贼，竟干出这种丑事，我向天发誓，这回绝不放过你，让你看看我的厉害！”

说着，这个女人就披上一件斗篷，带上一个乡下雇的小使女，跟着内洛，急匆匆地向别墅赶去。

布鲁诺远远望见这一行人赶来，转身对菲利波说：“咱们的朋友来了。”

菲利波马上来到卡兰德里诺等人干活的地方，故意对大家说：“各位师傅，我有事，得去佛罗伦萨一趟，大家辛苦一点，好好干活吧。”

菲利波说完便走了，藏到一个可以看清卡兰德里诺的行动的地方。卡兰德里诺感到时机已到，冲进院子里，看到尼科洛莎一个人在那里，就跟她搭讪。尼科洛莎明白应当如何行事，故意凑到他身边，表现出异乎寻常的亲热，好让卡兰德里诺用那符咒碰她。卡兰德里诺果然依计行事，然后一言不发，扭头便往谷仓走去，尼科洛莎紧紧跟在后面。一进谷仓，尼科洛莎转身把门一关，搂住卡兰德里诺，把他推倒在一堆干草上，自己则骑到他身上，双手按住他的肩膀，使他的脸无法凑近她，她含情脉脉地注视着他，如饥似渴地说：

“啊，卡兰德里诺，我的心肝儿，我的灵魂，我的宝贝，我日夜都梦想着拥有你，把你搂在我的怀里！你的情话让我的灵魂颤抖起来，你的三弦琴弹得我心痒难熬！我搂着你，这不是在做梦吧？”

卡兰德里诺说：“啊，我的甜蜜的人儿，让我吻吻你吧！”

“噢，”她说，“你太着急啦！还是先让我好好看看你吧，让我看看你那可爱的脸，让我将你甜美的相貌看个够吧。”

这时，布鲁诺和布法尔马科也来到了菲利波藏身的地方，三个人把这一切都看得清清楚楚，听得清清楚楚。正当卡兰德里诺要使劲儿去吻尼科洛莎时，内洛和泰莎赶到了。内洛说道：

“老天在上，我敢发誓这对男女一定在里面！”

泰莎一到谷仓门口，就撞开门冲了进去，只见尼科洛莎正骑在卡兰德里诺的身上。尼科洛莎看到卡兰德里诺的老婆赶来，马上像一溜儿烟似的逃到了菲利波躲藏的地方。还没等卡兰德里诺起身，泰莎已经扑了上去，抓破他的脸皮，揪住他的头发，推来推去，破口大骂：“你还是个风流情种！你也不看看你是个什么玩意儿？你这老骨头还能榨出几滴油水来。我可明白了，叫你怀孕的原来不是我泰莎，而是别人。不管这个女人是谁，愿天主来给她吃些苦头吧！同你这种老东西搞上的女人准不是好货！”

卡兰德里诺一见妻子来了，吓得不知如何是好，只好任她数落。他的脸全被抓破，头发掉了好多，衣服也被撕破，最后爬了起来，捡起自己的帽子，低声下气地求他的妻子不要大喊大叫，刚才同他在一起的那个女人是主人的情妇，要是让他知道了，他卡兰德里诺就要倒大霉了。

他女人说：“活该，这就是你咎由自取啊！”

同菲利波和尼科洛莎躲在一旁的布鲁诺和布法尔马科看了这些，笑得肚皮都痛了，两个人装作听见了吵闹声，赶来劝架，费了很多话，才把泰莎劝住。接着他们又劝卡兰德里诺：“还是快回佛罗伦萨吧，再也别回这里，菲利波知道了绝不会放过你。”就这样，遍体抓痕，头发蓬乱的卡兰德里诺，垂头丧气地回到了佛罗伦萨，任凭老婆日夜责骂，再也不敢去别墅找那个姑娘。他那狂热的爱情被浇上了一盆冷水，却给他的朋友——尼科洛莎和菲利波留下了无尽的笑料。

故事六

卡兰德里诺的故事总是令大家觉得特别有趣，这次也不例外，女郎们又叽叽喳喳地议论了好一阵子才安静下来，女王要潘菲洛接着讲，只听他讲道：

可爱的女郎们，卡兰德里诺爱上的那个姑娘名叫尼科洛莎，使我想起另外一个也叫尼科洛莎的姑娘的故事，我乐意把这个故事讲给大家听，诸位从中可以看到，一位聪明的女人如何急中生智，成功地避免了自己卷入一场丑闻。

不久以前，在穆尼约内河谷住着一个老实人，家境贫寒，靠给过往行人供应茶饭，赚几个小钱聊以维生。他仅有一间小小的房子，只在万不得已时，才肯留宿外人。他有个老婆，长得很有几分姿色。他们有两个孩子，大的十五六岁，姿容俏丽尚未结婚，另外一个是小男孩，不满一岁，还在吃奶。

我们城里有一位秀雅的青年，名叫皮努乔，经常出城办事，每次遇上这个姑娘，总是被她的美貌吸引，时间一长，不觉爱上了她。那姑娘知道这样一位秀雅的青年爱上了她，暗自欢喜，常常在他面前搔首弄姿，有意讨对方的欢心，日子一长，双方都有了意思，要不是那青年担心连累了他的情人，更怕自己的名誉受到损害，早就同那姑娘发生关系了。

可是这青年朝思暮想，欲望日趋强烈，无法抑制，竭力想找个借口在她父亲家里住上一夜，因为他知道这家人的详细情况，只要在她家住上一夜，就能找到机会同她无所顾忌地偷情。他打定主意后，就马上开始行动起来。

这青年有个忠实的好朋友，名叫阿德里亚诺，也知道他的这份情思。一天下午，两个人租了两匹瘦马，马背上驮了他们的行李，其实是稻草假装的，从佛罗伦萨出发，骑着马在穆尼约内河谷转了一个圈子，天色已晚，就掉转马头，装作从罗马涅地区往家赶，来到那个老实人的房子前叫门。那老实人见是熟人，立刻开了门。皮努乔对他说：

"你看，今晚我们可得借宿一晚。我们本想赶回佛罗伦萨，但天色已晚，肯定是赶不回去了。"

"皮努乔，"主人回答道，"我的境况你也知道，不过咱们是老相识，况且天色已晚，我也不能轰你们走啊！我就只好尽力而为，你们就凑合凑合，住上一夜吧。"

两个青年人跳下马，拴好马匹，进了这家小小的客店。他们拿出携带的干粮和主人家共进晚餐。

这个老实人费尽心机，才在那间小小的房里安排好三张床，两张靠着墙，另一张在对面，中间只剩一条窄道，连人转身的地方都没剩下，在这三张床当中，靠墙的那张床比较好一点，主人让那两个青年睡。过了一会儿，两人假装呼呼入睡，主人让女儿单独睡在对面的床上，自己和老婆睡在另外那张床上，床边放着小儿子的摇篮。

房间就这样安排好了，皮努乔全看在眼里了。过了很久，他估计大家都睡着了，蹑手蹑脚地摸到他那年轻的情人床上，那姑娘又惊又喜，接待了他，两人向往已久的一桩美事，今晚总算干成了。

就在皮努乔和那姑娘云雨之时，谁知一只猫打翻了什么东西，响声惊醒了主妇，她怕出事，摸着黑循声去查看。阿德里亚诺倒不是被响声惊醒的，他偏偏在这时感到有尿，起身去找个地方方便一下，不想被摇篮挡住了去路，就把它推到自己的床边。回来之后，忘了将摇篮推回原处，爬上床继续睡他的大觉。

主妇摸索了一会儿，发现猫没碰翻什么要紧的东西，也就懒得点灯去仔细看，骂了一句瘟猫，就上床睡觉了。她想回到丈夫的那张床上，走到那儿一摸，床边没有摇篮，暗暗对自己说“啊呀，真荒唐，我这干的是啥事啊。我的天，差点出乱子，爬到客人的床上去了！”她再往前走了几步，摸到了摇篮，就爬上床，这时，阿德里亚诺还没有睡着，感觉是个女人来了，暗自高兴，便轻轻地一把将她搂住，翻云覆雨起来。

那边的皮努乔已经尽兴，怕被人发现，便回自己的床上去睡。摸到摇篮，以为旁边的就是主人的床。就再向前摸了几步，在主人身边躺下。这样一来，主人被弄醒了。皮努乔认为身边是他的同伴阿德里亚诺，低声说道：

“喂，告诉你吧，世界上再也没有比尼科洛莎更温柔甜蜜的人了！她比任何一个女人都懂得怎样令我快活。告诉你吧，我们已经难舍难分了。”

主人一听，疑惑了一阵子，暗想：“这到底是怎么回事？”他终于憋不住这口气，嚷道：

“皮努乔，你这个无赖，你竟敢干出这等事来，今天我跟你没完！”

皮努乔尽管内心有愧，然而年轻气盛，不但不低头认错，反而嚷道：

“你想怎么样？你能把我怎么样？”

主妇这时对阿德里亚诺说：“哎呀，听哪，我们的两位客人在吵架呢！”

阿德里亚诺笑着说：“让他们吵吧，他们是自找没趣，谁让他们昨晚喝那么多酒呢。”

主妇仔细一听，分辨出是自己的丈夫在争吵，立刻明白她睡在谁的床上了。她不愧是个聪明人，什么也没说，立即起床，拿开摇篮，摸黑来到女儿床边，爬了上去，然后装作被丈夫的叫嚷吵醒的

样子，迷迷瞪瞪地问他在同皮努乔吵些什么。

“你没听见他说，他夜里跟尼科洛莎干的好事吗？”丈夫气愤地反问她。

女人说：“哎呀，别听他瞎说，他怎么可能到尼科洛莎床上来过？我一直在她床上，都没有合过眼。你竟信他的话，真是个傻瓜。你们男人晚上喝起酒来就没完，等到上了床就做梦，晕头转向，四处瞎撞，还以为自己在干什么美事。怎么没折断你们的颈骨！要不然，皮努乔到你的床上干什么？他怎么不在自己的床上睡？”

阿德里亚诺一听，心里顿时明白了，感到这个主妇真是机灵，几句话就遮掩了她自己和女儿的丢脸事，于是应和道：

“皮努乔，我给你讲过上百次了，叫你别在外边过夜，你的梦游症真是没治了，这种毛病早晚会给你带来麻烦。还不快回来，别再闹腾了，一夜没休息好还不老实？”

主人听了他老婆和阿德里亚诺说的这些话，真以为此时的皮努乔仍在梦游之中，就抓住他的双肩，边摇边叫：

“皮努乔，快醒醒，回你的床上睡吧。”

皮努乔听到这些，心领神会，顺水推舟，又胡言乱语了一番，主人被逗得哈哈大笑。最后，皮努乔装作刚刚被主人摇醒的样子，对着阿德里亚诺说：

“天亮了吗？你干吗叫我？”

阿德里亚诺说：“不错，赶快过来吧。”

皮努乔仍旧装出睡眼惺忪的样子，从主人的床上蹦下来，回到阿德里亚诺这边来。

天亮之后，大家起了床，主人拿皮努乔的梦游和梦话打趣。你一言，我一语，直到两个年轻人收拾好行李。他们和主人干了杯，跳上马背，向佛罗伦萨飞奔而去。这件事如此美妙，圆满结束，两个人都很得意。

以后，皮努乔又另找地方，同尼科洛莎密会。那姑娘向母亲一口咬定皮努乔那天晚上真是在说梦话；而那母亲还记着阿德里亚诺同她的那股亲热劲儿，心中暗自思量，当时只有她一个人是清醒的。

故事七

听完潘菲洛的故事，大家都称颂主妇足智多谋。女王对帕姆皮内娅说，该她讲了，帕姆皮内娅开口说：

妩媚的女郎们，梦兆应验的事，我们前面已经讲过，可是很多女人却对此冷嘲热讽。即使这样，我还是想再给大家讲一讲这方面的故事。事关我的邻居，至今她的伤仍未痊愈，恰恰因为她不信丈夫的梦境，才引来这样的祸事。

我不知道你们是不是听说过塔拉诺·迪莫莱塞的大名，他是一个地位很高的绅士。他的妻子叫玛盖里塔，年轻美貌。可是，她脾气古怪，粗暴好斗，刚愎自用，喜欢吹毛求疵。塔拉诺娶了这么个女人，悔之已晚，只得一忍再忍。

一天，他和他的玛盖里塔住在他们的乡间别墅里。晚上做了一个梦，看到他的女人走进附近的一片非常漂亮的树林中。她走着走着，一头又大又凶恶的狼突然从林子里窜出来，一口咬住她的脖子，把她扑倒在地，她高声叫喊，拼命挣扎，最后总算从狼嘴里挣脱出来，但脖子和脸已经伤痕累累。

第二天一大早，一醒来他就对太太说："夫人，虽然你的任性使我婚后没有过一天舒服日子，可是你要遇到什么不幸，我还是于心不忍。所以，如果你肯听我的话，今天就别出门了。"

她问他讲这话的原因，他就把他梦中的情景原原本本地讲给她听。可是，那女人摇着头说：

"期望别人倒霉才会梦见别人遭殃。你表面上对我很关心，其实你巴不得看到这样的事发生，所以才会做这样的梦。我可不会那么傻，让你的梦想成真，你看着吧，我可不会让你得逞。"

"我早知道你会说这样的话，"塔拉诺说，"这就好比给秃子梳头嘛。可是，你爱信不信，我这样说完全是为了你好。我现在再劝你一次，今天不要出门，尤其是别到我们家的林子里去。"

女人说："好吧，我会照办的。"可心里还是在想："这个不安好心的东西，他故意吓唬我。他为什么不让我去林子里呢？还不是因为他在同什么不要脸的女人在里边幽会，怕我撞见！嘿，这人可真是想瞒天过海，但我可不是那么好骗的。我要看不出他的居心，信了他的鬼话，那我可就真是大傻瓜了！你就做你的美梦吧。今天，就是让我在林子里整整待上一天，我也要看看他在搞什么名堂。”

她这样想着，等她的丈夫一走出家门，她马上抄近路东躲西藏地来到林子里，找了一个林木最茂密的地方藏了起来，左右窥测，找寻来人，倒把林中有狼的事给忘了。突然从她身边的茂密树丛中窜出一只狰狞的大狼来，不等她叫喊，那只狼就狠命地咬住了她的脖子，像叼了一只小羊似的拖起来就跑。她的脖子被狼咬住，无法呼救，更没法挣脱。要不是遇上几个牧人，早就被咬死了。那几个牧人高声喊打，那只狼落荒而逃。牧人们好不容易认出她来，把她抬回家里。经过医生精心救治，她的脖子和脸上还是留下了伤疤，丑陋不堪，因此她不好意思再抛头露面，常以泪洗面，后悔当初不该一味任性，辜负了丈夫的一片好心，疑心别人，反而毁了自己。

故事八

大家快乐地听完故事，都说塔拉诺做的是启示性的梦，因为他所见的一切和实际的一模一样。他们议论了一阵子之后安静下来，女王要劳蕾塔接着讲，她讲道：

聪明的女郎们，今天讲的几个故事，大都都熟悉。昨天帕姆皮内娅讲了一个大学生报仇的故事，给我一定的启迪，我也来讲个报仇的故事，虽然报仇手段不大毒辣，倒也挺有意思。

且说佛罗伦萨城有那么一个人，大家都叫他恰科，其人好吃懒做，然而家境不济，难以满足他的胃口。但这个人由于举止优雅，谈吐诙谐，得以出入富人之家，插科打诨，作个丑角，一边逗乐，一边也吃些好东西，而且常常不请自到，哪里有好东西吃，他就到哪里去。

当时，佛罗伦萨城住着另外一个人，名叫比翁德洛，长得瘦小精干，整天衣冠楚楚（他头戴一顶小帽，露出一绺金发，头发梳得整整齐齐，一丝不乱，连苍蝇落在上面都会滑下来。这个人同恰科一样，喜欢干那种不请自到的事）。四旬斋期间的一天上午，他来到鱼市，买了两条大鳗鱼，准备送到维埃里·德切尔基先生家里，刚好被恰科看到，恰科就问道："你买鱼干吗？"

比翁德洛回答说："昨天晚上，科尔索·多纳蒂先生买了三条鳗鱼，比这两条大得多，还买了一条鲟鱼。宴请贵客，那些鱼还不够，又买让我了这两条。你去吗？"

"那还用说。"恰科回答。

他估摸时间差不多了，就踱步来到科尔索家，只见这位老爷正同几位邻居闲谈，尚未开饭。主人问恰科来干什么，他回答说："老爷，我来陪您和您的客人吃饭。"

"欢迎你的到来。"科尔索回答道，"好，大家请入席，我们开始吧。"大家围桌坐定，先上豆子和油浸金枪鱼，然后是油炸阿尔诺河鱼，之后就没了，恰科知道上当了，非常愤怒，决心报复一次。

比翁德洛则得意扬扬，逢人便宣扬恰科的丑。没过几天，两人相遇，比翁德洛笑着问恰科，科尔索老爷家的鳗鱼什么滋味。

“再过八天，你会比我更有体会。”恰科这样回答道。

事不宜迟，恰科马上去找了一个机敏的小商贩，嘀咕一阵子之后，他把一个大玻璃瓶子交给小商贩，带他到卡维丘利家的门廊前，指着门前的一位骑士给他看。这个骑士叫菲利波·阿尔真蒂，身材高大，力可拔山，喜好争斗。恰科对小贩说：“你拿着这个瓶子到他跟前，对他说：‘老爷，我是比翁德洛派来求你，把您家的好酒灌满这个瓶子，让他和朋友美美地喝上一顿。’但你要当心，千万别让他抓住，你吃苦事小，我的妙计被毁事就大了。”

小贩问：“还有别的要向我交代吗？”

“不必了。”恰科回答道，“你可以去了。话一说完，就拿着空瓶子回到我这儿，我就给你钱。”

小贩找到菲利波，复述了一遍他交代的话。菲利波的怒火一点就着，加上他对比翁德洛的了解，以为是在故意取笑他，脸红脖子粗地嚷道：

“什么‘灌满瓶子’，什么‘酒友’，你和他是不是想倒霉？”说着就伸手抓小贩，而小贩早有防备，拔腿就逃，恰科把这一切都清清楚楚地看在眼里。小贩过来之后，又把菲利波的话原原本本地讲给他听。恰科满意地酬谢了小贩，立即去找比翁德洛，问他：最近到过卡维丘利门廊没有。

“没有啊。”比翁德洛说，“你干吗要问我这个？”

恰科说：“你还不知道，菲利波老爷在到处找你，我要知道他找你干什么就好了。”

“哦，”比翁德洛说，“我本来就要去那边，顺便去问问他吧。”

比翁德洛向那边走去，恰科跟在后面，等着看一场好戏。

而菲利波老爷由于没有抓住小贩，一肚子的怒气无处发泄，正反复琢磨小贩的话，断定比翁德洛在取笑他，越想越气之时，比翁德洛来了。菲利波一见是他，二话不说，上去就给了他一记耳光。

“哎呀，”比翁德洛说，“老爷，你这是干吗呀？”

菲利波老爷抓住比翁德洛的头发，掀掉他的帽子，扔在地上，一面不停手地痛打他，一面骂道：

“混账，今天就让你尝尝我的厉害！你打发人来对我说什么‘灌满瓶子’，什么‘酒友’，你开什么玩笑？我又不是三岁小孩，可以任凭你取笑？”

菲利波一边说，一边挥起铁拳向比翁德洛的脸上猛击，抓住他的头发将他拖来拖去。比翁德洛招架不住，衣裳被撕得破烂不堪。气头上的菲利波，只是猛揍，根本不给对方插话的机会。比翁德洛也知道“灌满瓶子”和“酒友”，但不知道在这究竟代表着什么特别含义。

菲利波老爷痛打了比翁德洛一顿。后来，围观的人越来越多，他们费了好大力气才把比翁德洛拉出来，这时他已经鼻青脸肿。菲利波对大家讲了动怒的原因，还把来人说的复述了一遍，最后还说：“你比翁德洛应该知道菲利波老爷是个什么样的人，他可不喜欢让人随意取笑。”

比翁德洛哭哭啼啼地申辩，说他从未派人向菲利波老爷讨酒。休息片刻，他挣扎着垂头丧气地回到自己家里，知道这次被恰科耍了。

过了很久，比翁德洛脸上的伤渐渐好了，他才敢出门走动。一天他与恰科不期而遇，后者嬉笑着问：

“比翁德洛，菲利波老爷的酒味道如何？”

比翁德洛回答道：“同你上次吃的科尔索老爷家的鳗鱼的味道相似！”

于是，恰科说：“你应该明白了吧，如果你再让我吃鳗鱼，我就再让你去喝酒。”

比翁德知道恰科也不是好惹的，只求相安无事，从那儿以后再也不敢捉弄他了。

故事九

迪奥内奥的特权应获得充分尊重，轮到女王自己讲了，各位女郎因比翁德洛倒霉而笑够了之后，女王开口了：

各位可爱的女郎，如果我们潜心思索一下天下万物的法规，就会发现它们都是从属于男人的。每个想要享受安宁和悠闲的女人，都应该对主宰她的男人俯首听从，谦恭忍让，而且要坚守贞操。对于第一个有头脑的女人来说，贞节是头等大事，这是人类的本性，是造物主的安排，它叫我们女人身体娇小柔弱，性情腼腆怯懦，心地善良而富于同情心；叫我们力小体轻，声音悦耳，举止优雅，这一切都证实，女人理当受到男人的控制。需要别人控制的人自然应顺从并尊重控制她的人。除了男人以外还有谁能控制女人呢？所以，对于男人，我们必须尊重、顺从。依我看，女人一旦违反这一法则当受到申斥和严惩。

这些道理我过去讲过，帕姆内娅刚才讲的故事使我又想起了这些道理。塔拉诺对他的泼妇无可奈何，可天主让她受到了惩罚。一个女人如果失去平和、谦虚、婉顺的本质，那就是违反了天理、常情和法律，就应该严厉惩罚。现在我很愿意给大家讲讲所罗门王的忠告，对于刚才说的这种不安分的女人，正是一副有用的药剂，至于那些本来就很安分的女人，只要知道这不是针对她们就行了。虽然男人们有这样的口头禅：

马儿不分优劣，都得用马刺踢。

娘子不管好坏，都得用木棒打。

这两句哪怕当笑话说说，女人们都很容易点头称是，但如果把它们当作道德方面的箴言，我认为确实应该信守不渝。女人天生轻浮善变，对于那些不守妇道不检点的女人，当然要常常棒打，而对于另一些安分守己的女人，也得用一根棍子加以威慑。闲话少说，且听我讲。

大家都知道，所罗门王智慧惊人，天下皆知，所以当时世界各地的人遇到疑难都想法儿向他求教。在这些人中，有个叫梅利索的年轻人，来自拉亚佐城的一个巨富之家。当他骑马前往耶路撒冷城时，一出安蒂基亚城，就遇上了一个青年，名叫焦塞福，两人便一起赶路，攀谈起来。梅利索问明焦塞福的身份及来自何处之后，便问他到何处去，干什么事。焦塞福对他说，他要去耶路撒冷求见所罗门王，因为他家里有个悍妇，性情乖张，世所罕见，好话说尽，她仍一意孤行。接着他也问起同样的话，梅利索回答说：

“我是拉亚佐人，家家有本难念的经。我又年轻又有钱，常常大宴宾客，交游甚广，可是奇怪的是，我费尽心机依然找不到一个爱戴我的人。因此，我也想去请教所罗门王，问问他我怎样才能得到别人的喜爱。”

于是两人结伴同行，一同来到耶路撒冷，在武士的引领下朝见了所罗门王。站稳之后，梅利索先提了他的要求，所罗门王回答他说：“你去爱。”话音刚落，侍臣们马上让梅利索退下。焦塞福说明来意，所罗门王又只回答了一句：“到鹅桥去。”讲完以后，焦塞福也很快被送出宫去。梅利索还在等他，两人对自己得到的这两句回答反复琢磨，百思不得其解。两人觉得所罗门王似乎戏弄了他们，只得烦恼地踏上了归途。

他们走了几天，来到一条河边，河上有一座漂亮的桥。恰巧有一大队驮货的骡子和马要过桥，他们只得在桥头等候，所有的牲口差不多都过去了，只有一头骡子仿佛受了惊，赖着不动，像往常一样，那赶牲口的人用棍子打了它几下。这时，那骡子左躲右闪，甚至向后倒退，死也不肯过桥。那赶牲口的这时发起怒来，抡起棍子，雨点般地向骡子的脑袋、屁股、腰脊打了过去，但好像没起多大作用。

梅利索和焦塞福看到这幅情景，于心不忍，说："嘿，你这个狠心人，你想干什么？你想打死它吗？为什么不慢慢地牵着它过去？这样一味地狠打，也不管用呀。"

赶牲口的回答道："你们了解你们的马，我了解我的骡子，你们少管闲事。"

说完，他抡起棍子又劈头盖脸地打了起来，这儿一棍，那儿一棍，终于把骡子打过了桥。两个年轻人准备过桥时，焦塞福问坐在桥头的一个汉子，这座桥叫什么名字，那人回答说：

"老爷，这是鹅桥。"

焦塞福听了，茅塞顿开，回头对梅利索说：

"朋友，现在我可明白所罗门王给我出的主意了，过去我不知道狠揍我那老婆，这个赶牲口的给我做了榜样，教给我该怎么办。"

过了几天，两人回到安蒂奥基亚，焦塞福请梅利索在他家逗留了两天。可是那女人十分冷淡。梅利索为了让焦塞福高兴，就随便点了几样菜，那女人早就骄横惯了，今晚依然如故，客人点的菜几乎一样也没有。焦塞福看了，十分生气，说道：

"不是告诉过你晚饭吃什么了吗？"

"好啊，你这是什么话呀？"那女人蛮横地对他说，"这不是晚餐吗？他点别的，可我认为应该做这些。喜欢，你就吃；不喜欢，就别吃，没人强迫你吃呀。”

梅利索听到她竟说出这种话来，十分惊诧，心里不以为然。焦塞福听了这些，对她说道：“女人，我看你还是老脾气。看着吧，今天我得让你知道该改改你的坏毛病了。”

焦赛福立即动手打她，甚至她哀号求饶也不停止。从此以后，他的老婆就对他百依百顺了。

故事十

女王的这个故事令女郎们议论纷纷，小伙子们则笑个不停。笑语平息之后，迪奥内奥开始讲道：

俏丽的女郎们，在许多羽毛洁白的鸽子中间，一只漆黑的乌鸦比一只雪白的天鹅更能映衬出鸽子的美丽；同样，在一群聪明人之间，一个愚笨的人不但能够增添聪明人的风采和峥嵘，而且能提供很多的乐趣。你们都是谦虚庄重的人，我呢，天性驽钝，正因为如此，我才能使你们的美德更加光彩夺目，我的作为越是放肆，也就越能讨你们欢心。我的话无所顾忌，还请大家多多包容，对我讲的那些不中听的话不予计较。好了，现在我就给大家讲个短小的故事，你们从中可以看出，对那些施行法术的人讲的规则，我们必须信守不渝，否则便会前功尽弃。

从前，在巴莱塔有个神父，名叫唐·贾尼·迪巴罗洛，只因在教会的收入很低，所以经常赶着一匹骡马，在普利亚大区的乡村集市往来，做些买卖，维持生计。这位神父结识了一个乡下人，名叫彼得罗，家住特雷桑蒂，二人称兄道弟。他是个做小生意的人，不过赶的是一头毛驴。每当他来到巴莱塔时，神父都让他在教堂吃住，尽其所能地款待他。而彼得罗老弟虽然也不宽富，在特雷桑蒂他和年轻漂亮的妻子以及那头毛驴挤在一间小屋子里，可是，每当唐·贾尼来到特雷桑蒂时，彼得罗老弟总是尽其所能给地予最好的招待。可是住宿问题，彼得罗老弟就无法解决了，他只有一张很小的床，是他和他的年轻美貌的妻子睡的，所以只得委屈神父了。他有个小牲口棚，只好让神父和他的毛驴 、马在那里将就一夜，那位年轻的妻子知道自己丈夫受了神父的很多照顾，所以多次提出，她可以到邻居家借宿。她每次都这样讲，可神父拒绝了。有一次，神父对她说：

“杰玛塔大嫂，不用为我担忧，我睡得很舒服，因为只要我高兴，我就可以把我的骡马变成一个漂亮的姑娘，陪我睡觉，等我要起来时，我再把她变成骡马。我可不想离开她。”

那年轻的女主人惊讶万分，但仍然信以为真，告诉了她的丈夫，最后还说：“既然你们情谊深重，何不求他把那法术教给你？这样一来做生意的时候你就可以把我变成一匹骡马，加上你的毛驴，岂不是可以赚双倍的钱？回了家，你再把我变成一个女人吧。”

彼得罗老弟本来头脑简单得要命，对此也信以为真，同意了妻子的意见。于是，他开始恳请神父传授法术，唐·贾尼竭力向他们解释，说这是玩笑话，可对方偏不相信，于是神父说道：

“好吧，既然你们一定要学，那么我们就在明天天亮之前就开始传授吧。可是，在这件事上，最难办的是插上尾巴，到时你可千万不要捣乱，坏了大事。”

彼得罗老弟同他的老婆恨不得早点学到这套法术，傍晚就赶紧上床睡觉了。第二天，天刚蒙蒙亮，就起身去叫神父。唐·贾尼神父只穿一件衬衫，来到彼得罗老弟的小屋，说道：“除你之外，这法术我谁也不传的。咱们交情不错，你又一心想学，我会好好传授的，不过你们得听我的话，否则会破了法术那可就糟了。”

夫妇两个都说听他的。于是，神父拿过一支蜡烛递给彼得罗，对他说道：

“看清我是怎么做的，听我怎么说。最要紧的是，如果你不想把这件事给毁掉，那么你无论听到什么，看到什么，一定不能做声。愿天主保佑，这尾巴能插好。”

彼得罗老弟接过蜡烛，表示听从吩咐。神父就叫杰玛塔大嫂脱掉衣服，一丝不挂，如初生婴儿，再叫她像马站着时似的趴在那里，无论如何都不说一句话。于是，神父开始作法。他用手抚摸她的脸蛋和头，口中振振有词：“变，变成美丽的马头吧。”又抚摸她的头发，说道：“变成美丽的马鬃吧。”接着抚摸她的双臂，“变，变成美丽的马腿和马蹄吧。”然后抚摸她的胸脯，口中仍旧说道：“变，变成美丽的马胸。”接着将她的脊背、肚子、臀部、大腿、小腿摸了个遍，只差插尾巴了。于是神父撩起衣衫，嘴里喊着：“变作骡马美丽的马尾吧！”

一直在旁边的彼得罗老弟看到这最后一着，觉得非常不对劲，忙说：“喂，唐·贾尼，我不要你插尾巴，不用你插尾巴！”

这时，唐·贾尼退后一步喊道：“哎呀，彼得罗老弟，你到底想干什么？我不是告诉你无论如何都不能做声吗？眼看就要大功告成，你却开了口，毁了法术！现在想再来一遍也办不到了。”

彼得罗老弟说：“算了吧，我可不要这样的尾巴。你装的尾巴也太低了。”

唐·贾尼说：“这第一回我不给你示范，你知道怎么干吗？”听了二人的争论，那年轻女人站起身来，愤怒地对她的丈夫说：“笨蛋！瞅你干的好事？你在哪儿见过没有尾巴的骡马？天主帮忙吧，我看这辈子咱们只能受穷啊！”

那年轻女人再也无法变成一匹骡马，烦恼万分地穿上衣服，彼得罗仍旧干他的老行当，赶的是他的那头毛驴，同唐·贾尼做伴，一起去比通托一带赶集，只是从此再也不问有关法术的事了。

这个故事令大家笑得前俯后仰，尤其是女郎们，她们理解之深远远超出了迪奥内奥的预料。

一天的故事讲完了，夕阳西下。女王知道自己的任期已满，就站了起来，摘下花冠，戴在潘菲洛头上。女王面带微笑地说道：

“陛下，你是最后一位国王，因此，你责任重大，我的过失，我以前各位统领者的过失，都要由你来弥补。愿天主赐福于你，是他安排你作最后一任国王的。”

潘非洛愉快地接受了王冠，回答道：“大家所有的美德，一定能使我像前任的领导者们一样，受到称赞。”

依照惯例，他令总管把膳食之类的事安排好之后，转身向女郎们讲道：

“可爱的女郎们，今天的女王埃米莉亚非常英明，她要大家随意讲自己喜欢的故事。先休息休息，明天我想按老规矩办，希望你们就一个题目各自准备一个故事，这个题目就是，人们在爱情方面或其他方面表现出来的崇高举止。这样的故事无疑会激励我们做出英勇的行动来，使我们短暂的生命永世流芳。人不可像动物似的只顾温饱，不思进取。”

这群快乐的青年男女一致叫好。于是他们在得到新国王的许可之后，都站起来去消遣了，直到吃晚饭时为止。晚饭时，大家又高兴地聚到一起，饭后，接着唱唱跳跳。这些歌曲音调动听，歌词优美。最后，国王叫内伊菲莱唱一个她自己编的歌曲。

她立刻婉转地清唱起来：

我是个幸福的姑娘，
我在春天里歌唱，
歌唱我的爱情和理想……

内伊菲莱的歌博得了大家的一致夸奖。她唱完之后，夜色渐深，国王吩咐大家回房歇息。

第十天

西边天空的那几朵小小的云儿依然深红，东边天空的云朵已被初升的太阳映得金灿灿的，潘菲洛起了床，叫醒女郎和青年们。大家到齐后，商量去哪儿游玩，他和菲洛梅娜、菲亚梅塔带领着大家缓缓前行。一路上他们谈着未来的生活，不觉已经走了长长的一段路。阳光渐渐炽热起来，他们便回到寓所，围着清澈的泉水，用干净的杯子尽情痛饮，然后来到园子的阴凉处，尽情玩乐，直到吃午饭的时候。

吃饱睡足之后，人们照例到国王指定的地方。国王请内伊菲莱第一个讲，她欣然从命。

故事一

可敬的女郎们，承蒙国王厚爱，能让我带头讲个慷慨豪爽的故事，我很荣幸。正像太阳为晴空增辉，慷慨豪爽地照亮了其他一切美德。现在，我给大家讲一个短小却很有趣的故事，各位听后一定有所收益。

大家都知道，历史上这座城里出了不少英勇的骑士，鲁杰里·德菲焦瓦尼是他们中间最杰出的人物之一，他家境殷实，心地高尚纯洁。他看到托斯卡纳地区的风俗人情不合己意，连他这样的英雄都无用武之地。那时的西班牙国王阿尔方索的英名无人能及，鲁杰里便带了大批武器、马匹和随从前去投奔，受到了国王的热情接待。

鲁杰里为人光明磊落，又立下了赫赫战功，很快就受到人们的赏识。住了一段时间之后他细细观察国王的行为，发现他常随意赏封一些平庸之辈。而自己的功劳不少，却无赏赐，这严重损坏了自己的声誉，他便决定离去。奏明去意后，国王答应了，赏给他一头漂亮的骡子。鲁杰里骑士远行有骡子代步，他非常乐意。

随后，国王派一个贴身侍从与鲁杰里同行，但绝对不能让对方看出他是国王派来的，将他一路上讲的话，尤其是关于国王的一言一语，回报国王，第二天上午则要令鲁杰里返回王宫。于是，那个侍从提前在路上等着，鲁杰里一出城，他便巧妙地迎上前去，装作自己也要去意大利，和他搭伴而行。

鲁杰里骑着国王赏的那头骡子，一路上和那个侍从攀谈，在快打晨钟的时候，他说：

“我看该让牲口喘喘气，撒泡尿了。”

说着，他们来到一个马厩，除了国王奖给鲁杰里的那头骡子，所有的牲口都拉了粪。然后大家又骑上了牲口上了路，那个侍从一直注意着这位骑士在讲些什么。他们来到一条河边，叫牲口饮水，没想到那头母驴却把粪拉到河里。鲁杰里见了，脱口而出：

“唉！该死的畜生，你同你的国王完全一样。”

侍从记住了这句话，虽然他和鲁杰里一直同行，谈了许多，可除了这句外，都是些赞扬国王的话。第二天早上，他们骑上牲口，准备向托斯卡纳进发时，侍从向骑士宣读圣谕，叫他马上回宫。

回到宫里，国王听了侍从的记报，立即把鲁杰里招来，笑容可掬地接待了他。国王问他为什么将自己与骡子相提并论。鲁杰里坦然答道：

“陛下，我把您比作骡子，是因为您该赏的不赏，不该赏的却赏了。正像那头骡子，在该拉的地方不拉，在不该拉的地方反而拉了。”

国王说道：“鲁杰里，我确实给了别人许多赏赐，可别人的功劳并不能与你相比。我没有给你赏赐，并非因为你不是最勇敢的骑士。对你来说任何赏赐都不过分，只是你运气不佳，无福消受，你可不能怨我。如果不信，我可当场证明我没乱说。”

“陛下，”鲁杰里回答说，“使我伤心的并不是没有得到您的赏赐，因为我并不想发财，而是我的功劳得不到彰显。尽管如此，我仍认为您刚才讲的是真话，不论您以何种方法当场证实，我都愿意。当然，即使不给证明，我也相信您。”

国王带他来到一个大厅。当众说道：“大厅里已按国王事先的吩咐放了一模一样的两只锁着的大箱子。鲁杰里，两个箱子当中，一只装着我的王冠、杖权，以及我的很多玉带、珠饰、戒指和别的珍宝；另一只箱子里装的是泥土。请您随意挑一只，里面装的东西统统归您。您由此可以看出，到底是我还是你的命运对你的功劳评价不公。”

鲁杰里遵从吩咐，挑了一只箱子，国王命人当场打开，里面装的全是泥土。国王笑着说：

“鲁杰里，您看，我刚才说是命运的缘故，这话的确不错。不过，您的功绩的确不小，我甘愿冒犯一次命运之神的威力。我知道，您不想成为一个西班牙人，所以不赐给您城堡。可是，另一只箱子里的珠宝珍品，尽管命运不肯给您，我却偏要把它们全都赐给您。现在你就把它们带回故乡，作为我赏识您的功劳的凭证，在父老乡亲面前当之无愧地炫耀一番。”

鲁杰里接收了它，并感谢国王的封赏，快快乐乐地回到了托斯卡纳。

故事二

西班牙国王阿尔方索对那位佛罗伦萨骑士的大度宽容，博得了大家的一致赞美，国王也很高兴，要求埃丽莎接着讲故事，埃丽莎当即讲道：

美丽的女郎们，一个国王对为他立过大功的人如此慷慨，虽说值得称颂，但也算不上什么太了不起的事。若是换成一名教士，他对人异常宽容（那个人即使是仇敌也是无可厚非的），那么，对这样一位教士，我们又该如何评论呢？当然，如果说那个国王的慷慨是美德，那么那个教士的宽容就可以被称为奇迹了，因为天下的教士都比女人小气，要想让他们慷慨大度，简直比登天还难。一般人的本性是以牙还牙，报复心极强，大家都知道，教士们虽然竭力宣扬容忍和宽恕，但他们报复别人的时候，比一般的俗人还厉害。不过凡事都有例外，大家听了我的故事便会明白。

基诺·迪塔科是个臭名昭著的强盗，手段残忍，被逐出锡耶那城，同圣塔菲奥雷的伯爵们为敌，煽动拉迪科法尼的人背叛罗马教廷，并在那一带横行霸道，拦路抢劫，搞得经过这一带的商旅人心惶惶。

罗马教皇博尼法乔八世接受克伦尼修道院院长的拜见。这位修道院院长可是个在世界上都排得上名的富翁，因胃病接受大夫的建议去锡耶那用泉水沐浴。得到教皇的恩准之后，他便带着大批人马、行李和装备，浩浩荡荡地上路了，根本不去理会那个江洋大盗基诺。基诺听说这位院长将要路过，便布下天罗地网，把修道院长和他的人马以及行李杂物，围得铁桶似的。安排好了之后，基诺又打发一个最得力的心腹，带了几个喽啰到院长那里，以基诺的名义，很客气地请院长到山寨做客。院长听了勃然大怒，表示绝对不去，他不会同基诺绝同流合污，倒要看看谁阻拦他的去路。那个使者听了低声下气地说：

“院长，此时此刻在我们这个地方，除了天主，我们什么也不怕。开除教籍、停止圣职，对我们根本就不管用，所以为您着想，我看您还是依了基诺吧。”

正在二人交谈时，四面已被那几个喽啰团团围住。院长看到形势如此，无可奈何，只好跟着使者向山寨走去，仆从带着行李跟在后面。根据基诺的命令，院长被单独送到城堡中一间又黑又简陋的小房间里，他的随从却颇受优待，他们的马匹财物都得到妥善保管。之后，基诺来见院长，对他说："院长，您现在是基诺的客人。因此，他特地打发我来问明您打算到哪里，要干什么？"

院长本是个聪明人，也不敢太嚣张，向来人说明了此行的目的和原因。基诺听了，心中暗想，还是想法把这位院长的病治愈为好。要治这病，他根本不必用泉水沐浴。于是，他命人在院长的房间里生好一盆火，命人好好照看。第二天早上，他用一块雪白的餐巾给院长包了两片烤面包，又倒上一大杯院长带来的科尔尼利亚出的白葡萄酒，对院长说："院长，基诺年轻时学过医，他有个独家秘方，现在给您端来第一剂药，请您服用吧，您的病一定能治好。"

院长这时已经饿得发慌，无力计较太多，吃了面包，喝了白葡萄酒，然后才说了许多高傲的话，提了好多问题，特别提出要同基诺面谈。基诺听了这些，不予理睬，但仍回答了一些问题，最后彬彬有礼地说，他一有空儿就会来见院长。第二天，他又带来两片面包和一大杯白葡萄酒。就这样一连过了好多天，一直到基诺发现，院长把他特意暗暗留在那里的几粒干蚕豆吃掉了，他才露出本来面目，问院长胃病是不是有所好转。院长回答说："如果不是被关押在这儿，我觉得和好人没什么两样，不过说心里话，他的药还挺管用。"

于是基诺就叫院长自己的佣人收拾了一个优雅的房间，又指派手下预备一桌丰盛的酒席宴请院长的全体随从，并让许多人陪同。第二天早上，基诺来到院长那里，对他说：

“院长，既然你的身体已经痊愈，就可以搬出那间病房了。”

说着，基诺便牵着院长的手，领他到那个布置好的房间，让他和他的随从留在那里，自己则来到厨房安排一场丰盛的宴会。院长见了自己人十分快乐，把自己这几天受的苦讲给他们听。但他的随从却对他说，他们这几天受到了基诺的热情招待。宴会开始了，一道道山珍海味端了上来。直到这时，基诺仍然没有在院长面前暴露自己的身份。院长在这里又住了一段时间之后，基诺才吩咐把院长的所有行李搬到一个大厅，把所有的马都集中到那个大厅下边的院子里，连最不顶事的一匹劣马也没留，然后去问院长，他的感觉如何，是不是完全康复能够骑马上路了。院长回答说，他已十分健康，胃病也完全好了，只要能放他走，那就太好了。于是基诺把院长领到那间堆放着院长的行李、站满他的随从的大厅，又请他走近窗口，那里可以看到他的全部马匹。基诺告诉他：

“院长大人，你也明白，本人出身世家，只是因为家中无法容身，一贫如洗，劲敌又多。为了性命和名誉，我基诺·迪塔科才沦为江洋大盗，与罗马教廷为敌。我敬佩你的为人，对你丰厚的财产，不过如果你体谅我的一片苦心，愿意留下点什么，我也不会拒绝。现在，您的财物都在这里，您可以从这窗子见到您所有的马匹都在院子里。从现在起，您想走想留，悉听尊便。”

院长听了一个江洋大盗出言竟如此有理有据，特别高兴，满腔的愤怒与轻蔑顿时烟消云散，对基诺颇有好感，成了基诺的真心朋友，上前将他一把抱住，对他说：

“向天主发誓，只要交上你这样的朋友，就是再多吃些苦头我也乐意！只怪命运不公，令你沦落至此。”

说完之后，他只取了极少数必需的物品直接回罗马去了。教皇正为他的遭遇而心神不安，见他返回，便前去问沐浴是否有裨益。院长笑着回答说：

“神圣的教皇，虽然泉水没有用成，但遇上一个医疗能手，把我的病彻底治好了。”

接着，院长就把他的遭遇叙述了一遍，教皇听了笑了起来。院长继续讲着，边讲边为基诺的那种慷慨大方所感动，祈求教皇给予他一个恩典。教皇根本没有料到院长会为基诺求情，请院长尽管提出来，肯定照办。于是院长说：

“教皇陛下，我虔诚地请您将您的恩典赐给我的那位医生，基诺·迪塔科，在我生平接触的人当中他的确算个人物。至于他现在所干的勾当，是由于他命运多舛。只要您能给他一些赏赐，使他能过上合乎身份的生活，我想不用多久，您也一定会像我一样，发现他是个开明大度的人物。”

那位教皇本来就是个宽宏大量的人，求贤若渴，听了这些，马上回答，如果基诺真是像院长所说的那样一个人，他很乐意满足院长的要求，并说基诺可以安安心心到罗马来。基诺根据院长的安排，来到罗马教廷。教皇看出他既有真才实学，品质也好，便封他为耶路撒冷圣乔瓦尼骑士团骑士，管辖一个骑士团的修道院。以后，他一直为教廷尽职尽责，和克伦尼修道院院长毕生修好。

故事三

大家听了前面的故事，都对一个教会人士能够有这样宽大的胸怀啧啧称奇。女郎们停止议论之后，国王吩咐菲洛斯特拉托接下去讲，后者马上讲道：

高贵的女郎们，西班牙国王的气宇轩昂、克伦尼修道院院长的慷慨实在是人间少有。可是我现在再给你们讲一个人，你们听了，一定会更为惊讶，这个人对恨他入骨的人，竟也表现得宽宏大量。不仅如此，一旦那个谋害他的人要下毒手，他也会从容赴死，毫不迟疑。现在，且让我把这个小故事讲出来，供大家分享。

根据那些到过卡泰约的热那亚人或到过其他地方的人回来后的叙述，卡泰约有个门第高贵、富甲一方的人，名叫纳坦。他有一所在一条交通要道旁边的房子。这是一条沟通东西方的要道。他为人慷慨大度，雄心万丈。于是，他请来好多工匠，很快就建起一座富丽堂皇的大厦，宴请天下宾客。他家仆役如云，对人一律热情相待。天长日久，他的名声四方传扬。

纳坦尽管年事已高，但依然很好客。他的名声传到附近一个青年耳朵里，这个青年叫米特里达内斯。原来，这个年轻人也同样家资丰厚，因此嫉妒纳坦，一心想让自己显得更加慷慨大方，以便胜过纳坦，或者使他相形见绌。于是他也如法炮制，毫无疑问，他不久后也出了名。

有一天，这位青年独自待在庭院里，一个穷苦的女人从屋子的一个门口走进来，乞求施舍，他给了她；不久，她又从第二个门走进来，再求施舍，他又给了她；这样反复了十二次。到了第十三次，米特里达内斯说：

“大娘，你不感到自己讨要得太频繁了吗？”不过，他还是给了她。那个老年妇人听他这样说，很生气，抱怨道：

“啊，纳坦的慷慨远远胜过你呀，他的大厦有三十二个门，我走遍了所有的门，求他施舍，他没有一次不给我，没有一次表示认出了我。可是，在这里，我还没有重复到第十三次，你的态度就如此恶劣，还责备我呢。”老妇人说着就走了，再也没有回来。

米特里达内斯听老妇人这么一说，不禁怒气冲天，想道：“唉，真让人伤心！我付出这么多还不能同他相提并论，我奋斗到什么时候才能在大事上胜过他呢？这样看来，不如把他干掉，省得我费力不讨好。”

他打定主意，也不走漏风声，就带着几个随从上马出发了。第三天黄昏时分，来到纳坦的住宅，他马上吩咐随从马上装作不认识他，各自分头去找住的地方，等待他的新命令。他一人又赶了一段路，走了没多远，只见一个衣着简朴的老人正在散步。米特里达内斯并不认识老者，其实这人就是纳坦。他问能不能告诉他纳坦住在哪里。纳坦欣喜若狂地回答道：

“我的孩子，你算问对人了，没有第二个人比我更了解他。如果你愿意，我现在就带你去。”

他说，这真是太好了，但是，最好不要让纳坦见到他，他并不想结识纳坦。纳坦回答说：

“既然如此，我一定尊重您的意见。”

于是米特里达内斯下了马，同纳坦谈笑风生，向那座漂亮的大厦走去。纳坦指派一个佣人把这个年轻人的马安顿好，悄悄指派这个佣人去告诉全体人员，不要告诉这个青年人他就是纳坦。仆人们表示从命，。然后把米特里达内斯带到大厦中一个最漂亮的房间住下，殷勤招待，纳坦也亲自去陪他。

米特里达内斯住了一段时间，把这老者当作父辈对待，问他究竟是何人。纳坦答道：

“我是纳坦手下一个不起眼的仆人，从小就在这里侍候他，现在到了年岁，可从来没有人像你这样好地对待我。所以，虽然别的人都赞美他，我却不这么认为。”

这几句话使米特里达内斯顿时觉得遇上了知己，以为自己那个恶念又多了几分实现的办法和可能。纳坦也客气地询问了对方的来意，又说，如果有用得着他的地方，将尽力而为。米特里达内斯犹豫了好半天，他感到可以相信这个老者，拐弯抹角地要老者保密，然后才把自己的身份和来意，原原本本地说了出来，最后还要老者帮他出个主意，该如何行事。纳坦听了他的这番话，不觉心慌意乱，但他面不改色地说道：

“米特里达内斯，令尊德高望重，你子承父业，不辱没你家的名声。你妒忌纳坦的品德，我很欣赏，假使多几个具有这种妒忌心的人，那么这个恶劣透顶的世界也许会迅速好转起来。你已把你的打算告诉我，我会绝对保密。至于实现这个愿望，我只能帮你出些有用的主意，却无法帮什么大忙。你看，离这里大约一里远的地方，有一片小树林，纳坦几乎每天早上都要单独一人到那片林子里散步，时间挺长的。在那里，你不费吹灰之力就能找到他，若是杀死他之后想尽快脱身，那你就不要走来时的路，从左边那条路走出林子，虽然偏僻点，但离你的家比较近，更为安全。”

米特里达内斯听到这些情况，等纳坦告辞以后，默默地告诉他的随从——他们也住在这所大厦里——明天在什么地方等他。第二天，纳坦内心平静如水，因为他对米特里达内斯说的是真心话，独身一人来到树林，准备受死。米特里达内斯也起了身，带上他的弓箭和宝剑，骑上马，奔往树林。走近一看，果然，纳坦单独一人在远处散步。他决定先过去看看纳坦的真面目，听他说上两句话，然后再杀死他。于是跑上前去，一把揪住纳坦的头巾，说道：“老头儿，快受死吧！”

纳坦回答说：“任你处置吧。”

米特里达内斯感到他的声音很熟，再朝他脸上一看，立刻认出这老头儿原来就是这几天好心接待他、亲热陪伴他、热心给他出主意的那个人。他把出鞘的剑抛向远处，跳下马来，哭着跪到纳坦面前说：

“我极亲爱的老爹，这一下我可真正体会到您是多么慷慨大度了。我丧失人性，可您居然前来送命。我的天哪，你甚至比我还着急去成全我，我真是罪孽深重，黑白不分呀！现在，就请您来惩罚我吧，罚得越重我越心安。”

纳坦上前把他搀 起，慈爱地拥抱他，吻他，然后说：

“我的孩子，你的这番举动，不管是罪孽还是善举，我都会成全你，你用不着愧疚，因为并不是因为仇恨而这样做，而是为了博得比我更好的名声。因此，你好好地活下去吧，不要考虑太多，世上再也没有第二个人像我这样爱你，因为我十分敬佩你的高贵精神，你不像守财奴一般把钱攥在手心里，而是用在大伙儿身上。你也不必因为曾想杀掉我之后大出风头而感到羞愧，更不必以为我会感到奇怪。多少伟大的帝王杀人如麻，无恶不作，都只为名垂青史，甚至为此而不惜祸国殃民。这样看来，你为了使自己出名，只想杀死我一个人，并不是什么大奸大恶之辈，的确情有可原呀！”

米特里达内斯并未原谅自己，而是对纳坦感激不尽。不过，他又说，纳坦这么愿意前来送死，甚至教他如何下手，真是太过离奇。对此，纳坦回答说：

“米特里达内斯，我心甘情愿地来送死，甚至教你杀我的方法。我这样并不是故作惊人之举，这仅仅是因为，自从我成年以后，我就想做你想做的事。不管是什么人来，向我提出要求，我都会尽力去满足他，如今你来要我的命，我马上决定把我的命给你，因为我不愿让你空手而归。我重申，如果你真的要我的命，就请你马上动手，了却你的这个心愿吧。我已经八十岁了，活得也够本了，我迟早会有个寿归正寝的日子。我知道，万物都得遵循自然规律，因此，我认为，像我平时施舍钱财一样，把这条命送给他人，这样更符合我的心愿，如果你愿意，你就将这条命取走吧。我活了这么大岁数，还没有遇到一个人想要我的命，也不知道什么时候才能遇上这样一个人。即使以后再遇到第二个，我这条也已经不值钱了。所以我请你还是趁早把它取去吧。”

米特里达内斯这时羞愧难当，说道：“我居然会有那种卑劣的想法，这真是天理难容！现在，我非但不想缩短你的寿命，如果可能的话，我愿意把我的寿命给你，愿天主保佑你能福寿延绵。”

纳坦马上回答说：“如果可能的话，你真想这样做吗？不过，那你能答应我一个要求吗？我一生从来没有拿过别人的财物，如今却要拿你的财物，你愿意吗？”米特里达内斯立即回答说：“毫无疑问，我非常乐意。”

“那好吧，你就照我的吩咐去做吧。”纳坦说，“你这么年轻，你就留在我这里，改名为纳坦；我则到你那里，改名为米特里达内斯。”

这时，米特里达内斯回答说：“如果我的为人处世能够像你一般好，那我一定毫不犹豫地接受您的好意；可是，我认为我肯定赶不上您，这样一来，我只会毁坏您的名声，所以我绝对不能答应，以免自己的罪孽更深重。”

两人推心置腹，畅谈了许久，最后还是接受纳坦的意见，一齐回到大厦，款待米特里达内斯住了好多天，无微不至地照顾他，毫无保留地传授为人处世方面的全部经验和智慧。后来，米特里达内斯带着随从们告辞回家，他心中明白，在乐善好施的事业上，他是远远落后于纳坦的。

故事四

大家听完故事，对世上竟有人大方到不惜自己流血死去的地步感到十分惊叹，认为纳坦的慷慨大度实在超过了西班牙国王和克伦尼修道院的院长。国王等大家评论完之后，瞥了劳蕾塔一眼，示意她接着讲。劳蕾塔便讲了起来：

年轻貌美的女郎们，刚才讲过的几件事实在是伟大至极、高贵至极，我觉得我们再也说不出什么慷慨大方的、能和刚才的几个故事相提并论的故事了。看来只有在爱情方面找些题材了。对我们来说，只有千千万万的爱情题材一直令我们兴致盎然。所以我很愿意讲一个情人的慷慨行为。无论从哪个方面来看，这都不会比刚才讲过的几个故事逊色。因为一个人为了得到一个意中人，是不惜一切代价的，包括生命和荣誉。

从前，在伦巴第地区那座名城博洛尼亚，有位年轻绅士，名叫詹蒂莱·德卡里森迪，因出身高贵和道德高尚而受人尊敬。他爱上了尼科卢乔·卡恰内米笠的妻子卡塔丽娜，但只是一厢情愿。这时，这位绅士正巧被任命为摩德纳市的长官，便失意重重地赴任去了。

不久，尼科卢乔离开博洛尼亚，妻子已经怀孕，住在离城三里左右的乡间别墅。突然有一天她得了一种来势汹汹的急病，很快就气息全无。连医生们也确认她已经断了气。她的亲属们虽然知道她已有了身孕，但认为胎儿还不足月，实在无可奈何。于是，大家哀悼了一阵子，只好把她埋入邻近的教堂后面的一个墓地。詹蒂莱很快就从一个朋友那里得知了这个噩耗。他虽然不曾得到这位夫人的一丁点儿宠爱，但仍悲痛万分，暗自思忖道：

“卡塔娜夫人，你现在离我而去了！生前，你正眼都不给我一个，死后该可以吻你几下了吧。”

天黑之后，他就悄悄带了一个贴身随从，骑上马，赶到夫人的墓地，打开墓门，爬了进去，躺在夫人的尸体旁，脸贴着她的脸，流着泪吻了她许多次。我们知道，人们的欲念无穷无尽，总也满足不了。对情人们来说尤其如此，这位詹蒂莱先生也不例外。正当他要离开时，一个念头突然出现在脑海里：“唉，我既然来了，何不摸摸她的胸脯再走呢？这可是千载难逢的好机会呀。”

欲望一起，他的手立刻行动起来。忽然感觉她的心脏还在微微跳动。他克服了一切恐惧心理，仔细确认了一阵子，断定她并没有死，虽然气息甚微但还可以感觉出来，便叫来他的仆人，帮他轻轻地把她从墓穴中抬出来放在马上，悄悄回到博洛尼亚自己的家里。他的母亲，是一位高尚聪慧的老夫人，听她儿子讲完后，不禁心生怜悯，立即给她洗了个热水澡，又生了火让她取暖。不一会儿，卡塔丽娜慢慢醒过来，长嘘出一口气，问道：“我这是在哪儿？”

老夫人回答道：“请放心吧，这里很安全的。”

卡塔丽娜彻底清醒，向四处一望，不知身处何地，但看到詹蒂莱先生站在她面前，惊魂未定，就向老夫人询问，她是怎么到这里来的。詹蒂莱先生便将事情原委讲给她听。她很伤心，衷心感谢他后，请他顾及这份情爱，期望他不失礼仪，千万不要让她遭遇到任何有损她和她丈夫名誉的事，天一亮就让她回到自己的家。

詹蒂莱先生回答道：“夫人，无论我以前对您有什么企图，从现在起我都永远把你看作是我的亲姐妹。感谢上苍使爱您的我能够做这件好事，将您从死亡之线上拉了下来。我有个不情之请，希望您能答应。”

卡塔丽娜和气地回答道，只要能做到，不损名节，她一定乐意从命。

詹蒂莱说道：“夫人，您所有的亲友们、博洛尼亚全城的人，都认为您已经死了，您家里根本没有一个人想到您能死而复生。所以，我要求您和我母亲暂时住在这里，不要声张，一直等到我从摩德纳回来，时间不会太久。之所以向您提出这个要求，只是因为一件事：我要把本城所有的名流都请来，当众把这件宝贵而隆重的礼物奉还给您的丈夫。”

卡塔丽娜知道这位绅士对她恩重如山，而他的这个要求又很合理，尽管她巴不得早日与亲人团聚，但表示愿意答应詹蒂莱先生的要求。话音未落，肚子忽然痛了起来，看来是要分娩了。她在詹蒂莱母亲的悉心照料下，顺利地产下一个俊俏的男孩，詹蒂莱和她欣喜万分。詹蒂莱先生让大家小心侍候她，把她当作家里的主妇看待，随后到摩德纳去了。

詹蒂莱先生任期已满，快要回去的时候，他吩咐家人在他到家的那天上午，举办一次体面而隆重的宴会，把城里所有的名流都请来，尼科卢乔·卡恰内米笠也包括在内。他回家之后大家都在等他，包括卡塔丽娜。她比以前更加美丽，她的儿子很活泼很可爱，詹蒂莱先生异常兴奋，请客人们入座，端上一道道的山珍海味。宴会到了尾声，詹蒂莱就照着事先同卡塔丽娜商量好的步骤，起身说道：

“诸位先生，据我了解，过去在波斯有一种很不错的风俗。凡是有人想要对自己的某个朋友表示敬意时，就把那个朋友请到自己家里，展示自己最宝贵的东西，不论是妻子、女友、女儿还是其他心爱的东西，并且还要在拿出那种心爱的东西时说一声，如果可以，他愿意把自己的心也挖出来给他看。今天，我也想也按这种风俗来行事。

“承蒙诸位赏光，屈尊前来，我不胜感激。今天，我想以波斯的风俗来向诸位表达我的敬意，将我在这世上最珍视的宝物请诸位观赏。可是，在这样做之前，我有个问题需要讨教，请大家指点迷津。这个问题就是，假使某人家里有一个忠实善良的仆人身染沉苛，主人不等病人断气，就把他扔到大路上去，置之不理。后来有个好心的陌生人把他带回家，悉心照料，使他恢复健康。现在我要问，如果这个陌生人就此把那个仆人留下来，让他干活，那原来的主人是否有权埋怨那个陌生人，并要求归还这个仆人？若是陌生人不肯，那原来的主人是否有权指责陌生人？”

在座绅士们商议了一阵子，取得了一致意见，推举能言善辩的尼科卢乔·卡恰内米笠来回答这个问题，尼科卢乔先赞扬了一番这种风俗，他和所有的客人都认为，原来的主人根本无权要回那个仆人，因为他在那仆人危急的时候非但不予照料，反把他丢到外面，而第二位主人好心救助，成为仆人的新主人是理所当然的。原来的主人于情于理都不应抱怨。

名流们纷纷表示，他们同意尼科卢乔的意见。詹蒂莱听了这种回答，马上表示他说得很对，并且说：

“那么，我就要履行我的诺言了。”

说完，他就打发两个亲信去请那位夫人。当然，她按照要求打扮得极其华丽，出来会见宾客。她来到宴会大厅，按照詹蒂莱的安排，坐在一位贵人身边。詹蒂莱这时说道：

“各位，这就是我最珍贵的宝贝。不知诸位是否认为我言之有理？”

宾客们大加赞扬，说詹蒂莱艳福不浅，认真一看，很多人都认出了她。只因她早已死去，不便说出口。而比在座的人望得更仔细的，当然是尼科卢乔。他心里简直像着了火似的，急于弄清她是谁。詹蒂莱走开后，他忍不住问她是博洛尼亚人还是外地人，夫人差点脱口而出，但因和詹蒂莱有约在先，只好不吭一声；又有人问她，那个婴儿是不是她的孩子，还有人问她是詹蒂莱的夫人，还是他的亲戚，她也不回答。詹蒂莱先生回来之后，一位客人对他说：

“先生，您这里的这位夫人固然很美，但她好像不能开口讲话，是吗？”

“先生们，”詹蒂莱说，“她不开口，这更彰显了她的美德。”

那客人说：“那么，就请你告诉我们她的真实身份吧。”

詹蒂莱这时说道：“这一点，我很愿做到，只是有一个条件，不管我说什么，任何人都不得离开自己的座位，听我把故事讲完。”

大家都表示一定做到，餐桌撤去之后，詹蒂莱坐到这位夫人身边，说道：

“诸位先生，这位夫人就是我刚才讲到的那位忠诚善良的仆人，可她的亲属在她还活着的时候，就错误地将她当死人埋葬了。我用尽办法把她从死神手里夺回来，感谢天主，使我终于把她从一具可怕的尸体变成一个这样的美人。欲知详情，且听我细细道来。”

于是，他就从他爱上她讲起，明明白白地说明了这曲折的过程，大家听了都惊诧不已。接着他又说：“这么说，如果诸位依旧坚持刚才的意见，特别是尼科卢乔先生也没有改变主意，那么这位夫人就属于我了，谁也没有理由把她从我手里夺走，这是理所当然的。”

大家都默不作声，静观事态发展。尼科卢乔以及在场的一些人和那位夫人，都感动得流下泪来。这时，詹蒂莱站起了身，把婴儿抱在怀里，拉着夫人的手，走到尼科卢乔面前说：

“亲家，请站起来，现在我不是把你的妻子归还给你，因为你的亲人们已经将她扔掉了。我只是想把这位夫人——我的亲家母——和你的儿子送给你，这孩子是你的，我已经抱着他受了洗礼，给他取名为詹蒂莱。希望你不要因为夫人在我家里住了将近三个月，就减少了对她的恩爱。我可以向天主发誓，她和我母亲住在一起，真是无比贞洁，就像她同自己的父母或是同你住在一起一样。天主让我爱上她，大概是因为我会为爱而拯救她吧！”

接着他又转向那位夫人说：

“夫人，从现在起，您可以自由地回到你丈夫的身边了。”

说完，他把母子二人交给尼科卢乔，回到座位上，尼科卢乔喜上眉梢，感激的话说了一遍又一遍。其余的客人都感动得流下了眼泪，对詹蒂莱倍加赞誉，此事一时传为倾城佳话。那夫人回到自己家里，受到家人的盛情招待，着实热闹了一番，从此以后，詹蒂莱先生一直是尼科卢乔夫妇以及他们的家人的好朋友。

故事五

这伙欢快的人都盛赞詹蒂莱先生，认为他的品德好，这时国王要埃米莉亚接着讲一个，她从容自若地说道：

温雅的女郎们，詹蒂莱的慷慨大度，的确是世所罕见的。但是，如果有谁说这是绝无仅有的，那我就会说还有比他大度的人。为什么这么说呢？大家听了我给你们讲的这个短小的故事之后自会明白。

弗留利地区气候寒冷，但山清水秀，景色宜人。这里有个乌迪内城，城里住着一位美丽的贵夫人，名叫迪亚诺拉，她的丈夫是当地一位有名的豪富，名叫吉尔贝托，为人和蔼可亲，风度儒雅。这位夫人的魅力吸引了一位名叫安萨尔多·格拉登塞的贵人，此人在当地颇有名望。他热爱这位夫人，所以想尽一切办法以博取她的欢心，但情书写了多少，仍无济于事。

那夫人看他总来纠缠，便千方百计想摆脱掉他。她想到可以刁难刁难他，借机摆脱。因此，有一天，这位夫人对一个传递书信的妇人说道：

“大娘，你多次对我说，安萨尔多先生最爱的就是我，你也给我带来很多贵重的礼物，我绝不会因此就爱上他，满足他的心愿。不过，如果我能确信，他真像你所说的那样爱我，我也会爱他的。我现在只求他一件事，他若能办到，我才能相信他真爱我。”

那位大娘说：“夫人，请说说你的要求吧！”

夫人回答道：“下个月是一月，我要他在城里建个花园，花园里像五月一样，绿草如茵，繁花似锦，树木葱茏。如果他办不到，就请不要再纠缠我了，否则我就要告诉我的丈夫及家人，请他们出面解决。”

安萨尔多听了那位夫人的条件，马上明白了她的用心，可是他还是决定想尽一切办法去试一下。于是到处打听，看看是不是有人能替他想个办法，或者替他出个主意。最后他找到一个魔术师，许以重金。据目睹的人说，第二天早上，那里出现了一座花园，美轮美奂，园里草木郁郁葱葱，果实累累，安萨尔多看了，高兴得合不拢嘴，连忙在园里采了几样最美的花，摘了几样最好的果子，派人悄悄送给他爱的那位夫人，并请她快来欣赏为她建成的花园，请她明白自己情深似海，不要忘记自己的诺言。

那夫人早已听人家说过那个奇异的花园，现在见了送来的这些鲜花水果，悔不当初。但她仍不死心，便和城里其他几位夫人一同去看那座花园。那个花园，真是叹为观止，可回家以后，想起自己非得履约不可，真是黯然神伤，丈夫见夫人忧心如焚，沉默寡言，再三询问。起初，她羞于启口，最后才迫不得已，把这事的前因后果向她的丈夫全说出来了，吉尔贝托听了，开始时非常愤慨，继而一想，他妻子确实无可挑剔，便不再气恼，说道：

“迪亚诺拉，一个聪慧贞洁的女人，根本就不该去听那些牵线的妇道人家的话，更不该拿自己的贞节去冒险。对于一个堕入爱河的男人来说，在爱情的鼓舞下，几乎什么事都办得到。你先是听了那些牵线的人的话，后来又提出了条件，这些都是不对的。不过，我知道你的动机是纯洁的，为了让你不因失信而受折磨，我暂且允许你做一次任何别的男人都难以答应的事，我希望你到他那里去一次，最好能设法履行你的诺言而又不失贞操，万一办不到，就算失身也不要失去你那颗爱我的心。”

夫人听了她丈夫的话，痛哭失声，表示绝不去见安萨尔多。可吉尔贝托坚持让她去一趟。第二天早上，夫人也不多打扮，前面带了两个仆人，后面跟着一个侍女，来到安萨尔多先生家里。安萨尔多听说那位夫人来找他，十分惊喜，当即把那个魔术师请来，对他说：

“我今天要你看看，你高明的法术为我赢得了多大的幸福。”

于是他就去迎接那位夫人，举止端庄，神态恭敬。三人一同走进一间漂亮而温暖的房间，安萨尔多请夫人坐好后说：

“夫人，如果我这么久的爱慕能得到一点补偿，那么请您解释一下，一大早您带着这么多人上我这里，有何贵干呢？希望您不要厌恶我的请求。”

那夫人十分惭愧，眼泪夺眶而出，回答道：

“先生，我遵照丈夫的吩咐来了。您的爱情虽然不正当，我丈夫却觉得您为我费尽心机，也就顾不上他和我的名誉，叫我上这里来了。我是奉命令而来，这回准备让您如愿以偿。”

安萨尔多本已有些惊异，听了她的这番话，更是惊诧，吉尔贝托的气量打动了他，满腔欲火开始化为敬佩之情，于是说道：

“夫人，听了您的话，我要是再损害您和您丈夫的名誉，天理难容，我只能当您是我的姐妹，留您在这儿住一阵，您爱什么时候回去就什么时候回去。只盼望您回去后代我好好感谢您的丈夫，还请您代我要求他，让我一辈子成为他的兄弟和他恭顺的仆人。”

夫人听了这番话，欣喜若狂，说道：“您的大方有理令我的来访有了这么好的结局，我将感激您一辈子。”

说完，夫人即告辞回家，安萨尔多还派了好多人热热闹闹地护送。回到家里，她把一切情形都告诉给丈夫。从此吉尔贝托与安萨尔多惺惺相惜，亲密无间。

至于那位魔术师，本来准备索要酬金，如今见到吉尔贝托对安萨尔多先生如此慷慨，而安萨尔多对那位夫人也这么大度，便说：“既然吉尔贝托先生竟大方到连自己的名誉也不顾，您连爱情也可以牺牲，那么我怎么会连这笔酬金也不肯放弃，这笔钱您还是留着吧。”

安萨尔多感到面子上过不去，请他把钱拿去，再三请求，对方依然不肯收。三天之后，魔术师把那座花园拆掉，辞别而去。安萨尔多祈求天主降福于他。此后，安萨尔多消除邪念，只存一片纯洁的兄妹之情。

可爱的女郎们，我们该怎么评价这个故事呢？詹蒂莱固然将他所爱的女人归还给她的丈夫，但那时他的情人已差不多是个死人，令他灰心绝望，而安萨尔多费了九牛二虎之力才把自己追求已久的人弄到了手，当时他的欲火该有多么强烈呀，可他却坚决地抑制了淫念。相形之下，谁更胜一筹呢？如果有人认为二者不相上下，我只能说那是不明智的。

故事六

女郎们听了关于迪亚诺拉的故事，马上议论起来，说不清吉尔贝托、安萨尔多和那个魔术师谁更慷慨大方。对于这些就无须费笔墨了。国王等到议论平息后，望望菲亚梅塔，命她接着讲一个故事，菲亚梅塔毫不迟疑地讲：

高贵的女郎们，我一贯主张我们讲故事时一定要把想要表达的意思讲得清清楚楚，免得让人在细枝末节上左右推敲，争执不休。争论是学者们的事，我们这些人只要会纺纱织布就行了。我本来想讲个故事，可是看到刚才讲的故事已经让大家难下定论，我怕讲出来再让大家争论伤神，所以暂且将这个故事放在一边，讲另外一个。这故事说的不是普通小人物，而是一位英明的国王，怎么以侠义的作风行事，使自己保全了晚节。

各位都多次听说过查理一世，他的年岁已大，但声名显赫。尤其值得一提的是他战胜了曼弗迪国王，将吉伯林党人赶出佛罗伦萨，使教皇党回到该城。于是有个名叫奈里·德里乌贝尔蒂的骑士，带上家属和细软，投奔查理国王，为的是找个僻静之处，安安静静地度过晚年。他来到那不勒斯海湾的斯塔比亚海滨城堡附近，买了一块被一棵棵橄榄树、核桃树和栗子树包围着的土地，建了一所豪华的住宅，还在宅子前建了一个美丽的花园。又在园子正中建了一个鱼池，鱼池清澈见底，水中鱼儿成群。他每天将大部分时间用在这个园子上，把花园整理得一天比一天更美。一年夏天，查理国王来到海滨城堡避暑，听说奈里的花园很美，便想观赏一番。但是国王一听这个花园的主人来自敌对党派，觉得应该先跟他拉上关系，亲近一下，于是便派人对奈里说，他和他的四个大臣，第二天晚上将到他的花园去吃晚饭。奈里听了不胜荣幸，很隆重地操办一番，命家人将一切安排得井井有条，尽量使国王玩得开开心心。

国王观赏了奈里的花园住宅之后，便到鱼池边准备就餐。洗过手后，命同来的圭多·迪蒙佛尔特伯爵和奈里分别坐在他的两边，同来的另外三个臣仆按照主人的安排就座。晚宴开始了，有山珍海味，有美酒佳肴，侍候殷勤，招待周到，国王对此连连称赞。

正在国王开怀畅饮，饱览美景之际，两位十五岁左右的少女走进花园，金灿灿的头发散披在脑后，戴着常春藤编织的花环，面庞娇艳无比，简直像天使一般。她们都穿着雪白的非常薄的麻布衣服，上半身紧贴着肌肤，长裙拖地。前边的一个，左肩搭着两个渔网，右手拿一根很长的竿子；后面的一个，拿着三脚架、煎锅、木柴、油和火炬之类，国王很是惊异，但没有做声，等着看她们要做些什么。

两个姑娘有些害羞，但落落大方地来到国王面前，恭恭敬敬地向他行礼，接着，扛煎锅的那个将煎锅和其他杂物放到池畔，拉过长竿下了水池，池水齐胸高。奈里的一个佣人燃起了一堆火，将煎锅放到架火的三脚架上，等着两个姑娘把鱼儿扔过来。站在池里的两个姑娘对鱼池中的鱼的习性非常熟悉，她们的配合十分默契，没多大工夫，两人就捉了许多鱼，把这些鲜跳活蹦的鱼儿扔给那个佣人。佣人把鱼儿一一投入煎锅。她们将抓到的几条最漂亮的鱼儿，扔到国王、圭多伯爵和她们的父亲坐的那张桌上。鱼儿在桌上活蹦乱跳，国王欣喜若狂，顺手抓起几条扔回去，跟她们打趣。没过多久，佣人已经把鱼烹好，端到国王面前，这与其说是美味佳肴，不如说是席间的余兴。

两个姑娘看抓到的鱼已经够了就走了上来。细白麻布衣裳紧紧裹着她们美妙的身体，纤毫毕露。她们把各种东西统统收起来，羞答答地在国王面前走过，回到屋里去了。国王、伯爵、侍候的那些人都对这两个小姑娘的秀美动人，温雅可爱暗自赞赏。国王尤其突出，自从两个姑娘出水之后，一双眼睛就紧紧盯着她们，眼珠子直打转，这时如果有人刺他，估计他也不会感觉到痛。他不知道她们的身份，如何到这里来的。他的思念之浓，真是难以抑制，这两位姑娘长得十分相似，他自己也不明白爱上了哪一个。思量了一阵，他转身问奈里，这两个姑娘究竟是谁家的。奈里回答说：“国王陛下，这是我的两个孪生女儿，一个叫美人儿齐内沃拉，一个叫金发女郎伊索塔。”国王感叹不已，又说她们两个已到谈婚论嫁的年龄了。奈里推脱道，他现在无能为力。这时，菜已上完，只见那两位姑娘身着华丽的丝绸旗袍，手捧银盆，装满了新鲜水果，放到国王面前的桌子上。然后她们退后几步，唱起歌来，开头的两句是：

爱情啊，这过程是一言难尽，

可我终于来到了彼岸……

歌声甜润悦耳，国王心醉神迷，如聆听仙乐一般。唱完之后，二人跪了下来，恭恭敬敬地请国王恩准她们退下。国王虽然不忍心，但仍强装笑脸。

晚宴结束后，国王和他的随从告别了奈里，返回王宫，一路上充满欢声笑语。从此以后，他拼命压抑着自己的热情，尽管日理万机，却始终忘不了美人儿齐内沃拉的娇俏可人，同时也被伊索塔的美丽动人搞得神魂颠倒，他编造了各种各样借口，寻找各种机会和奈里交往，常去观赏他的花园，聊以自慰。

最后，他无计可施，忍无可忍，总想金屋藏娇，左拥右抱，于是向圭多伯爵说明了自己的打算。伯爵是个颇讲道义的人，当即对国王说：

“国王陛下，听了你的这番话我很吃惊。我们相交多年，相知甚深。在人年轻的时候，本应是一个多情少年，您却从来未曾沉湎于儿女私情，如今您年事甚高，反而堕入爱河不能自拔，我真是难以接受啊。请不要责怪我直言不讳。您现在统治的是一个刚刚征服的新国家，战乱刚刚平息，民情还不熟悉。危机四伏，国不可一日无主，在这危急存亡之秋，您哪里有时间去谈情说爱呢？

“这不是英明大方的君王的行为，而是毛头小伙儿的作风。那位骑士在他自己家里殷勤招待您，还叫那一对孪生姐妹向您表示敬意，这足以说明他对您的一片赤诚，也说明他把您当作一个明君，而不是色狼。难道您忘了，不正是因为曼弗雷迪贪恋女色，才使您征服了这个国家吗？奈里先生全心全意地侍候您，您反而想夺走他的荣誉、希望和安慰，这岂不是忘恩负义？如果您真的做出这种事，别人会说您什么呢？也许您会自我安慰：‘我之所以这样做，只是因为他是个吉伯林党人。’但不管他是哪一个党派的人，对于求您庇护的人，您竟如此对待他们，这能算是帝王的仁慈德行吗？陛下，您征服了曼弗雷迪和库拉迪诺，固然是无比光荣的，可是，您若能征服自己，那才是更大的光荣。您既然统治别人，就应该首先注意自己的德行，不要玷污自己来之不易的光辉业绩。”

这番话深深地刺到了国王的内心深处，他觉得真是字字珠玑，感到很难堪，长叹一声，说道：

“伯爵，你言之有理，对于一个久经考验的骑士来说，最可怕的敌人是自己的邪念。但是，不管这需要多大的毅力，你的这番话大大激励了我。过不了几天，你将看到我会以实际行动证明我依然是那个驰骋疆场、英明贤德的查理国王。”

国王说了这些话后，没几天就回那不勒斯了。他离开奈里这个地方是为了抑制自己的邪念，一方面是为了设法报答奈里的深情厚谊，他想把奈里的这两个女儿当作亲生女儿许配给别人，虽然他很想据为已有。他征得奈里的同意后，把美人儿齐内沃拉许配给马菲奥·达帕利济先生，把金发女郎伊索塔许配给古利埃尔莫·德拉马尼亚先生，二人出身高贵，功名显赫。国王还赐给了她们丰厚的嫁妆。办完这件事，国王就起身前往普利亚地区，斩断情丝，清心寡欲地度过了晚年。

也许有人会说，一个国王嫁出两位姑娘，不值一提，我也不会否认。可是我认为，它的不凡之处在于国王坠入了情网，仍把自己所爱的人许配给了别人，而不损害她们的名节。就这样，这位明君既堂皇地报答了高贵的奈里骑士，对他心爱的姑娘表示了敬意，又战胜了自己。

故事七

菲亚梅塔讲完故事后，许多人纷纷称道国王查理对自己的严格要求和慷慨大度，只有一个女郎不置可否，因为她属于吉伯林党。在国王的授意下，帕姆皮内娅开始了她的讲述：

可敬的女郎们，按理说，查理国王的行为的确值得赞美，至于因其他原因而对他心存恶感，自然另当别论。这让我想起一个故事，说的是查理国王的一个敌人如何对待我们佛罗伦萨的一位姑娘，这也同样值得赞美，因此我很愿意讲给大家听。

在法国人被逐出西西里时，巴勒莫市住着一个来自佛罗伦萨的药剂师，名叫贝纳多·普契尼，膝下只有一个独生女儿，美艳绝伦，已到谈婚论嫁的年纪。那时，阿拉贡的彼得是西西里岛的君主，一天，他和臣仆们在巴勒莫举行盛大的欢庆活动，按加罗尼亚的习俗进行武术比赛。贝纳多的女儿莉萨那天正和其他女郎们凭窗眺望，看到国王在场上驰骋时的英姿飒爽，被彻底打动了，对他迷恋不已。赛后，莉萨回到家，里还是总想着国王，虽然他知道自己家境寒微，无法高攀，可她的满腹爱意却无法减少一点儿，只是为安全起见，才苦苦压抑自己的情思。国王当然不可能明白这样一位姑娘的情思，姑娘也因此而变得心事重重，痛苦与日俱增。有一天她再也支持不住了，一病不起，形销骨立。姑娘的父母见了这一变故，心急如焚，千方百计地替她请医生。然而所有这些都无济于事，只因为她知道，自己的爱情简直是一场梦，只求速死。一天，姑娘的父亲说，哪怕是天上的星星，他也要为女儿摘到。因此姑娘想在离世之前，让国王知道她的这片痴情。有一天，姑娘要求她的父亲把米努乔·达雷佐请来。米努乔当时是国王喜欢的一位御前乐师和歌手。贝纳多只以为他的女儿莉萨想听他唱歌演奏，立即打发人去请他。这米努乔原是个很懂礼貌的人，立即奉命前去。他好言安慰了这位姑娘一阵子，又拿出随身带来的维奥拉，拉了几曲小调，又唱了几首歌。以为能令姑娘高兴，谁知却是火上浇油，姑娘就跟这位歌唱家说，她有几句心里话要告诉他，打发走众人后，她才说：

“米努乔，我见你可信才敢开口，你可千万要替我保密呀！希望你能尽力帮我的忙，求你了。亲爱的米努乔，在我们的国王彼得即位举行盛大欢庆活动的那天，国王燃起了我心中的爱情之火，以致今天成了你见到的这副模样。我与他地位相差悬殊，可我的这片真情不但压不下去，而且愈来愈浓烈，我现在只想一死了之，免得再活着受苦。现在我距离死神也只有一步之遥了。

我的这片痴情如果不让国王知道，就这样默默死去，我会死不瞑目的，除你之外，再也没有更合适的人选。我特意拜托你，希望你千万不要推辞。你转告他以后，回来再告诉我一声，这样我死也无怨了。”说了这些话，她开始痛哭。

姑娘高尚的心灵和坚强的决心，深深地感动了米努乔。突然，他灵机一动，说道：“我决不辜负你的信任。你爱上一位国王，这并没什么错，我愿意尽力相助。只希望你能好好休息，三天之内你就会得到好消息。好了，事不宜迟，我这就去办事。”

莉萨听了这番话，千恩万谢，并保证一定听从米努乔的吩咐，她会平安无事的。米努乔辞别了她，去找了一个名叫米科·达锡耶纳的著名诗人，恳求这位诗人编写了下面这样一支歌：

爱神啊，快去见我的君王，

替我传递我心深处的哀伤……

米努乔自己谱曲，凄恻哀婉，第三天就前往王宫，给正在用膳的国王唱起这支歌来，如泣如诉的旋律打动了每个人的心。国王问他这支歌是哪里来的，以前他怎么从来没听过。

“国王陛下”，米努乔回答道，“这支歌的歌词和曲调刚刚作出来，还不到三天。”

对此，国王又问，这支歌包含着什么样的故事，米努乔回答道：“如果国王想听，请喝退众人，我将细细道来。”

国王很想知道到底是怎么回事，立刻带米努乔来到内室，米努乔则把莉萨的话从头到尾讲给国王听。国王听了大为感动，不停地赞美那位姑娘，说他非常同情她，并请米努乔转达他的问候，国王将在当天晚祷时分亲自去看她。

米努乔欣喜若狂，连忙离开国王，前去把这一好消息告诉那位姑娘。到了姑娘那里，他将情况细细讲给姑娘听。然后又拉起他的维奥拉，给姑娘唱了那支歌，听了这些，姑娘大喜过望，病情很快得到好转，只盼望晚祷时分快些到来，见到她朝思暮想的君王，但她不想打扰家人，就没露形色。

国王原本就慷慨大方、仁慈宽厚，听了米努乔讲的这件事后，反复思量，加上对少女的品貌早有耳闻，顿生怜香惜玉之心。到了晚祷时分，国王上了马，谎称出去随便逛逛，便直奔药剂师的宅子，借口要看看美丽的花园。到了花园，国王浏览了一下，寒暄几句后，就问起贝纳多，他的女儿可好，是否已经嫁人。

贝纳多回答说："国王陛下，她还在闺房中。很不幸，她已身染沉苛。不过，说来也奇怪，从今天上午起，她的精神又抖擞起来了。"

国王心里马上明白这是怎么回事了，便说：

"天啊，这样一位美丽的姑娘如果离开人间，真是一大损失，我们去看看她吧。"

过了一会儿，国王只带了两个侍从，在贝纳多的引导下，来到姑娘的房间，走到她的床前，她正等着他呢。于是国王拉住她的手说：

“小姐，您这是何苦呢？你正值妙龄，前程如花似锦，怎么自己先病倒了呢？我想劝您想开一点，振作起来，争取赶快痊愈。”

这位姑娘和她最心爱的人握着手，虽然害羞，心里却暖洋洋的，她打起精神说：

“我的国王，我身子单薄，顶不住烦恼的重压，这才病倒。谢谢您的好意，您会看到，我不久就会好的。”

国王明白了姑娘的弦外之音，更加看重她，只是感叹命运竟安排她生在平民之家。国王又待了一会，抚慰了她一番，这才辞别而去。

人人都对国王的仁慈大加赞扬，说那位药剂师和他的女儿真是三生有幸。那姑娘心里特别高兴，重新鼓起了生活的勇气，没多久就彻底康复，出落得比以前更加美丽。国王和王后商议，应该如何报答这位姑娘的这份痴情。一天，国王带了许多贵族阶层的人，骑马来到药剂师家，进了花园，把药剂师和他的女儿招来。不多一会儿，王后也带着许多宫女来到，接见了莉萨，过了一会儿，国王和王后把莉萨叫到一旁，国王对她说：“可爱的姑娘，承蒙错爱，请给我一个报答的机会吧。您已经到了出嫁的年龄，我们打算替您选个丈夫，但是，如果您乐意，我打算永远做您的骑士。现在我只想吻您一下，除此之外，别无所求。”

姑娘的脸顿时涨得通红，她顺着国王的心意，低声回答道：

“我的国王，我很明白，如果别人知道我对您的感情，肯定会很惊骇，以为我疯了，居然不知天高地厚。天主在上，当我爱上您的时候，就知道咱俩的差距。可是，您比我更明白，天下的男女相爱时，并不考虑是否门当户对，而只是从欲望和爱出发。我曾多次克制自己，不想犯这样的错误，可是，这克制毫无用处，我对您的爱是无法泯灭的。

“我打定主意，处处要先考虑您的意愿，不仅乐意遵从您的命令，接受您恩赐给我的丈夫，而且要好好地爱他，因为这是我的本分，是我的荣誉，只要您高兴，我可以赴汤蹈火。您知道，有您这样一位国王做我的骑士是我最大的荣幸，除了这样回答您，我还能说什么？至于您只要求吻我一下，表示您对我的爱，没有王后的允许，我也难以答应。您和王后对我恩宠有加，我难以报答，但求天主赐福于你们。”说完，她沉默下来。

王后对姑娘的回答十分满意，觉得这姑娘真如国王所言，通情达理。国王派人把姑娘的父母叫来，向他们说明了用意，他们非常高兴，国王又把一位虽不富足，但品性高雅的青年叫来，这青年名叫佩迪科内，当场给了他几个戒指，叫他与莉萨成婚。国王和王后又给了那位姑娘好多珠宝首饰，此外，又把切法卢和卡拉塔贝洛塔两个富饶的地方赐给这个青年，对他说：

“这两个地方算是小姐的嫁妆，以后还会有其他的封赏。”

国王又转身对姑娘说：

“现在请您接受我索取的吻吧。”说着，他双手捧住姑娘的头，在她的前额上吻了一下。

佩迪科内、莉萨的父母和莉萨本人的兴奋之情难以名状。不久，他们举行了盛大的婚礼，结成了幸福的一对。

国王一直信守诺言，在世之年一直做她的骑士，每次出去比武，他的武器总是只挂那位姑娘送给他的纪念品。

国王的所作所为为别人树立了光辉的榜样，既为自己赢得了声誉，也博得了臣民们的衷心爱戴。只可惜现代的君主们却不知效法，残暴专横，不知修身。

故事八

帕姆皮内娅讲完了，大家盛赞国王彼得，特别是那位吉伯林党人他更是得意。之后，按照国王的要求，菲洛梅娜接着讲道：

高雅的女郎们，国王们有权有势，世人皆知，只要他们乐意，很少有办不到的事。由此看来，无论什么人，只要做的是力所能及的事，哪怕是好事也无须夸大其词。而出人意料地做到了他力所难及的事，才值得我们大加赞美。因此，如果诸位认为古往今来的帝王们的功绩值得赞美，那并不错，但我相信，凡夫俗子们的事迹如果可以和国王们相提并论，甚至超过国王，那就更值得赞扬了。我这个故事就是关于两个好朋友的慷慨大方的。我这就讲给你们听吧。

在屋大维·恺撒还没有称帝时，他以执政官的身份统治罗马。那时，罗马有一位名叫普博利奥·奎恩佐·福尔沃的绅士。他有个儿子叫蒂托·奎恩尔沃，天资聪颖，因此被父亲派到雅典去学哲学。父亲把儿子托付给那里的一位贵族老友，请他尽量关照。从此，蒂托就住在克雷梅特家，和他的儿子季西波住在一起，他请了一位名叫阿里斯蒂波的哲学家给两个孩子授课。

两个年轻人，意气相投，情谊日深，简直亲如兄弟，这份情谊只有死神才能拆散。开始学习后，二人的天分显得一样高，成绩都非常优异，进步也一样快，在哲学方面的高深造诣都很令人赞叹。克雷梅特非常高兴，对二人同等对待。他们就这样相处了三年之后，年老的克雷梅特不幸去世。两个青年悲痛欲绝。克雷梅特的亲友们也弄不清，究竟哪一个更需要安慰。

几个月后，季西波的亲友和家人以及蒂托，都劝他尽快成亲，他也就答应了。他们终于给他找到一位美貌绝伦，出身雅典名门的姑娘，这姑娘名叫索佛罗尼娅，年方十五。临近婚期的某一天，季西波邀蒂托一同去看那位姑娘，二人来到姑娘家，姑娘坐在二人中间陪他们说话。蒂托感到莫名其妙，他把姑娘全身上下都打量了一遍，觉得她没有一处不令人喜欢。他心里一面赞赏她的美貌，一面竟不由得对她热爱狂恋起来，只是不敢流露出来。

他们只在她家里坐了一会儿就走了。回到家里，蒂托独处时，不由自主地思念起那位可爱的姑娘来，接连长叹几声，自言自语道：

“唉，蒂托，你怎能这么不像话呢，你把你的心灵、爱情和希望寄托在哪里了？克雷梅特和他的家人对你那么好，你同季西波的友谊又那么深厚，这个姑娘还是季西波的未婚妻，难道你不懂得应当把她看作是姐妹吗？你爱着不该爱的人，做着不该做的梦，你到底想沿着这条邪路走多远？看看你是个什么人，你这个下流胚！你应该理智一些，应该克制这种肉欲，消除这些邪念，把心思用到别的事情上，战胜自己，趁早收手吧。这不是别人，而是你最好的朋友未过门的妻子，你要是顾及到真正的友情，那就不应干这种卑鄙事了。如果有足够的良知，就把这种不正当的感情抛到一边吧。”

然而一想起索佛罗尼娅，他完全改变了主意，想到：

“爱情的法则胜过一切，什么友谊，什么规则，自古以来，父亲爱上女儿，哥哥爱上妹妹，后母爱上继子的，不是比比皆是吗？至于爱上朋友的妻子，这样的事更是数不胜数，司空见惯。年轻人都得服从爱情的规律，因此，爱情的意愿当然也就是我的意愿，安分守己是长者的事，我只听从爱神的驱使。那位姑娘真美丽极了，谁见了都会爱上她。这样一个年轻人爱上了她，并不是因为她是季西波的未婚妻，而是因为我非爱她不可，不管她属于什么人。命运把她给了季西波而没有把她给别人，实在太令人遗憾了。这样一来，即使让季西波听到，他总该觉得，与其让别人爱她，不如让我——他的朋友——爱她更让他高兴吧。”

他一会儿自言自语，一会儿又自我批评，接连好几夜都心神不定，茶不思，饭不想，觉也睡不着，终于被累垮了。

季西波早已看出他的朋友这几天心事重重，现在又见他病了，很是难过，寸步不离，想尽办法安慰他，究竟有什么心事，为什么会得上病的，蒂托总想敷衍，但都失败了。最后，他经不起一再盘问，只得一面哭泣，一面叹气道：

“季西波，要是天主愿意，就让我死了也好。命运之神为了考验我的品德，使我进退两难，可我经不起考验，这令我令愧极了，因此就是让我死，我也心甘情愿，免得活在世上，老是想起自己的卑鄙无耻。我什么事都不想瞒你，我不怕羞耻，还是说给你听吧。”

于是他就从头讲起，吐露自己的想法和思想斗争，又告诉他屈服于哪种想法，坦言自己染上了单相思。后来又说，他自知这种想法可耻，因此宁愿一死以表示忏悔。

季西波听了这些话，一时也愣住了，因为他虽然不像蒂托那样深陷情网，却也迷恋他娇美的未婚妻。可是，他马上想到自己朋友的命比那可爱的索佛罗尼娅更要紧，就泣涕涟涟地说：

“蒂托，要不是看到你现在这副模样，我真是不想理你了。你把这样严重的相思病瞒了我这么久，这不是在破坏你我之间的友谊吗？虽然你认为这件事不光彩。可是，你怎么可以隐瞒朋友，朋友之间应无私相待，这些苦恼事咱们暂且不谈，你爱上了我的未婚妻索佛罗尼娅，这我一点也不感到奇怪，如果你不爱她，那才太奇怪呢，因为她长得美，而你的心气又高，越是叫人爱慕的东西当然就越使你痴迷。你觉得你爱上索佛罗尼娅是理所当然的，那你就更不应该埋怨命运之神把她给了我——虽然这一点你讲得很少，你大概以为，要不是命运之神把她给了我而是给了别人，那对她的爱就是堂堂正正的了。假如你现在也像平时一样头脑清醒，那我倒要请教你了：如果命运把她给了别人，不论是什么人，难道比给了我对你更有利吗？且不说你的爱情有多高尚，我只问你，不管命运把她给了谁，人家是自己享受呢，还是会让给你呢？好在命运将她许配给我了。只要你仍然把我看作你的一个朋友，道理就是这样，我们是朋友，不分彼此。所以即使木已成舟，我也愿意同你共同消受，更何况现在还没有到那个地步，我更可以把她让给你了。如果我能够光明正大地为你效力，而我却不肯按你的愿望去办，那你何必珍惜我的这份友谊呢？索佛罗尼娅的确是我的未婚妻，我也很爱她，我日盼夜盼着同她结婚。可是，你对她的了解胜过我，而且你会比我更珍爱她，因此，请你放心，我把她迎娶到我的家里来，做你的妻子。你不必再忧愁苦闷了，快乐起来，争取早日恢复健康，高高兴兴地等待着这美好的结局吧。”

蒂托听了满心欢喜，同时也更加羞愧了，因为他的良知告诉他，他自己居然利用了季西波的大度，太卑劣了，因此他仍哭个不停，过了一会儿，才抑制住眼泪答道：

“季西波，你的慷慨和真诚，使我清楚地懂得了我应当如何对待这件事。天主把这样一位姑娘赐给你，那是因为你们在一起更合适。如果我把她从你手里夺过来，就会违反天理呀。既然天主让你选中了这位姑娘，那就听我的忠告，好好享受天主赐给你的福分吧。我呢，因为神断定我不配拥有她，所以让我默默承受这份伤感吧，无论如何，你都是我今生今世最好的朋友。”

季西波答道：“蒂托，如果我们之间的友谊可以给我一种特权，请让我强迫你做一件事，如果你心甘情愿地听从我的请求，那我就要尽一个朋友的本分，强迫你娶索佛罗尼娅为妻。我知道爱情的力量能有多大，我也知道男男女女为了爱情而不幸死去的故事不计其数。我看你已经离死不远了。你既不能赶快回头，也克制不了悲伤，只能越来越糟，这样一来，我也毫无疑问要很快地跟你

而去了。

“我爱你没有别的理由，只为顾全我的性命而爱惜你的生命。总之，索佛罗尼娅属于你了。因为你不会再找到这样称心的人，而我的爱情不必费力就能够到另外一个人身上，这样岂不两全其美。如果寻找妻子也像交朋友一样困难，那我就不会这样豁达大度了。我既然能再找一个妻子，宁愿把她让给你，而不愿失掉你这样一个朋友。你是她更好的归宿，你要振作起来，满怀希望，准备和那位美丽的姑娘幸福地生活吧。”

蒂托虽然心里同意娶索佛罗尼娅为妻，可是仍然不好意思接受。然而爱情的力量和朋友的劝说使他想开了。

“季西波，你要求我这样做，你的大度征服了我的惭愧，那我就照你的意思办吧。但有一点我还要告诉你，我不是那种没良心的人，我绝不会忘记我的生命和我的心爱的姑娘都是你给予的。你这样对待我我很感动，但愿将来有一天我能够尽力体面地好好报答你。”

季西波听了这些话，说道：

“蒂托，如果我们要把这件事办得完美无缺，我看我们就必须谨慎从事。你也知道，我和索佛罗尼娅订婚，是经过父母之命、媒妁之言的，如果现在说，我不娶她了，这会成为一场轰动当地的丑闻，也会令我和她的家长亲属不高兴。当然，只要能够使你拥有她，这些我是根本不会在乎的，我担心的是，我一说不娶她了，她的家长们会给她另找婆家，不一定许给你，弄得咱俩一无所获。因此，我觉得应该不动声色，把她娶到家里举办婚礼，然后悄悄让你去同她同房，让她成为你的妻子。以后有了合适的场合和时机，再把真相讲出来，如果她愿意，自然很好；即使不愿意，可面对事实他们也会无可奈何的，只能这样下去，不知你意下如何？”

蒂托也认为这主意不错，不久，他完全康复，季西波便把新娘迎娶过门，举办了隆重的婚礼。夜里，女宾们把新娘安排到新房，便辞别而去，蒂托的卧室就在新房隔壁，有门相通，季两波进入洞房之后，便把所有的灯都熄灭，然后默默走到蒂托的房间里，蒂托羞愧万分，想临时改变主意，拒绝去新房，但季西波说服了他，把他送进新房。

蒂托上了床，开玩笑似的问姑娘是否乐意做他的新娘子，女的以为是季西波，回答说愿意，于是他便把一只贵重的戒指套到她的手指上，说：“我也愿意做你的丈夫。”

他们圆了房，恩爱无比，除了两个好朋友，别人对此事一无所知。

就在蒂托和索佛罗尼娅不尽恩爱之际，他的父亲普博利奥不幸去世，家里写信，催他赶快返回罗马打理丧事。因此他便同季西波商议，如何说服索佛尼罗娅接受现实跟他回去。于是有一天，他们把新娘请到一间房里，把详细情形向她原原本本地全部讲了出来，蒂托还把他们两人说的许多私房话说出来作证。索佛罗尼娅惊疑不定，接着便呼天抢地，责备季西波不该要手腕欺骗她。于是她就回到娘家，把季西波对她和她的家人要的欺骗手段告诉了自己的父母，说自己现在已失身于蒂托。

索佛罗尼娅的父亲一听大怒，此时很快就闹得满城风雨，季西波简直成了过街老鼠，但他自己却问心无愧，因为索佛罗尼娅有了更好的归宿。

再说蒂托这边，他听了这些，十分懊恼。可他了解希腊人的脾气，他们恃强凌弱，欺软怕硬。于是他认为对他们的喊叫吵闹，不能再听之任之了。他既有罗马人的胸怀，又有雅典人的智慧，便用巧妙的办法把季西波和索佛罗尼娅的家人请到一座庙里，他和季西波一起走了进去，对那些等在那里的人说道：

“许多哲学家都说，永恒的神明安排和决策短暂的人生，事情的发生都是上天注定的。我们只要用事实来验证一下这些意见，那就可以明显地看出，要想改变既成的事实，那是不可能的，那无异于拿鸡蛋碰石头，硬要去同神明们比个高低，只要有点儿智力就可以看出，如果我们责怪神明的行为，那是多么狂妄和无知呀！如果真有人敢这样做，那就是自取灭亡，依我看，你们都是这类人，因为我听你们反反复复地说，季佛罗尼娅原是许配给季西波的，现在怎么变成了我的妻子。你们没有想过，她是我的妻子，而不是季西波的妻子，这是神自始至终的安排，现在已经得到了事实的验证。

“如果有人难以理解神的奥妙和意旨，那么我很愿意向诸位用世俗的见解来说明一下。不过，要这样谈，我就得做两件我本不愿意做的事。一件是，我要赞美自己；一件是，我要适当责备别人。请相信我这样做是因为我该这样做而不是我想这么做。

“你们对季西波一味地指责，斥骂，肆无忌惮地侮辱他，只凭一时意气，却不顾他的人格，你们之所以怪他只是因为他没有接受你们的安排，做出出乎意料的事。我认为，他这种做法是很值得赞扬的。第一，他做了一个朋友应做的事；第二，他这件事上表现得很聪明，远远高于常人。

“我现在并不想向你们解释，一个朋友该给另一个朋友做些什么，我只想提醒你们，朋友之情胜过骨肉之情，因为朋友是我们自己选择的，而亲人则是命里注定的。因此，如果季西波爱我的性命胜于爱你们的情谊，你们就不必为此大动干戈了。第二点，他的明智是你们无法相比的。因为我觉得你们既不懂天主的意旨，更不了解友谊的威力。你们经过商量和缜密的思考之后，才把索佛罗尼娅给了季西波，而他又情愿把她让给了另一个青年哲学家；你们要把她嫁给一个雅典人，而季西波却把她让给了一个罗马人；你们要把她嫁给一个身份高贵的年轻人，而他却把她又让给了一个身份更高贵的年轻人；你们要把她嫁给一个并不爱她，也不了解她的人，而他却把她让给了一个爱她胜于爱一切幸福、爱她胜于爱自己的性命的人。

“我说的都是实话，希望你们明白。我也像季西波一样，是个年轻的哲学家，你们只要看看我的脸和学问就会明白。我和他的年龄相同，学业相当，他是雅典人，我是罗马人；我是一个自由城市的公民，而他则是一个纳贡的城市的公民；我那个城市是主宰，而他那个城市却服从于我那个城市的统辖；我那个城市文德武功名闻天下，而他那个城市只是一个文化中心。此外，虽然你们认为我家境贫寒，我家里和罗马的许多公共场所，都摆放着我先辈们的雕像，罗马的史册上，也载满了蒂托家族对罗马神殿的许多光辉业绩。我的家族史慢慢变得光辉灿烂了。我羞于提起我家的财富。因为清寒是罗马高贵公民古老而光荣的传统。

“如果一般人觉得，只有财富才值得赞扬，那么我得说，我非常富有，而且我的财富不是不义之财，而是命运的馈赠。我知道你们因为在雅典有季西波这么一个亲戚而感到荣幸，然而你们也应该为在罗马有我蒂托这么一个亲戚而庆幸，因为你们在罗马永远可以把我看成一个无比好客的主人，不论公事还是私事都是你们精明能干的帮手。

“请静下心来，仔细思考一下，看看谁的意见能比我的好友的见解更为周密呢？索佛罗尼娅嫁给蒂托·奎恩佐·福尔沃，一个富贵世家的罗马子弟，又是季西波的朋友，所以这门亲事是天作之合。如果有谁为这件事埋怨或感到遗憾，那真是太不懂事了。可能有人会说，他们埋怨的不是索佛罗尼娅成了蒂托的妻子，而是她如何成了他的妻子，把女方的亲戚朋友蒙在鼓里。这也不是什么新鲜事。同别人私订终身，或者是同情人私奔，而后结为夫妇，还有些女人跟男人先有私情，有了身孕，快要生孩子时才和人家结婚，而不是人家规规矩矩来求婚的，她们的家属迫不得已，只好承认，这样的例子多的是，而索佛罗尼娅并没有遇上任何这类情况。倒是相反，季西波把她让给蒂托，是经过慎重考虑，办过正当手续，合乎礼仪地迎娶过门的。也许有人还会说，他既然已经娶了她，就不该再把她转给这样一个人。这都是些妇人之见，不值得一提。命运之神要完成她早已安排好的事情，会使用奇特手段，匪夷所思。比如我有一件事要办，给我办这件事的并不是个哲学家，而只是个鞋匠，不管他是偷偷地办理，还是公开办理，只要结局良好，我就不必介意。即便那鞋匠处理不周，那我只需懂得以后不可轻易托付于他就行了。如果季西波把索佛罗尼娅的婚事办得很好，那么你们埋怨他多此一举，就有点儿愚蠢了。如果你们不信任他，那么你们这一次谢谢他，以后不要再给他这样的机会就行了。

“关于娶索佛罗尼娅为妻，我并没有辱没你们的门第和家声。我既没有欺骗她，也没有强迫她违背自己的意志，并给了她充分的尊重。倒是相反，是她的美艳和品德，热烈地点燃起我的爱情之火，我知道你们特别爱她，如果我找一种也许你们认为正当的那种办法去向她求婚，你们能同意我把她带到罗马去吗？

“因此，我这么做是迫不得已的。我说服了季西波，让他同意以我的名义做一件他不愿干的事。即使我热烈地爱着她，我也是以一个丈夫的身份去向她求爱的。我用温婉的语言和结婚戒指向她求婚，使得她同意，才和她同房，所有这些，她自己也可以作证。如果她认为自己受骗上当了，那么应受责怪的不是我，而是她，干吗当时她不问一声我是谁呢。我和季西波最大的过失、最大的错误就是，叫索佛罗尼娅悄悄地变成了蒂托·奎恩佐的妻子。你们为了这个才对他恶意攻击。可是，如果他把这位姑娘让给了一个乡下人，一个流氓或一个奴仆，那时你们还想怎么办呢？就算是拿出镣铐、打开牢门、抬出十字架，于事何补？

“事出意外，我的父亲突然去世，需要我回去料理丧事。我想带索佛罗尼娅一起回去，这样就得跟你们讲明白了。如果你们是聪明人，顺水推舟也就罢了；如果我存心欺骗你们，污辱你们，我完全可以丢下索佛罗尼娅，可是，在一个罗马人的心灵深处，从来不

会有这么龌龊的念头。

“总之，老天保佑，由于我的朋友季西波的高尚和理智，再加上我在爱情上的机智伶俐，办妥了一切人间的法律手续，索佛罗尼娅已属于我了。如果你们坚持认为自己比神或别人聪明，那你们就来试试如何和我作对吧！你们把索佛罗尼娅留下来，可我没同意呀，你们没有这个权力。你们继续仇视季西波，无论这种做法多么愚蠢。我仍是希望大家化干戈为玉帛，把索佛罗尼娅还给我，让我和你们成为亲戚，大家高兴时就走动走动。你们要知道，现在木已成舟，如果你们难为季西波，我可以和他一起回罗马，但索佛罗尼娅是我的女人，谁也别想将她夺走。如果你们还要坚持，那我就让你们亲身体会一下，罗马人翻了脸是多么厉害！”

蒂托讲完之后，怒气冲冲地站起来，拉着季西波，挺胸抬头，昂首阔步地走出了庙宇。留在庙里的那些人，一方面被蒂托的那番话说服了，想和他拉拉关系；一方面也被他的最后几句话吓住了，便一致认为可不能竹篮子打水一场空。于是，大家又找到蒂托，好说歹说，表示同意他的看法，这时，大家才按亲友的礼数庆贺了一番，然后各自回家，接着把索佛罗尼娅送到蒂托那里。索佛罗尼娅本就聪明懂事，见情势如此，便顺水推舟，很快就转移了自己的一腔情爱，跟着他一块儿回到罗马，受到了热烈的欢迎。

季西波留在雅典经常受人奚落，不久，由于同乡间的宗派之争，被判处终身流放，贫困交加，沦为乞丐。他沿途乞讨，来到罗马，想投奔好友，他了解到，蒂托很受罗马人爱戴。因此便来到他家门前，等待蒂托露面。由于处境艰难，便不好意思首先开口，只是巧妙地设法让蒂托注意到他，不料蒂托行色匆匆，直接走了过去。季西波以为对方看见了却故意避开，十分伤心，便怀着一肚子的失望走开了。这时天色已经黑，他肚子又饿，身边又无分文，东奔西走不知何处立足，真巴不得快点死了才好。恍恍惚惚出了城，不觉来到一片荒凉的地区，看到一个大洞穴，便一头钻进去，准备在这里过夜，他哭了一阵子，精疲力竭，就倒在那光秃秃的地面上睡着了。

天刚蒙蒙亮，两个盗贼带着夜间偷来的赃物来到这个洞里，因分赃不匀，动手打了起来，结果身强力壮的占了上风，一刀结果了对方，逃之夭夭。季西波心灰意冷，虽然对发生的事一清二楚，但懒得动弹。一直到巡丁闻讯赶到现场，气势汹汹地把他带走。他一口承认那个人是他杀死的，以后却无法从洞中逃脱。审判此案的大法官马尔科·瓦罗内下令，将他钉到十字架上。

这时蒂托凑巧来到法庭，仔细一看犯人的脸，立即认出是季西波，大为震惊，心想他是如何来到罗马的呢。他一心想搭救挚友，无计可施之余，走上前去大声说：

“马尔科·瓦罗内，你可不能钉死那个无辜的可怜人。今天上午你在巡逻时发现的那个尸体是我谋杀的，怎么能祸及无辜呢，我可不想罪加一等。”

瓦罗内大惊，全法庭的人也听得清清楚楚，此事性命攸关，非同儿戏，只得把季西波押回，当着蒂托的面对他说：“我还没对你严刑拷打，你就自认杀人，现在真凶都来了，你是疯了吗？现在你还有什么话说。”

季西波认出这人是蒂托，不觉失声痛哭，说道：

“瓦罗内，那个人真的是我杀的，这是蒂托想救我而玩的把戏。”

蒂托则说道：“法官大人，显而易见，他是个外地人，手无寸铁，他只是失去了生存的欲望而已。所以你应当把他释放，去惩罚真正的凶手。”

瓦罗内看他们二人争着认罪，很是惊诧，忽然一个无赖走了进来，叫普布利奥·安布斯托，是全罗马人人皆知的盗贼。原来他看见这两个无辜的人争着代他受过，不禁大为感动，便来到瓦罗内面前，说道：

“大人，是神督促我上您这儿来认罪的，这两个人都是无辜的，今天清晨的凶杀案是我干的，我同那个被我杀死的人分赃时，这个可怜的人正睡在那里。蒂托呢，我不必为他开脱，鼎鼎有名的他怎会干这样卑鄙的事呢。所以我请您赶快把他们放了，按照法律来治我的罪吧。”

屋大维听说这个案子后，大感惊奇，召去三人，细问原委。于是屋大维开释了那两个无辜且恩爱的朋友，同时也放了第三个人，因为他毕竟良知未泯，勇于承认自己的错误。

事后蒂托责备季西波不该因丧失信心。二人欢欢喜喜携手而归。索佛罗尼娅见了，感动得热泪盈眶，待他如至亲，请他休息一会儿后，打扮整齐，并说：“季西波，现在，蒂托将与你共享自己的家财，并将自己的妹妹福尔维娅许配给你。”还说，“季西波，现在你可随意决定你的去留了。”季西波已被雅典放逐，决定与好友永远相伴，从此，他和福尔维娅、蒂托以及索佛罗尼娅同住在一所大宅子里，幸福美满地生活着。

由此可见，友谊真是一种神圣而永恒的东西，它是慷慨大度和正直无私的最贤淑的母亲，是感激和仁爱的姐妹，是憎恨和贪婪的敌人，它使人们时时刻刻都准备自愿地舍己为人，不用他人恳求。只是人类贪心造成的罪过和耻辱，使他们自私得将友谊弃之不顾。

只有友谊能令季西波会送给蒂托一位完美无瑕的姑娘，只有友谊才能使他忍受种种非难成全朋友的美事。

再者，紧要关头，仍是友谊令蒂托挺身而出代友受过，与他共享家财，帮助他获得幸福的生活。

故事九

每个人都希望宾朋众多，兄弟团结，子孙孝顺，财源广进。有一位国王装备齐全，为应战做了充分的准备。他处理好国内的政务之后，就装扮成一个商人，带上两名最有智慧的大臣和三个侍从假装去朝拜圣地。他们走遍了许多以基督教为国教的国家之后来到伦巴第，准备越过阿尔卑斯山到法国去。一天晚祷时，他们从米兰去帕维亚，路上遇到一位名叫托雷洛·迪斯特拉的帕维亚绅士，正带着仆从和鹰、犬等，往他在台西诺河上游的漂亮寓所走。托雷洛看出萨拉迪诺这一行人是来自异乡的高贵客人。这时，苏丹上前去向他的一个仆从打听，这里距帕维亚尚有多远，当天能不能赶到城里投宿。托雷洛没等那个仆从开口，便说道："诸位先生，现在太晚了，你们来不及进城了。"

"那么，"萨拉迪诺说，"我们人地生疏，可不可以请你指点一下哪里有好的客店可以投宿？"

"荣幸至极，"托雷洛说，"我有个仆人正好要到帕维亚附近办一件事，他可以把你们带到一个地方，你们绝对能住得十分惬意。"

接着，他转身对一个仆人说了一番话，让他跟这些外地人一起出发。他自己则立刻赶回别墅，要求下人预备一顿上好的晚餐，将花园布置好。准备稳妥后，他便站在门口，迎接客人的到来。

那仆人陪着这些外地绅士聊天，带着他们绕了几条小路，最后把他们带到了主人的住处。托雷洛一见他们到来，赶忙上前迎接，笑容满面地说："诸位先生，非常欢迎你们。"萨拉迪诺是个聪明人，马上就猜出，这位绅士不直接邀请他们是怕他们推辞，因此才想出这么一个办法，使他们不好推辞。

"先生，您太多礼了。不必说您耽误了我们的路程，可咱们萍水相逢，你竟如此热情，实在令我们不好意思。"托雷洛本是个有头脑而且很有口才的人，马上应答说："诸位绅士，你们相貌堂堂，一定出身显贵，我唯恐招待不周。而且在帕维亚城外实在没有一个地方能符合你们尊贵的身份。只得委屈你们绕道来到这里勉强住一夜，请将就一下。不必介意。"说着，托雷洛来到客人身边，帮着他们下马，把牲口牵进马厩安顿好。

托雷洛把三个客人带到事先预备好的房间，脱掉长途跋涉时穿的鞋子，请他们喝些极清凉的酒提提神，又陪着他们谈笑，一直到开晚饭的时候。

萨拉迪诺和他的仆人都懂意大利语，所以大家沟通起来毫无困难。他们都认为这位骑士非常风趣，很有涵养，十分健谈，很难遇上这样的人。托雷洛也发现这些客人令人心生敬意，因此他为没能隆重地招待他们而深感惭愧。他想第二天加以弥补，于是便把他的想法告诉了一个仆从，打发他去帕维亚，把这件事告诉了那十分贤惠而又慷慨的妻子。安排好之后，他便把几位尊贵的客人领进花园，客客气气地问他们是做什么的，到哪里去。萨拉迪诺回答说：“我们都是塞浦路斯的商人，从塞浦路斯来，为了买卖上的事，要到巴黎去。”

托雷洛马上说：“谢天谢地，我们国家要能出一些像你们这样雍容华贵的商人，该多好啊！”

他们就这样高兴地谈着，直到晚餐时分，托雷洛让客人们入席，殷勤周到地招待他们，宾主尽欢。托雷洛知道，客人旅途劳顿，就请他们安歇，床铺极其舒适。托雷洛自己也去睡了。

第二天早上，客人们起了床，托雷洛陪着他们一起上了马，放出了几只鹰，把他们带到附近的一个浅滩里，观赏那些鹰。这时，萨拉迪诺请他帮忙在帕维亚找一个上等客店，托雷洛回答道：

“请许可我为你们效劳吧，因为我正要进城。”

客人们信以为真，非常高兴，就跟他一块儿上了路。大约九点钟时，他们来到城里，被托雷洛带到他的家里。这时，只见五十来位当地上流人士正在门口列队相迎。萨拉迪诺和他的伙伴们一见此情景，便明白这是怎么回事了，异口同声地说：

“托雷洛先生，昨天晚上已经已经够麻烦您的了，我们感到很惭愧，您最好还是让我们去赶路吧。”

托雷洛回答道：“诸位先生，昨天晚上我有幸接待你们，那是咱们的缘分，因为时间仓促，让你们受委屈了。今天诸位驾临，蓬荜生辉，就连我这些亲友和邻人也一样感激，如果诸位不肯赏光，我也不便强求了。”

萨拉迪诺和他的同伴们听他这么一说，实在无法推辞，就下了马，被热情的人们高高兴兴地领进那些布置得极为华丽的房间，休息了一会儿后，来到客厅，只见丰盛的宴席已经摆好。客人们依次入席，一道道珍馐佳肴依次端上来，即使帝王驾临，所能享受的招待也不过如此。萨拉迪诺和他的随从本是见过大世面的人，今天也感到十分惊诧，因为他们知道这位主人只是个平民，并不是什么大人物。

吃过饭后，宾主又聊了一会儿天。这时，气温渐渐升高，按照托雷洛的意思，帕维亚当地的绅士纷纷告辞。他陪着三位客人来到一个房间，要他的夫人出来相见，以示亲近。美丽的夫人衣饰豪华，落落大方，手牵两个天使般的孩子，向贵宾们请安。贵宾们也站起身来，恭敬地向她还礼，又把两个孩子赞美了一番。她同客人们愉快地攀谈起来。一会儿，托雷洛退出，她就和和气气地问他们来自何方，去往何处，他们便把以前回答她丈夫的话，重新同她讲了一遍。这时，夫人微笑着说：

“这样说来，我这个妇道人家还算有点见识。承诸位光临寒舍，我打算送给你们一些小小的礼物，请不要见笑，礼轻情意重，万望诸位笑纳。”

她叫下人们把礼品取来，即每人两件袍子，一件是绸子滚边，一件是皮子滚边，这种袍子雅俗共赏，非常美观，另外还有三件线缎上衣和三条麻纱短裤。这位夫人说道：“诸位请收下吧，我的丈夫穿的也是这个。东西虽然不昂贵，但对出门在外的你们来说应该是有用的，谁会不喜欢干净整洁呢。”

三个客人十分惊讶，只觉得托雷洛先生真是无微不至，他们知道，他所馈赠的那些衣服绝不是寻常百姓穿的，莫非他已看出了他们高贵的身份？他们当中的一个人很客气地说道：“夫人，你过谦了，这么贵重的礼物，我们真是受之有愧呀。”

夫人又拿出些东西，按等级分发给宾客的随从们。托雷洛先生再三挽留，大家就睡了一会儿，然后穿上新衣，由托雷洛先生亲自陪同，骑马参观城市。到了晚上，又举行了盛大的宴会，第二天早上起床后，他们原先骑来的三匹疲惫不堪的马匹，换成了三匹高大的骏马，仆从们的马也已换过。萨拉迪诺看到这番情景，大发感慨：“我凭真主起誓，天下再也找不出比这位骑士更完美、更懂礼貌、更通情达理的人了。如果基督教国家的国王都像这位骑士这样，那苏丹干脆弃械投降吧！”

他们知道，大恩不言谢，便翻身上马。托雷洛带领众人把他们送出城去，送了一程又一程，难舍难分，只是萨拉迪诺急需赶路，托雷诺依依不舍地说：“诸位先生，既然你们想这样，我也只好从命了。跟你说句心里话，我并不知道你们是什么人，但你们肯定不是商人。无论如何都愿主赐福于你们！”

萨拉迪诺告别了托雷洛的同伴们以后，单独对托雷洛说：“先生，可能将来会有一天，我能把我们的商品拿给您看，那时您一定会相信我们所说的话。再见吧，愿天主保佑您！”萨拉迪诺带着他的随从们出发了，心中暗暗发誓，只要从战场上活下来，托雷洛的知遇之恩，他一定涌泉相报。他又在他的同伴们面前把托雷洛夫妇和他们的种种为人之道，热情地赞扬了一番。访遍了西方诸国之后，他已非常疲惫，便和他的伙伴们乘船回到亚历山大利亚，将收集到的情报细细整理一番之后，积极防御。

托雷洛回到帕维亚城之后，沉思良久，始终想不出这是些什么人，不要说确切身份，就连大致的身份也想不出来。后来十字军开始东征，到处征兵，托雷洛不顾妻子的再三乞求和哭诉，决定参加战争。他很快就准备好了一切，上马动身之时，对他的妻子说：

“夫人，正如你所看到的，为了拯救我自身的荣誉和拯救我的灵魂，我非去不可，人有旦夕祸福，天有不测风云，能否归家，我也难以预料，我请求你答应我不管我将来怎样，假若我生死不明，你要等我一年一个月又一天，超过时间，你就可以改嫁，起始的日期就从今天算起。”

夫人痛哭着回答道：“托雷洛，你走后，我一个人孤零零地过日子，那般痛苦真令人肝肠寸断，可是只要我能忍痛活下去，不管你是生是死，我这辈子都会盼着你回来。”

托雷洛回答道，“夫人，我深信你对我的一片真心。不过你年轻貌美，出身名门，贤惠大方。万一将来我遭遇不幸，求婚的人一定会踏破门槛的，那时尽管你不情愿，可在他们的胁迫下，你也许会顶不住，不得不顺从，所以我只要求你等我一段时间。”

夫人说：“我答应你的，一定能做到；如果我走投无路，将会照你的要求去做。但愿天主不会让你和我沦落到这般境地。”说完，她就哭着抱住他，取下一枚戒指，交给他说：“如果我见不上你就死去了，见戒指如见人。”

托雷洛拿好戒指，上了马，辞别众人后出发了。不久，他和同伴们一起来到热那亚，乘船到了达卡，在那里加入了基督教的一支残余部队。不久，一种传染病很快在那支部队中蔓延开了，死的人很多。这种疾病流行时，萨拉迪诺乘势将所有没染上疾病的基督徒士兵全部俘获，押进大牢。托雷洛先生也在被俘之列，被送往亚历山大利亚监禁，迫不得已而替人养鹰。这本是他擅长的，萨拉迪诺听到这个讯息，便把他从俘虏中挑出来，叫他替自己养鹰。

从此萨拉迪诺就只以“基督徒”来称呼托雷洛，彼此没有认出来。托雷洛一心想着帕维亚，几次想逃跑，都没成功。后来，有几个热那亚人，作为使节来到萨拉迪诺这里，同他商谈赎回几个热那亚俘虏的事。临别时，托雷洛打算托他们给他的妻子带一封信，告诉她自己仍在人世，将在最短的时间内赶回家。他写好了信，找到一个他认识的使节，托他把信带给切尔多罗的叔叔圣彼得修道院院长。

不久后的一天，萨拉迪诺同托雷洛谈起养鹰方面的事，托雷洛笑了。嘴唇抽动了一下，令萨拉迪诺忽然想起，这一神情他曾在哪里见过，因此想起了托雷洛，便盯着他看，认出他果真就是那个人。萨拉迪诺不谈再养鹰的事，问道：

“基督徒，告诉我，你从哪儿来？”

“我的主公，”托雷洛回答说，“我是伦巴第人，住在帕维亚城，是个卑微的可怜人。”

萨拉迪诺听了这些，更加相信自己的判断，心里十分高兴，暗想：

“多谢上天赐给我这个好机会，看我如何报答他的厚意吧！”

于是，萨拉迪诺不吭一声，吩咐侍从把自己的衣饰全都拿到一间房子里，再把托雷洛带进去，问道：

“基督徒，你好好看看，这些衣服里面，有没有你曾经见过的。”

托雷洛先生认真察看起来，看到了他妻子送给萨拉迪诺的那几件衣服，但不太确定，便回答道：“主公，没有一件不是我见过的。可是不瞒您说，几年前有三位商人在我家里住过，这里有几件衣服很像我们送给那三个商人穿的那几件。”

这时，萨拉迪诺再也无法抑制自己的兴奋之情，亲切地抱住托雷洛，说道：“您是托雷洛·迪斯特拉先生，尊夫人当年赠送衣物给三个商人，那就是我们的君臣。当时我同您分手的时候，曾经说过，总有一天，我能把我的商品拿给您看，现在是让您看、让您相信的时候了。”

一听这话，托雷洛惊喜交加，既高兴自己当年没有错待这样的贵客，也后悔那时没有更好地招呼他们。

这时，萨拉迪诺又说：“亲爱的托雷洛，老天有眼，安排了咱们的重逢，我要实现自己的诺言了。”

两人畅谈了一番后，萨拉迪诺让托雷洛换上王室的服装，把他介绍给一些身居高位的大臣们，先把他的崇高品德盛赞了一番，然后要求公卿大臣们对托雷洛要像对他一样。大家自然都遵命照办，尤其是跟萨拉迪诺一起到托雷洛家做过客的那两个人，对他更加殷勤周到。

托雷洛先生突然受到这般优厚的招待，乐不思蜀，另外他更确信，自己的那封家信早已送到他叔父手里了。

天下就有这么巧的事，在萨抽迪诺俘获那批基督徒士兵的那天，有个地位很低的名叫托雷洛·迪迪涅的士兵死了。托雷洛·迪斯特拉由于品德高尚，在基督徒的部队中很有名，因此，大家都认为是这位高尚的托雷洛死了，不想还有同名的人。大家都是俘虏，自然很难弄清事情的真相，所以很多意大利人回到本国之后，都以讹传讹，有些甚至不负责任地说，他们亲眼看到他死了，而且下葬的时候他们也在场。托雷洛的夫人和家人听了这一消息，痛苦万分，连其他的人也都为他难过。

他的夫人悲痛欲绝，伦巴第地区有许多有地位的人来向她求婚，络绎不绝，她多次痛哭失声，不肯答应，最后迫不得已，告诉他们，她和托雷洛有约在先，必须等到期限过了之后，才能答应别人。

托雷洛夫人在帕维亚就过着这样悲痛艰难的生活，转瞬间八天就过去了，最后的期限到了。就在这时，托雷洛在亚历山大利亚遇上了那个陪热那亚使节返回热那亚的人，便同那个人打招呼，并且问他有没有将信送到。

那个人回答说：“我的好先生，真是倒大霉了。我们那艘船驶近西西里岛时候遇上狂烈的北风，船被刮到巴尔贝尼亚的沙滩上去了，没有一个人能活命，连我的两个兄弟都葬身鱼腹了。幸亏我在克里特上了岸，否则也早没命了。”

他的话的确是事实，托雷洛这才想到，和妻子约定的期限眼看就要到了，而他却杳无音讯，看来他的妻子就要改嫁了。巨大的悲痛将他彻底击垮了，幸亏萨拉迪诺对他情深义重，听说这种情况，便来看他，耐心地问他情由。知道他伤心和得病的原因之后，萨拉迪诺责怪他为什么不早讲，接着叫他放心，只要他振作起来，保管能在妻子改嫁之前赶回帕维亚，最后又告诉他具体的办法，托雷洛总算将一颗悬着的心放了下来。只是催促萨拉迪诺赶紧去做。萨拉迪诺则把一个以前请教过的高明术士请来，要他施展魔法，让托雷洛睡在一张床上，当夜赶回帕维亚。术士回说可以办到，但必须先让托雷洛睡熟了，然后才能施行魔法。

萨拉迪诺同术士安排好之后，马上回到托雷洛身边，他已决定不惜一切代价一定要赶回妻子的身边。于是，萨拉迪诺对他说：

“托雷洛先生，你的妻子是人间尤物，我很理解你现在的心情，只是娇艳的鲜花不久就会凋残。命运之神把您送到这里，我很愿意和您平起同坐，共享荣华富贵，但您现在主意已决，我也不能阻拦，只是运用这种方式送你回去，的确是我最大的遗憾。”

“我的皇上，”托雷洛回答说，“您不说这番话，我也知道您对我特别仁爱宽厚，我实在不敢当，您即使不讲，我也至死相信您对我的恩德。眼看期限将至，请速速施法吧！”

萨拉迪诺说此事保证为他办好。第二天，萨拉迪诺命令在大厅里备好极其舒适华丽的床，垫子全是用天鹅绒和金线绣的。床上铺着一条被子，被子上用硕大的珍珠、宝石装饰出各种奇妙的形象，世间少有，另外还有一对同床十分相配的枕头。安排好之后，又打发人把托雷洛先生叫来。这时，托雷洛已经振作起精神，穿上一件世间少见的、华贵无比的袍子，头上则裹着一条很长的头巾。

时间到了，萨拉迪诺带着许多贵人来到托雷洛的房间里，在他身边坐下，黯然神伤，说道：

“托雷洛先生，分别的时间就要到了，由于您的这次旅行非同一般，只能孤身一个，我只能在这个房间里同您告别了，所以我特意赶到这儿。在和您分手之前，我凭着我们的情感和友谊，希望您记得我。如果可以的话，等您把伦巴第那边的事办完之后，记着来看我一次，令我有机会弥补这一次因您匆匆而去给我带来的遗憾。我还希望您常常写信，有什么困难就请直言相告，世界上肯定没有第二个人能够像您这样使我愿意效劳的了。”

托雷洛先生不禁掉下了眼泪，喉咙也哽塞了泣不成声地说他一辈子也忘不了萨拉迪诺的好处和他的气量，只要能活下去，一定按他的要求去做。接着，两人热烈地拥抱吻别，然后走出房间。其他贵人也都一一同他告别，跟着萨拉迪诺来到预备好床铺的大厅里。

时间已经不早，术士正在忙碌，准备送他上路。一名医生送来一瓶药水，告诉托雷洛喝了以后就更有把握送他启程了。托雷洛喝完后，酣然入睡。他刚一睡着，萨拉迪诺便命人把他抬到客厅那张大床上，又在他身旁放了一顶极为珍贵的美丽的大凤冠，说是他赠送给托雷洛夫人的。随后他又把一只镶嵌着红宝石的戒指戴在托雷洛的手指上，宝石光芒四射，活像一把火炬，价值连城，同时在他腰间挂了一把宝剑，剑上的那些装饰品贵重无比，除此之外又在他胸前挂了一串垂饰，镶满了稀有的珍珠和多种贵重的宝石。他的身旁摆上了装满金币、一串串的珠子、戒指和玉带等物件的金盆，得到的财富远非人力所能叙述。一切置备停当之后，萨拉迪诺又吻了他一遍，这才吩咐术士赶快送他启程。那张床就这样载着他和床上的一切在萨拉迪诺面前飞走了，只剩下这位苏丹和大臣们留在大厅里。

正如托雷洛先生事先要求的那样，他和他的那些珠宝一起飞到了帕维亚的切尔多罗的圣彼得修道院。此刻他仍在沉睡，夜祷钟响了，教堂的看门人拿着盏灯走进来，他一眼就看到了这张华丽的大床，惊骇万分，转身便跑。修道院院长和众修士看他奋力狂奔，大感奇怪，就问他是怎么回事。得知情由后，院长说："天啊，你又不是个小孩子，已在教堂待了这么久，怎么这么一点事就吓得你到处逃跑呢。好，让我们去看看，究竟是怎么回事。"

于是，院长和众修士点了火把，将教堂照得亮亮的。果然看到了那张华丽的大床，床上一个绅士仍在熟睡。床上的珠光宝气令他们心惊胆战，不敢靠前，这时，托雷洛的药力已经消失，醒了过来，长叹一声，将院长和修士吓得魂飞魄散，一面狂奔，一面大叫："天主，救命哪！妖魔来啦。"

托雷洛睁开眼，看了看四周，看清自己真已到了他要求萨拉迪诺把他送到的地方，非常高兴。他坐起来，看见众修士惊慌而逃，知道是什么原因，便待着一动也不动，开始喊起院长的名字来，说他是托雷洛，是他的侄子。听了这些，院长想起他几个月以前已经死了，更加恐惧。过了一会儿，看到世界真的就在眼前，又听到果真是在叫他的名字，才平静下来，画个十字走到那人面前。托雷洛就对他说："啊，我的叔叔啊，您还怕什么呢？我还活着，现在从海外回来了呀。"

托雷洛虽然胡子很长，而且穿着外国的服装，他的叔叔还是认出了他，并静下心来，拉住他的手说："孩子，欢迎你回来！"接着又说，"你实在不能怪我们，因为大家都认为你已经死了。而且我还得告诉你一个坏消息，你的妻子阿达莉埃塔，经不住她娘家人的恳求和威胁，只好违反自己的心愿改嫁，明天早上就要举行婚礼，嫁过去了。"

托雷洛从他那张华丽的床上爬下来，非常快乐地招呼着院长和众修士，请求他们不要向外人讲起他回来的事，因为他自有妙计。接着，他叫人们把珠宝收好，然后把他外出后的种种奇遇，统统讲给院长听。院长十分高兴，同他一起感谢天主。托雷洛接着又问院长，他妻子的新丈夫是谁，院长告诉了他，托雷洛就说；

"我打算先看看我的夫人是否还念旧情。我请求你，勉为其难，跟我一块儿走一趟吧。"

院长回答说，很乐意帮忙。于是天一亮，院长便派人告诉新郎，他想带一位朋友去参加婚礼，新郎说非常欢迎。

进行婚礼时，托雷洛打扮得仍像个外国人，和院长一起去赴宴。

宾客们见了他，都非常惊异，但谁也认不出他来。院长逢人便说，这是个外国人，是苏丹派往法国的大使，主人便把托雷洛安排到了新娘对面的一张桌上。他认真地观察一番，发现她面带愁容，心里暗暗高兴。她也看了他几眼，但没有认出他来，只是觉得此人怪异。

不久，他觉得该试试她的心中是否还有他了，就取下当年离别时她给他的那枚戒指，又站起身来说："尊贵的新娘，在我们那里有个风俗，凡是陌生人出席喜宴，新娘为了表示欢迎，必须将自己杯子倒满酒敬一下这位客人，等客人喝过之后，新娘再把剩下的酒全部喝完。"

富有教养，生性聪明的新娘听了之后，知道这位客人是个大人物，为了表示欢迎，便把她面前那只镀金大酒杯洗净，倒满酒，送到那位贵客面前。

托雷洛先生早把那枚戒指放在嘴里，趁喝酒之际，把它吐进酒杯，神鬼不觉，他将杯里的酒喝得只剩一点儿，再把杯子盖好。新娘接过酒杯，送到口边正要喝时，看到了那枚戒指，立刻盯着他看。她拿起当年离别时赠给他的戒指，仔细观看那个陌生的客人，终于认出他就是自己的丈夫，她好像疯了似的推翻面前的桌子，尖声喊道："这是我的丈夫，是托雷洛先生！"

她跑上前去忘情地紧紧抱住他，无论在场的人怎么劝，怎么拉，都无法让她松手，最后还是托雷洛叫她稍微控制一下，说将来有的是机会，她才站起来。这时，场面大乱，但人们仍为他们夫妇团聚而高兴。依照托雷洛的要求，大家都静下来听他讲述从离开家直至今天的一切遭遇。最后他说，这位新郎原是听说他死了才娶他的妻子的，如今他活着回来，把自己的妻子还接回去，希望他通情达理，不要气愤。

新郎虽然有点儿失望，却很明事理，说这件事交给托雷洛处理好了。那女人立即脱下新郎送给她的戒指和凤冠，戴上了刚从酒杯里取出的那只戒指以及苏丹送给她的那顶凤冠，在人们的簇拥下回了家。家里人和市民们见了他，欣喜若狂，都设宴庆贺，热闹了好长时间。托雷洛先生将一部分珍宝用来补偿那位新郎举办婚宴所耗掉的费用，又拿出些珍宝给那位修道院长和其他人。他又写了好几封信给萨拉迪诺，告诉他自己到家了，而且一直以萨拉迪诺的仆人和朋友自居。就这样他和心爱的妻过起了幸福的生活。

故事十

国王讲完了这个长长的故事，所有的人都听得饶有兴致。迪奥内奥笑呵呵地说："那个好人，那天晚上，不准那个鬼的尾巴翘起来，并没有因为你那样赞扬托雷洛而给予两文钱。"说完这些，他知道现在轮到自己了，便接下去说：

贤淑的女郎们，今天各位讲的，都是关于国王和苏丹以及这类伟大人物的故事，为了紧紧扣住这个主题，我想讲个关于侯爵的故事，我讲的不是他的光辉业绩，而是他干的一件没有必要的蠢事。

哪怕这件事情最后的结局是圆满的，不过其中的情节十分悲惨，所以我不劝任何人去学他的做法。

许多年以前，萨卢佐有个年轻的侯爵，名叫瓜尔蒂埃里。他家大业大，却没有妻儿。他成天放鹰打猎，根本不把娶妻生子的事放在心上。人们认为他在这方面倒挺有个性的。可是他的下属都为他担忧，三番五次地恳求他娶妻，免得他没有子嗣，免得他们日后没有主人。他们都要为他找寻一位出身高贵的女人，以使他心满意足。面对下属的一片好心，他说：

“我的朋友们，你们劝我做的事，恰好是我不愿做的。天下最难的事，莫过于寻找一位意气相投的妻子了，脾气禀性不合自己心愿的女人比比皆是，一旦同这样的女人做了夫妻，只能是一辈子活受罪。你们认为，从姑娘父母的处世为人，就可以知道她是否贤惠，这样找到的妻子我一定会满意，这实在是荒谬至极。我真不明白，你们怎么去弄清这些姑娘的父母的底细，就算是能把这些弄个一清二楚，又怎么能断定做女儿的必定像其父母呢。可是，既然你们希望给我加上这样的枷锁，我还是愿意答应你们。但是，我的妻子得由我自己去找，万一将来过不成日子，那我就只怪我自己，怨不得他人。还有一件事我得事先同你们说明白，不管我选了谁做我的妻子，你们都得把她当作女主人，不然你们就太对不住我了！”

那些忠心耿耿的下属都表示他们一定会这样做，只要他肯娶妻就行。且说附近村子里有个穷苦人家的姑娘，她的神态和风韵早就引起瓜尔蒂埃里的注意了。他感到这个姑娘温柔美丽，认为同她结为夫妻一定会幸福美满。于是他把她的父亲请来，提出要娶其女儿为妻。那父亲是个穷人，当然愿意把女儿许配给他。办妥此事之后，侯爵又把所有的朋友都请来，对他们说：

“朋友们，你们一直盼望我结婚，为了让你们高兴，我已决定娶妻。你们一定还记得，你们向我许下诺言，说无论我娶谁做自己的妻子，你们都会心甘情愿地尊称她为夫人，现在是你们履行诺言的时候了。我已按我的心意找到了一个称心的姑娘，打算在最近几天把她接过来同我成亲，你们该准备热热闹闹地办喜事，并且隆重地去迎娶她，这样我才能相信你们说的是真心话。”

那些忠心耿耿的下属们都很高兴，他们都巴不得主人早日成亲，保证不管新娘是个什么样的人，他们一定尊她为夫人，时刻把她当女主人来对待。然后瓜尔蒂埃里指挥下属筹办体面豪华的婚礼。他要人们把婚宴办得丰盛而又热闹，要把他的亲戚朋友以及当地的显贵人物等全部请到。他找来和他要娶的那位姑娘身材相仿的少女，叫人根据她们的身材量尺寸做了许多高贵华丽的服装，又预备了好多戒指首饰和一顶华美的凤冠，凡是新娘该有的东西他备齐了。

举行婚礼的这一天到来了，瓜尔蒂埃甲一大早便在随从的陪同下骑上马，去迎接新娘。

他们来到那个少女家门前，只见她提着一桶水匆匆从井边回来，因为她听说瓜尔蒂埃里的新娘要经过这里，所以她要赶紧做完这些活儿，好跟女伴们一起去看热闹。侯爵知道她叫格里塞尔达，一看到她便叫着她的名字问她的父亲在哪里。她羞羞答答地回答道：“大人，他在家里。”

于是，瓜尔蒂埃里下了马，叫大家在门外等着，独自走进那间简陋的民房里找到那个少女的父亲詹努科洛，对他说：“今天我要娶格里塞尔达为妻。但是，我还要问她几件事。”

侯爵便转身问她，如果他娶她为妻，她是不是愿意千方百计地讨他的欢心，对他百依百顺，此外又问了她很多诸如此类的事。他每问一件，她都说可以。于是，瓜尔蒂埃里便抓住她的手，把她拉到门外，当着所有人的面给她换上新娘的衣服，又把凤冠戴到她的头上。看了这些，大家都十分惊诧，这时侯爵说道：

“诸位，我要娶的就是这位姑娘，只要她肯嫁给我。”

说着他便转向那位十分害羞、正心神不定的姑娘问她：

“格里塞尔达，你愿意嫁给我吗？”

她回答说：“大人，我愿意。”

他接着说：“那么，我也愿意让你做我的妻子。”

他就这样当着大家的面和她成了亲，把她扶上一匹小马，体体面面地把她带回到府邸。然后隆重举行了豪华而又热闹的婚礼，就像是要迎娶一位高贵的法国公主。

这位新娘一穿上新装，里外一新，整个人变了一个样。我们前面已经说过，她身材苗条，面容俏丽，打扮过后，越发妩媚动人，显得很有气质，哪里是什么詹努科洛的女儿，哪里像什么牧羊姑娘，活脱脱是一位小姐了。以前认识她的人，见了都十分惊诧。她在婚后对丈夫百依百顺，特别殷勤，使他自认为是天下最快乐、最幸福的男人。对待丈夫的下属也是彬彬有礼，和蔼可亲，因此，人人都衷心爱戴她，都祝福她永享荣华富贵。连以前那些认为瓜尔蒂埃里娶这样一个女人实在是失策的人，现在也都夸他极其精明，极有远见，因为天下再没有第二个人能像他这样，透过她的破烂衣服，看出这个乡下出身的少女身上潜藏着这样崇高的品德。总之，不久她便声名远扬，她以自己的贤惠博得了大家的一致好评。凡是当初反对她的丈夫娶她的人，现在都改口，称赞起她来了。

她到瓜尔蒂埃里家后不久就怀了孕，生下一个女儿，瓜尔蒂埃里非常高兴。可是，过了不久，他忽然起了一个怪念头，要考验一下她的忍耐性。他先是装出很不耐烦的样子，用语言刺激她，说他的下属都因她出身寒微，对她很不满意，尤其不满意的是她生的是个女孩，他们都在那里暗暗发着牢骚。她听了这些话，泰然自若地说道：

"大人，您想怎么对待我都可以，只要能保全您的名誉，只要您高兴，我就满足了。我知道大臣们比我更加重要。再说，都因为您看得起我，他们才这样尊敬我，我实在当之有愧。"

听了她的回答，瓜尔蒂埃里十分高兴，因为这表明她虽然很受大家的尊敬，却丝毫没有因此而骄傲。

过了不久，他又别有用心地对他的妻子说，他的下属们容不下她生的这个小女儿。接着他叫来一个仆从，吩咐了一番，叫他到夫人那里遵令行事。那人到了她那里，面有忧色地说：

"夫人，如果我不遵从爵爷的命令办事，我可能就性命难保了。他命令我把您的亲生女儿带走，命令我……"

那人说到这里不再向下讲了。

夫人听了这话，再看看这个下人的表情，再想想丈夫前几天跟她讲的那番话，便知道侯爵派这个人来，是要把她的亲生女儿带走并杀害。她虽然心里悲痛欲绝，可仍然面无愠色，马上把女儿从摇篮里抱起来，亲了又亲，吻了又吻，又向她表示祝福，这才依依不舍地交给那个仆从，对他说：

“你把她抱走吧，我们的主人要求你怎么办，你就照办吧，不过别让我的孩子陈尸荒野，除非主人要求你必须这样做。”

那个仆从抱走了女孩，又把夫人的一番话回禀侯爵。侯爵听到她对他如此忠诚，心里十分感动。于是他打发这个仆人把女儿送到博洛尼亚一个女亲戚家，求她把女儿抚养大，让她接受良好的教育，但绝对不要泄露孩子的身份。

过了一段时间，侯爵夫人又生下一个男婴，瓜尔蒂埃里自然很高兴。但是他觉得过去所做的一切还不够，决心用更加狠心的办法考验妻子。一天，他又装出满脸愁容的样子，对她说：

“夫人，你生了这个男孩子之后，我的下属们依然吵得我烦躁不安，他们说，我死了之后，将由詹努科洛的外孙继承爵位，做他们的主人，他们感到非常耻辱。因此，我如果不想被他们推下台就不得不再忍痛割爱了。”

他的妻子耐心地听着他的话，只是答道：

“大人你觉得怎样做合适，您就怎样做吧，一点也不必考虑我的感受，因为凡是让上上下下都满意、能使您高兴的事，我都乐意做。”

没过几天，瓜尔蒂埃里故伎重演，又像当年对待女儿那样，派人把亲生儿子从妻子那里抱来，说是要把这孩子处死，暗地里却把孩子送到博洛尼亚抚养去了。夫人像当初舍弃女儿那样，这次也是面无愠色，不吭一声。对此，瓜尔蒂埃里非常惊诧，心想，这样的女人简直天下无双。要不是他看到她像他一样疼爱自己的儿女，还以为她是个冷血动物呢。

其实她完全是为了顺从他而强忍悲痛的。他的下属们以为他真的把自己的亲生儿女杀了，都严厉地斥责他，说他是个极其残忍的人，大家都非常同情他的妻子。而别的女人前来抚慰那个可怜的母亲时，她总是说，既然孩子们的亲生父亲愿意这样做，她当然也情愿。

那女孩出世好几年之后，瓜尔蒂埃里认为到考验妻子的关键时刻了，他向自己的臣僚们说，他再也不能容忍格里塞尔达做他的妻子了，他以前娶她是一时糊涂，做了错事，所以现在想请求教皇特许他休了格里塞里尔达，另娶一个女人。好多好心人都谴责他的这个行为，他却坚持一意孤行。

他妻子听了这些，想到自己只得和他分手，回到穷闲的娘家去，继续牧羊，而新来的女人要将她真心热爱的丈夫夺去，心里非常痛苦。可是，命运既然要她再一次受到折磨，她也准备逆来顺受。

不久，瓜尔蒂埃里让人从罗马寄来一些信，亲自拿给他的下属们看，以使其相信教皇确实已经准许他休掉格里塞尔达，另娶一个女人。接着，他派人把格里塞尔达叫来，当着众人的面对她说：

“教皇已特许我把你休掉，另娶一个妻子。我的祖祖辈辈都是这里的显贵，而你的祖先都是些庄稼汉，所以我认为我们很不般配。你可以带着嫁妆回到你父亲詹努科洛家里去，我已找到一位很适合我的姑娘，不久就要把她娶过来。”

格里塞尔达听了这些，费了好大的劲儿才克制住女人软弱的本性，没流眼泪，尽量心平气和地说：

“大人，我早就知道自己出身寒微，无法同您的高贵出身般配，多承蒙天主和您的恩宠。和您相处这么久，我从来不敢以侯爵夫人自居，更不敢觉得自己有此福气享有这顶桂冠，只觉得欠了你一笔债。既然你现在要收回它，我很愿意奉还，还有您娶我时送给我的戒指，现在也请拿回去吧。您指派我把我带来的嫁妆拿回去，其实既用不着花钱搬，我也不必用马来驮，因为我没有忘记，我是赤身一人嫁给您的。如果人们认为我这个曾为您生过两个儿女的身体当着大家的面赤条条地回去并不丢您的脸，那我就赤裸裸地离开这里。可我只求您一件事，我来时是一个处女，如今这个童贞再也带不回去了，就请赏个光，允许我穿一身内衣走。”

瓜尔蒂埃里听了这话感动得几乎流下泪来，但他仍然十分严肃地说道：

“好吧，你可以穿走一身贴身的衣服。”

周围的人们都向瓜尔蒂埃里恳求，看在她和他做了十三年夫妻的分上，让她穿上外衣，不能叫她如此丢脸，只穿一身贴身的内衣如此寒酸地走出他的家门。但是大家都是白费口舌。她只穿一身贴身内衣，光头赤足，辞别了众人，走出侯爵家门，回到父亲家里。众人看着她可怜的样子，难过得痛哭起来。

自从女儿出嫁以后，她的父亲詹努科洛始终不相信这位侯爵会真心真意娶他的女儿为妻，每天都准备着会有什么事情发生，以迎接女儿回来，所以她出嫁那天早上脱下来的衣服仍然保存完好。看到女儿真的回来了，便拿了出来让她再穿。从此，她依旧像往常一样，在父亲那里做些杂活。尽管她从养尊处优的贵夫人沦落为贫家女，但她仍安然处之。

办完这件事情之后，瓜尔蒂埃里便向他的臣民们宣扬，说他相中了帕纳戈的一位伯爵小姐，要求他们为他筹办盛大的婚礼，同时又打发人把格里塞尔达叫来，对她说道：

“我立刻就要隆重地迎娶我的新娘了。你也知道，在这样隆重的欢庆场面，我身边不能没有一个女人拾掇房间，安排诸多的事务。而你对府内的事比谁都熟悉，所以我想请你来主持一切，把该办的事办好，并且把附近一带你认为应该邀请的女士们都请到，并以女主人的身份来招待她们。等婚礼结束后，你就可以回家了。”

听了这番话，格里塞尔达心如刀割，命运之神曾使她成为侯爵夫人，她真不忍心把自己的丈夫让给别人，但她抑制住自己的悲痛，说：“大人，我乐意为你做这些事。”

于是，她就穿着一身粗陋的土布衣服，走进不久前穿着贴身内衣走出去的那个府邸，把一个个房间用心拾掇干净。客厅里挂上壁毯，地上铺好地毯，还准备好了宴席。事无巨细，她都亲自动手，简直成了打理杂务的女佣人，手脚一刻也闲不住，直到把一切都打理得井井有条。

接着，她又代瓜尔蒂埃里派人把附近所有的女士们都请来，等着一起庆祝婚礼。婚礼之日到了，她虽然依旧穿着一身寒酸的衣服接待众多女宾，可是一直面带笑容，看上去冰清玉洁，像一位端庄的贵夫人。

瓜尔蒂埃里原来是把儿女交给博洛尼亚的一位伯爵夫人抚养，

那女儿已经十二岁，长得像仙女一般，那男孩也已六岁。瓜尔蒂埃里写信给住在博洛尼亚的这位伯爵，请他派漂亮而有身份的仕女把他的女儿和儿子送回来，遇上人就说这姑娘是送去嫁给瓜尔蒂埃里侯爵的，千万不要泄露了底细。伯爵按照侯爵的要求，让有身份的仕女一路护送其儿女回府。他们到达萨卢佐时，四面八方的人，都等候在那里想一睹瓜尔蒂埃里的新娘的芳容。

女宾们把新娘迎入客厅，在已经摆好的宴席旁坐下。格里塞尔达依旧面带微笑，迎上前去，高高兴兴地对她说：

“欢迎新夫人到来。”

女宾们早就央求瓜尔蒂埃里，要么让格里塞尔达待在一个房间里，不出来应酬，要么就给她一套体面一点的衣服换上，免得外人笑话。瓜尔蒂埃里偏不答应。这时，大家已各就各位，只等开席了。大家都说瓜尔蒂埃里这个新娘比前一个更俏，而格里塞尔达不但对新娘十分赞美，而且也将她的小兄弟着实称赞了一番。

瓜尔蒂埃里看了这些，他的夫人的耐心确实使他受到震撼。他看到，尽管自己的做法简直匪夷所思，格里塞尔达却始终如一地顺从他。他感到，解除她痛苦的时候到了。他知道她虽然表面上无动于衷，可内心一定隐藏着极大的痛苦。于是，他把她叫来，当着众人的面笑着说：

“你看我的新娘怎样？”

“大人，”格里塞尔达回答道，“我看她是一个很出色的新娘，她不仅漂亮，而且贤惠，我相信，您和她结了婚，生活会很幸福的，不过，我要真心实意地恳求您，一定不要像对待我那样对待她，叫她也受那么多苦。因为她太年轻，何况从小娇生惯养，而我是吃惯了苦的。”

瓜尔蒂埃里看到她深信他要娶这个姑娘为妻，而且说的尽是些好话，便叫格里塞尔达坐到自己身边，对她说：

“格里塞尔达，你的忍耐力真是太强了，你应该得到回报了。人们都说我残酷狠毒，现在他们应该明白，我这样做是别有用心的，我只想教你如何做一个贤妻，使你能和我和睦相处，白头偕老，同时也让人们知道，怎样去物色妻子和对待妻子。我刚娶你的时候，很怕你不能令我满意，所以我就想方设法地来考验你，叫你吃了这么多苦头。结果我发现，不论从哪一方面来讲，你都是我最合适的伴侣。由此我要把我一次次从你身上剥夺掉的幸福，一下子全部归还给你。你原以为这个姑娘是我的新娘。其实这姐弟两人就是你我的亲生儿女。当初你和很多人都以为我狠心地残杀了两个孩子，现在，他们都好端端地站在你我的面前。我仍然是深爱你的丈夫，现在我敢自豪地说我是世界上最幸福的人。”

他说完这些话，就抱住格里塞尔达，亲吻她。接着，他站起来，和她一起向女儿走去，格里塞尔达被突如其来的幸福感动得泪流满面，而他们的女儿听了这些则诧异得目瞪口呆。夫妇两个走上前去，先是亲切地拥抱女儿，然后再拥抱儿子。这时，格里塞尔达和在场的众人才明白了事情的真相。

宾客们都非常高兴，从座位上站起来，陪着格里塞尔达走进内室，一边给她换衣服一边向她道喜，然后簇拥着她走进房间。其实她即使穿着破旧的衣服，仍不失贵妇人的风度。她和儿女们都兴高采烈，于是便欢庆一番，一连热闹了好多天。大家都说，瓜尔蒂埃里真是聪明绝顶，只是给妻子的多次考验太过分了，让人无法理解，所以从此以后对她更加尊敬。

过了几天，帕纳戈伯爵动身返回博洛尼亚。瓜尔蒂埃里叫詹努科洛不要再终年劳累，应该颐养天年，把他尊为自己的岳父，奉养起来。瓜尔蒂埃里后来将他的女儿嫁给一个贵人。贤惠的人往往会降生于贫寒之家，只配放猪，不配统治百姓，这个故事正好说明了这一点。除了格里塞尔达以外，世上还有哪一个人，遇到瓜尔蒂埃里那种残酷无比的考验，非但痛不欲生而且能快快乐乐地承受呢？在娘家她可以找一个男人，为自己弄一身漂亮的新衣服来，这也是无可厚非的呀！

迪奥内奥的故事讲完后，女郎们有的称赞丈夫，有的同情妻子，有的责难瓜尔蒂埃太残忍，众人议论纷纷。这时，迪奥内奥向远处望了望，夕阳西下，黄昏来临，就说："可爱的女郎们，人类的聪慧之处不仅在于记住过去，认识现在，而且还有更重要的一点，即能以史为鉴，许多业绩辉煌的伟人都是凭借后一种本领走向成功的。自从佛罗伦萨发生瘟疫以来，满目疮痍，非常凄凉，为了保护我们的生命和健康，我们才出城来消遣。大家都知道，到明天为止，我们已经离开佛罗伦萨十五天了。依我看，我们大家都是规规矩矩，本本分分的人。我们讲的许多有趣的故事也许起些撩拨人心的作用。虽然我们不断吃喝，又唱又跳，意志薄弱的人可能很容易而做出些败坏道德的事来，但是，无论是你们女郎们，还是我们这些年轻的小伙子们，言语举动都无可挑剔，都没有半点儿该受指责的地方。我们一直都特别庄重，相处得一直都很和睦，大家一直像兄弟姐妹一般亲热，这对大家来说是一件好事，也是我的光荣，我对此当然很珍惜。可是，这样的日子过得太久了，难免也会使人厌烦，况且我们在外面待得太久也难免引起些流言蜚语。我们过了一把当国王的瘾，不论男女都当过了。依我看，我们应该动身返回城里去了，我想大家会同意的。再说周围的人都已知道我们这个小集团，如果他们也来参加，人数一下子增加很多，那我们也就不得安宁了。如果大家赞同我的意见，我的国王的权力行使到启程时为止。如果大家另有打算，我在心里已想好了一个人，明天可以由这个人继承王位。”

女郎们和青年们议论了好长一段时间，最后还是一致认为，照国王的意思去办。国王便把总管叫来，同他商量好了明天早上出发的事。然后叫大家自由活动，直到吃晚饭时为止。

女郎们和青年们站起身来，依照各自的习惯前去娱乐消遣，各显其能。到了吃晚饭的时刻，大家又愉快地坐上了餐桌，餐后又载歌载舞还奏起乐来。在劳蕾塔带头起舞时，国王要菲亚梅塔唱一支歌，她用她那悦耳的嗓音歌唱道：

假如妒忌不与爱情伴随，
我不知道世上还有哪个妇女，
还能像我这样欢喜，
像我一样再无顾虑。

菲亚梅塔刚唱完她的这首歌，站在她身边的迪奥内奥就笑着跟她打趣：“小姐，既然您这样担心您的意中人被人抢走，那就麻烦您把他的姓名告诉另外几位小姐吧，免得她们无意中真的把他抢走了。”大家都被他的幽默逗乐了。大家又唱了好多支歌，这时已接近午夜，按照国王的要求，大家都回房休息了。第二天早上，总管提着行李先走，随后谨慎细心的国王率领其他人返回佛罗伦萨。到了圣玛丽亚·教堂，三位小伙子辞别了七位女郎，分别去寻找自己的乐趣，而女郎们也都回家去了。